Frühling

ARCHE

1

Die Pappel leuchtet im Morgenlicht. Ihre Rinde ist tief gefurcht, in der Höhe zieht ein Wind durch die kahlen Äste. Es gibt noch immer Frost. Winterluft bis in den Mai, und der Wind bringt Gerüche mit aus der Nacht.
Mein Kaffee dampft.
Jeden Morgen sitze ich auf der Veranda. Seit Jahren schon; seit Anna tot ist und ich alles in der Stadt aufgegeben habe. Jeden Morgen schaue ich hinauf in die Pappel, schaue über die Flußwiesen. Aber so spät wie in diesem Jahr ist der Frühling noch nie gekommen.

Nach dem Frühstück wasche ich das Geschirr; ich hole Asche aus dem Ofen, ich fege den Dielenboden. Ich habe keine Eile dabei. In all den Jahren habe ich gelernt, bei der Sache zu sein und meine Dinge in Ordnung zu halten. Es tut mir gut, gerade jetzt. Gerade im Mai, wenn auf Annas Geburtstag ihr Todestag folgt.

Zum Vormittag wird es wärmer. Der Wind treibt ein paar Wolken, unter dem blauen Himmel verziehen sich ihre Formen. Die Luft ist klar, die Sonne bringt wogende Schatten bis in den Horizont. Hinter den Erlenreihen glitzert der Fluß. Ich kann einfach auf der Veranda sitzen, und aus der Stille heraus öffnen sich die Räume.

Ein Graureiher zieht dahin. Den Kopf hat er auf die Schultern zurückgenommen, der lange Schnabel markiert seine Richtung. Über dem Fluß fällt er aus der Höhe herab; stellt die Flügel auf und verschwindet hinter den Erlen.

Aber ich weiß, wie er mit seinen ausgestreckten Beinen landet. Wie er durch das flache Ufer schreitet, immer langsamer wird und bald erstarrt. Und wie zuletzt der gelbe Schnabel, wie alles in dem Vogel nur noch auf das Wasser zielt.

Nach Annas Tod war die Stille eine Last. Das Alleinsein war eine Last, und die weiten Räume machten mir Angst. Von überall bedrängten mich Erinnerungen, und jeder Gedanke konnte Dinge in Gang setzen und Bilder erzeugen.
Jetzt sitze ich einfach auf meiner Veranda. Bis die Dämmerung über das Land hereinfällt, bis die Vögel als Schatten in ihre Nachtquartiere ziehen. Und dann steht nur noch der Baum gegen den Himmel. Es ist eine Schwarzpappel, ihre Krone ist hoch und ausladend, und später funkeln Sterne zwischen den Ästen.

Noch vor der Morgenröte ruft der Kuckuck in die Dunkelheit hinein. Und auch das Woid-woid des Schilfrohrsängers, seine flötenden Triller erscheinen mir wie im Traum. Erst mit der lebhaften Stimme der Bachstelze fällt Licht in das Fenster; die Wand wird bernsteinfarben, und bald ziehen Schatten dahin.

Beim ersten Kaffee ist der Himmel klar. Es kann nicht mehr lange dauern, bis die Pappel endlich ihre Blätter austreibt. Bis sie mit jedem Tag größer werden, um schließlich die ganze Welt mit ihrem Rauschen zu erfüllen.

Nach dem Frühstück verschließe ich die Tür. Wie jedes Jahr gehe ich vor Annas Geburtstag zum Frisör.

Mein Haus ist das letzte in der Kolonie. Es erscheint klein unter dem Baum, und die meiste Zeit hat es alleine in den Flußwiesen gestanden. Mein Haus paßt nicht in die Kolonie, das finden sie alle hier. Und auch, daß der Baum viel zu groß ist. Daß es aber auch andersherum sein könnte und die Kolonie nicht in die Flußwiesen paßt, will niemand einsehen.
Im Heckenbogen ziehe ich die Holzpforte zu.
Das alte Auto meiner Nachbarn parkt auf dem Schotterweg, sie arbeiten bereits im Vorgarten. Ihr Hund kläfft. Er hat kurzes, braunes Fell und einen dicken Kopf. Er springt mit den Vorderpfoten auf den Zaun, wedelt mit dem Schwanz, und ich streichele ihn.
Meine Nachbarn sehen nicht auf zu mir, und am liebsten würden sie den Hund auf mich hetzen. Aber der Hund und ich mochten einander von Anfang an. Er kläfft mir noch hinterher, als ich schon mitten in der Kolonie bin. Die Befehle meiner Nachbarn befolgt er nicht.

Die Wege sind sauber. Die Hecken haben bereits frisches Grün, aber die Beete liegen noch schwarz unter dem Himmel. Manchmal treibt der Wind ein Blatt aus dem letzten Jahr vor sich her. Nur der Goldflieder leuchtet.
Einer der Kolonisten steht mit einer Gießkanne da.
Walter, sagt er. Und dann erfahre ich, daß sie alle auf Regen warten. Daß der lange und trockene Winter ihnen schon jetzt alle Freude am Sommer genommen hat.
Quatsch. Der Mai hat gerade erst begonnen.
Du verstehst gar nichts. Du läßt deinen Garten verwildern, und dein Baum zieht uns alles Wasser aus dem Boden. Der Kolonist sieht mich an und schüttelt den Kopf. Immerhin, sagt er, soll es wärmer werden.

Hinter der Kolonie öffnet sich aller Raum. Die Wiesen spannen sich bis in den Horizont, dazwischen blitzt der Fluß. Ich höre die flötende Stimme eines Brachvogels. Zwei Schmetterlinge umkreisen einander. Eine Wolke schiebt sich vor die Sonne, und ihr Schatten rollt auf mich zu. Dann zieht die Wolke vorüber. Es hat lange gedauert, bis ich mit der Stille hier und den Räumen etwas anfangen konnte.

Auf der alten Holzbrücke bleibe ich stehen. Die Erlen am Ufer haben schon ausgetrieben, an der knorrigen Weide hängen gelbe Kätzchen. Das Wasser ist torfig, die Strömung gemächlich. Ich spucke über das Geländer.

Anna und ich waren Stadtmenschen. Jahreszeiten hatten für uns vor allem etwas mit Sonne und lauen Sommernächten zu tun. Wir hatten nichts gegen das Getriebe und die Enge. Wir fühlten uns wohl in unserem Viertel, wir mochten Konzerte, Tanzen oder Kino. Wir feierten mit unseren Freunden und fuhren mit ihnen in den Urlaub. Es ging uns gut, wir waren glücklich. Anna hatte ihr Blumengeschäft, ich meine Werkstatt, und unsere Kunden kamen aus der ganzen Stadt.

An den Wiesenrändern säumen Eichen den schmalen Weg. Auf der anderen Seite erhebt sich der Geestrücken mit dem Kiefernwald. Es riecht nach Harz, in der Höhe leuchten die Stämme rötlich.
Baumwurzeln durchziehen den Boden, manchmal sind Hufspuren zu sehen. Ein Mann auf einem Fahrrad kommt mir entgegen. Wir grüßen einander stumm. Ein Pferd schnaubt, ein Hund bellt, und dann sind die ersten

Häuser zu sehen. Die alten Künstlerhäuser, mit Wintergarten und Kamin, und die Fensterläden sind in warmen Farben gestrichen. Auf den Grundstücken parken Geländelimousinen.
Nach einer Biegung tritt der Wald zurück. Kuhweiden und blühende Rapsfelder stoßen an den Weg. Bauernhöfe erscheinen, und Gerüche durchziehen die Luft. Schwalben fliegen, aus der Ferne höre ich die Landstraße. Der Fluß hält glitzernd auf das Dorf zu.

Als ich an der Kirche vorbeikomme, schlägt eine volle Stunde. Hinter dem Dorfkrug weiß ich, daß es elf Uhr ist.
Kurz vor dem Frisörladen bleibt ein junger Mann vor mir stehen. Eines seiner Augen blickt groß und starr. Es sieht aus wie ein Glasauge.
Der Mann sagt: Warten zwei Typen beim Frisör. Der eine schaut aus dem Fenster und denkt, die Gedanken sind frei. Der andere sagt: Glaubst du!
Dann holt der Mann das Glasauge aus seiner Höhle heraus und hält es mit zwei Fingern vor mein Gesicht. Er lacht, das Auge tanzt und starrt, und ich zucke mit den Schultern.

Über dem Eingang hängt ein silberner Teller, in der Stube steht taubenblaues Resopal. Der Frisör hat sein Geschäft nie modernisiert, aber ich kann bei ihm immer die neuesten Magazine lesen. Und seit kurzem hat er dort auch ein Laptop für die Kunden stehen.
Noch bevor ich die Tür wieder geschlossen habe, sehe ich den Pastor im Frisierstuhl sitzen. Er grinst mich im Spiegel an. Der Einsiedler, sagt er.

Im Wartebereich sitzt der Tierarzt. Er blättert in einem Magazin und sagt: Jesus ist auch in die Wüste gegangen. Dann lächelt er mir zu.
Aber Jesus war kein Einsiedler. In der Wüste hat er einen Blick auf die letzten Dinge geworfen. Es ging ihm um Weltanschauung und Geschichte. Um seinen persönlichen Einsatz.
Der Tierarzt sagt: Ja, ja. Dein Jesus. Dann rückt er etwas zur Seite, und ich setze mich zu ihm.
Jesus wollte eine Wende herbeiführen. Die Menschen zum Guten bekehren. Und zu mir sagt er: Worum geht es Ihnen in Ihrer Einsiedelei?
Ich zucke mit den Schultern. Ich will nur meine Ruhe.
Der Tierarzt lacht. Dann boxt er mich. Sie sehen gesund aus.
Ich bin viel draußen.
Recht so. Dann sticht er mit einem großen Finger in das Magazin. Die Waffenindustrie produziert jetzt Modelle speziell für die Frau. Pinkfarben, sexy und anatomisch geformt. Und die passenden Holster dazu vergrößern den Busen oder verschwinden im Höschen. Er lacht, wirft das Magazin auf den Tisch und schaut in den Spiegel. Überall Irrsinn. Und deine Phrasen und dein Gott können nichts dagegen tun. Und zu mir sagt er: Manchmal möchte ich mich auch einfach aus allem heraushalten. Dann grinst er. Und sonst?
Ich komme zurecht.
Alles klar bei Ihnen?
Ja. Und hier?
Der Tierarzt ist ein großer und fleischiger Mann. Als er die Schultern hebt, stößt er mich an. Es gibt ein Gerücht, daß in den Flußwiesen gefrackt werden soll.

Gefrackt?
Sie wissen schon.
Ja.
Dann lacht der Tierarzt wieder und zeigt mit einem Finger in den Spiegel. Wenn wir hier Sodom und Gomorrha kriegen, wirst auch du in der Schuld stehen.
Der Pastor sagt nichts. Sein Gesicht ist eingeschäumt, der Frisör führt das Rasiermesser.
Ich sehe den Tierarzt an. Einer unserer alten Freunde arbeitet für einen Energiekonzern.
Ach. Können Sie da nicht einmal nachhaken?
Ja.
Der Tierarzt kratzt sich an der Stirn. Nun. Es sollte schon bald sein. Wenn Sie wollen, fahre ich mit Ihnen in die Stadt. Oder Sie rufen Ihren Freund einfach an. Ich habe mein Handy dabei.
Nicht nötig. Annas Geburtstag steht vor der Tür. Dann treffen wir uns alle wieder, wie jedes Jahr.
Er nickt. Das habe ich vergessen. Entschuldigung. Dann schlägt er mir mit seiner großen Hand auf das Bein. Deswegen sind Sie auch hier, nicht?
Ja.
Und?
Wie?
Er zieht das Laptop heran. Haben Sie das Programm schon einmal ausprobiert?
Nein.
Aber Sie haben noch Möglichkeiten. Und ich? Er streicht sich einmal über den kahlen Schädel. Dann klappt er das Laptop auf, zieht die kleine Kamera heran, und sein Kopf erscheint auf dem Bildschirm. Man kann sich selber mit verschiedenen Frisuren anschauen, sagt er. Hier. Und er

klickt und klickt, und jedes Mal sitzt eine andere Haartracht auf dem massigen Schädel.
Wir lachen.
Und in ein paar Jahren, sagt der Tierarzt, kann man sich dann nach den eigenen Wünschen völlig neu entwerfen. Na, das sind doch beste Aussichten. Kommen Sie.
Dann erscheint mein Kopf auf dem Bildschirm.
Hier, sagt der Tierarzt. So sehen Sie mit Glatze aus. Oder hier: wie Jimi Hendrix.
Wir lachen wieder.
Dann zeige ich auf eine andere Frisur. Klicken Sie die einmal an.
Hm, sagt er. Eher konservativ.
So bin ich herumgelaufen. Bis ich Anna kennenlernte.
Ach?
Ich wollte nie so werden wie mein Vater. Deswegen bin ich mit so einer soliden Frisur herumgelaufen. Und deswegen bin ich auch Schuhmacher geworden.
War Ihr Vater denn nicht Unternehmer?
Er hat das Unternehmen geerbt und durchgebracht. Er war unberechenbar. Hasardeur und Hippie, Marxist und Lebemann.
Es hatte mit Straßenbahnen zu tun, oder?
Ja. Zuerst Kutschen, dann Pferde- und Straßenbahnen. Die von Quants waren von Anfang an dabei, und mein Urgroßvater war entscheidend an der Entwicklung der Oberleitung mit Stangenstromabnehmer beteiligt. Im Zweiten Weltkrieg wurden Teile des Werks zerbombt, und nach 45 brach die Produktion ein, weil viele Städte sich die hohen Anlagekosten für Straßenbahnen nicht mehr leisten konnten. Aber wie gesagt, deswegen ist das Unternehmen nicht pleite gegangen.

Der Tierarzt nickt.
Als mein Vater auf dem Sterbebett lag, hing ihm das Haar bis auf die Brust. Er war aufgeschwemmt, sah ungepflegt aus und hielt das für eine hedonistische Maxime. Ich zucke mit den Schultern. Zuletzt habe ich den Namen geerbt und das Haus in der Stadt. Aber so werden wie er wollte ich nie.
Und Ihre Mutter?
Sie verschwand einfach.
Ach.
Ein psychotherapeutischer Zirkel. Eine Sekte.
Der Tierarzt sieht mich an. Dann sagt er: Eine Straßenbahndynastie also.
Ja. Aber das war vor meiner Zeit. Und nachdem ich Anna kennengelernt hatte, bin auch nicht mehr so konservativ herumgelaufen. Da. Klicken Sie einmal.
Das ist ja eine Rudi-Dutschke-Frisur.
Anna gefiel das.
Der Tierarzt schaut auf den Bildschirm. Steht Ihnen tatsächlich.
Auch das ist vorbei.
Dann steht der Pastor plötzlich bei uns. Nichts ist je vorbei. Jeder von uns trägt die Geschichte der ganzen Menschheit in sich.
Der Tierarzt sagt: Du und deine Phrasen.
Der Pastor legt eine Hand auf seine Schulter. Das sagst du nur, weil du es nicht besser weißt.
Schon gut.
Dabei könntest du es besser wissen. Glaube, und du wirst sehen.
Ja, ja. Das sagen sie alle. Und zu mir: Schauen Sie ihn nur an, das Haar lang, der Revoluzzerbart frisch getrimmt. Er

trägt einen jugendlichen Duft, er ist eloquent, charmant und ein Seelenfänger. Und dazu noch Protestant.
Der Pastor grinst einmal.
Dann sieht er mich an. Manchmal glaube ich, daß Sie sich in Ihrer Einsiedelei überschätzen.
Wie?
Trauer und Schmerz vergehen nicht einfach so. Haben Sie nach dem tragischen Verlust Ihrer Frau je Beistand gehabt?
Ich wollte keinen Beistand. Und jetzt habe ich unter der Pappel meinen Frieden gefunden.
Unsinn. Sie haben sich von der Welt und den Menschen abgewandt.
Wenn Sie das so sehen.
Haben Sie es unter Ihrer Pappel jemals mit dem Glauben versucht? Mit Gott?
Ich glaube an die Stille. Und meine Mutter hatte es mit allen möglichen Göttern versucht. Es tat ihr nicht gut.
Der Tierarzt sagt: Da hörst du es. Und obendrein gibt es auch noch Menschen, die einfach mit sich selber zurechtkommen. Die keinen Budenzauber brauchen.
Der Pastor schüttelt den Kopf. Der Rückzug aus der Welt ist keine Lösung. Niemand kann sich selbst von seinem Leid erlösen. Dann grinst er und breitet die Arme aus. Ihr seid jederzeit willkommen.
Wir lachen.
Schließlich sieht der Pastor mich an. Kommen Sie nachher noch in den Krug?
Mal sehen.
Der Wirt hat Fasan.
Der Tierarzt steht auf. Wie auch immer. Ich komme nächste Woche einmal vorbei. Brauchen Sie noch etwas?

Nein.
Dann drückt er mir die Hand.
Auch der Pastor drückt mir die Hand. Gottes Beistand. Und dann: Wenn diese teuflischen Hurensöhne tatsächlich hierherkommen, um zu fracken, wird uns die Einsiedelei nichts nützen. Wir müssen uns empören. Wir müssen uns gemeinsam gegen diesen verbrecherischen Kapitalismus stellen. Wir lassen uns nicht aussaugen und vergiften. Dann hebt er eine Faust. Der Kampf geht weiter.
Ich kann mir ja meine Rudi-Dutschke-Frisur wieder wachsen lassen.
Der Pastor grinst. Dann sagt er: Und einer Ihrer Freunde arbeitet für so einen Verbrecherkonzern?
Ich nicke.
Was macht er denn dort?
Fredi macht Öffentlichkeitsarbeit. Aufklärung. So etwas.
Das sind die Schlimmsten.
Der Tierarzt lacht laut und schlägt dem Pastor auf den Rücken.

Im Frisierstuhl ist es ein vertrautes Bild. Ich sehe mich im Spiegel, das große Tuch umgeworfen und hinter mir das alterslose Gesicht des Frisörs. Seinen undurchschaubaren Ausdruck, seinen sauber getrimmten Haarkranz und die polierte Glatze. Er erzählt ein paar Dorfgeschichten.
Drei Ferkel sind ausgebüxt und unter eine Hochzeitsgesellschaft geraten. Ein Storchenpaar ist verschwunden, und der Tierarzt päppelt nun die Jungen auf. In der alten Molkerei hat eine Holobar eröffnet, doch der Frisör und ich wissen nicht genau, was eine Holobar ist.
Sie haben dort einen Barmixer mit Irokesenschnitt, sagt

der Frisör. Und am Wochenende kommt ein DJ in Perlonhemd und mit Kastenbrille.
Am Tresen gebe ich das übliche Trinkgeld.
Dann zeige ich auf das Laptop. Lassen die Kunden sich zu einem neuen Schnitt inspirieren?
Der Frisör lacht selten. Das Programm ist aus der Steinzeit.
Und ich lache mit ihm.

An den unbefestigten Wegrändern stehen Krokusse; die Straßen sind mit Kopfstein belegt. Ein Junge kommt mir entgegen. Er hält ein Smartphone in den Händen und trägt einen Kopfhörer.
Die Häuser sind alt und groß; sie sind mit Reet gedeckt oder haben Säulen vor dem Eingang. Zwischen den Einheimischen wohnen auch Zugezogene; sie haben Galerien eröffnet und Ateliers.
Die Kirche ist aus rot gebrannten Ziegeln, um den Friedhof nebenan ist eine Feldsteinmauer gezogen. Auf dem Platz für Schützenfest und Jahrmarkt parkt ein Reisebus. Ich habe schon länger keinen Fasan mehr gegessen. Aber wenn die Reisebusse im Dorf sind, wird es für gewöhnlich laut im Krug.

Hinter dem Dorf erstrecken sich die Flußwiesen bis in den Horizont, und über der schmalen Linie wölbt sich der wolkenlose Himmel. Auf dem Geestrücken leuchtet ein Rapsfeld. Rauchschwalben jagen dahin; ich höre ihre hellen Stimmen und sehe die langen Schwanzspieße. Eine Kuh brüllt. Aus dem Kiefernwald dringen Gerüche; am Rand sehe ich die weißen Sterne der Buschwindröschen.

Ich bleibe auf der Holzbrücke stehen. Bienen fliegen die Weidenkätzchen an, der Blütenstaub glitzert.
Hinter mir das Dorf ist nicht mehr zu sehen.
Manchmal gurgelt der Fluß; im Uferschlamm sind Krötenspuren, und in einer stillen Ausbuchtung entdecke ich dann die Laichansammlung. Wie aufgereihte Perlen schimmern die Eier aus dem Wasser. Ich habe Glitzern und Schimmern den ganzen Rückweg vor Augen.

Abends ist es kalt, und ich feuere den Ofen an. Ich schaue in die Flammen, ich höre das Knistern. Bis in die Nacht hinein sitze ich so; als gäbe es nichts anderes mehr.

Am nächsten Morgen ist es windstill. Der Himmel hat sich bezogen, und auch das Barometer ist gefallen. Vielleicht hat der Kolonist recht gehabt, und es wird nun tatsächlich wärmer.

Während ich frühstücke, ruft die ganze Zeit ein Kuckuck.
Beim Abwasch fährt das Auto meiner Nachbarn vor, und als ich den Ofen säubere, schlägt der Hund an. Er bellt noch, als ich die Asche hinausbringe.
Ich kenne dieses Bellen. Eigentlich dauert es nie lange; meine Nachbarn schauen nach dem Rechten, und nach einem Befehl gibt der Hund Ruhe. Doch es kommt kein Befehl, und der Hund gibt keine Ruhe.
Als ich vorne bin, stehen sie alle vor meinem Haus. Meine Nachbarn, die Kolonisten, und der Hund bellt und bellt.
Walter!
Sie stehen alle um einen Mann herum.
Walter!

Ich erkenne ihn wieder. Er steht einfach da, und das Glasauge starrt.
Die Kolonisten zeigen auf den Mann. Gehört der zu dir?
Ich beruhige den Hund.
Die Kolonisten sagen: Was will der hier? Wir wollen nicht, daß Fremde hier herumschnüffeln.
Ich sehe sie an und hebe meine Arme. Jeder darf hier hinein. Jeder darf am Ende einer Sackgasse und vor meinem Haus stehen.
Der junge Mann lacht.
Nach dem Mittag mache ich mich auf zu einem Spaziergang. Der Einäugige ist verschwunden. Die Kolonisten stehen hinter ihren Zäunen und sehen mir hinterher.

2

Es hat Regen gegeben; unter den Wolken ist es mild, und nach dem langen, trockenen Winter springen plötzlich die Farben hervor. Gerüche brechen auf, die ganze Welt ist über Nacht weich geworden. Eine Brise weht. Ich sehe die Blätter von Schilf und Rohrkolben; im Garten haben sich die Farnwedel ausgerollt. Überall schwingen zarte Töne.
Vormittags beobachte ich Kiebitze.
Auch am Nachmittag sind sie noch da. Ihre Stimmen stehen über den Flußwiesen, ich sehe ihre runden Flügel und ihre Kapriolen in der Luft. Bis in die Nacht hinein bleibt es mild.

Am nächsten Morgen spüre ich eine Unruhe. Der Hund jachtert umher; er kläfft und treibt alles nur noch mehr an. Die Nachbarn schreien nach ihm, und sie schreien sich gegenseitig an. Die hohe Hecke um mein Haus kann den Lärm nicht abhalten. Ich mache einen Spaziergang.

Mittags ist es noch immer nicht ruhiger geworden. Der Hund steckt seinen Kopf durch die Hecke. Er hechelt, und ich sitze bei ihm.

Als die Nachbarn ihn in der Hecke erwischen, schreien sie ihn an. Doch in Wirklichkeit geht es um mich. Meine Nachbarn gönnen mir nicht einmal das Schwanzwedeln ihres Hundes. Sie werten mich ab, sie treiben Behauptungen in die Kolonie hinein und errichten um sich herum eine Wahrheit, die ihnen das Recht für ihre Behauptungen gibt. Ich habe nie herausgefunden, warum sie das tun. Ich kenne sie nicht. Ich nehme nicht teil an ihrem Leben, und es interessiert mich nicht, sie so zu sehen, wie sie selbst sich gerne sehen wollen. Vielleicht ist aber gerade das der Grund. Vielleicht macht es ihnen angst, daß sie außer ihren eigenen Behauptungen nichts über mich wissen. Daß sie zuletzt keine Kontrolle haben.

Aber vielleicht ist es auch viel einfacher, und sie ärgern sich, weil ich von dem Verhalten in der Kolonie abweiche; weil ich als einziger ständig hier wohne und niemand etwas dagegen machen kann. Meine Nachbarn haben deswegen sogar schon die Polizei eingeschaltet. Aber es liegt nichts gegen mich vor. Ich darf hier wohnen, und auch mein zweiter Wohnsitz in der Stadt ist ordentlich angemeldet.

Nachmittags bin ich wieder in den Flußwiesen.

Die Rammelzeit der Hasen ist spät in diesem Jahr, überall jagen sie einander hinterher. Eintagsfliegen tanzen, im

Auf und Ab ziehen ihre Schwanzfäden Wellen in die Luft. Farben und Gerüche vermischen, ich höre das Kie-wit, ich beobachte die gewagten Manöver der Vögel und entdecke immer wieder neue Schichten der Stille.
Als ich zurück in die Kolonie komme, steht das Auto meiner Nachbarn noch da. Die Unruhe hat nicht nachgelassen.

Eigentlich haben sie ihre festen Zeiten. Sie betreiben eine Grillstube in der Stadt, und in den warmen Monaten kommen sie morgens in die Kolonie, und nach dem Kaffee fahren sie wieder. Nur am Wochenende sitzen sie bis in die Nacht, und dann schlafen sie auch hier. Aber es ist kein Wochenende.

Sie haben Lichterketten installiert, sie haben kleine Pavillons aufgebaut. Ich rieche Spiritus und Holzkohle. Die ersten Gäste fahren mit Motorrädern vor; in den Jahren hier habe ich mitgekriegt, daß es eine Clique aus der Grillstube ist. Bald stoßen Kolonisten dazu; sie rufen, sie lachen, und dahinter spielt Musik. Zum Abend bringen sie ein Feuer in Gang. Immer wieder wird eine frische Bierkiste angetragen.
Es ist windstill, aus den Flußwiesen ahne ich das tiefe Grunzen einer Rohrdommel. Der Rauch des Feuers steigt senkrecht, das zuckende Licht erfaßt die Pappel. Stimmen und Musik verschmelzen; die Telefone haben individuelle Klingeltöne.
Ich kann zuhören, wie sie in der Runde betrunken werden. Manchmal pinkeln Männer in die Hecke; einer von ihnen will schließlich wissen, was der Irre macht. Ob er noch immer jeden Tag alleine unter dem Baum hockt

oder ob sie ihn endlich weggesperrt haben. Ich bin dieser Irre, und in der Runde lachen sie schamlos. Der Mann an der Hecke lacht mit. Es reicht ihnen, daß ich nicht dabei bin. Daß ich etwas tue, was ihnen sinnlos erscheint.

Das Fenster ist nach Osten ausgerichtet. Auf der Wand fließen die Umrisse eines Astes; Strophen und Triller der Vögel ziehen wie im Traum vorbei. Ich drehe mich im Bett noch einmal um.

Während die Gasflamme unter dem Kessel aufschlägt, schaue ich aus dem Fenster. Der Baum steht in neuem Licht. Aus den Knospen sind die ersten Triebe ausgebrochen, zarte rote Blättchen gegen den endlosen Himmel. Beim Kaffee auf der Veranda spüre ich dann die Morgenluft; die Gerüche aus den Flußwiesen.
Nach dem Frühstück stößt der Hund durch die Hecke. Er ist erregt, wahrscheinlich sind es die fremden Spuren. Wo er sonst seine Markierungen und vertrauten Düfte hat, ist nun alles überzogen. Lachen und Asche, Schweiß und Urin, und wahrscheinlich ist seine Sicherheit im Heimrevier erschüttert.
Später poltert es im Haus meiner Nachbarn. Bald rufen sie nach dem Hund, bald breitet sich ihre Unruhe wieder aus, und dann taucht auch die Clique wieder auf. Sie haben in der Kolonie geschlafen, sie kommen von überall her. Sie husten, sie lachen, und bevor hinter der Hecke das gemeinsame Frühstück beginnt, mache ich mich auf den Weg.

Die Erlenreihen markieren den Flußlauf, in den Windungen spiegeln sich Himmel und Sonne. Die Schilfgräser bewegen sich in der sommerlichen Brise, das Flirren löst den Horizont auf. Ich komme an der vom Sturm geknickten Weide vorbei und an der riesigen Eiche. Krähen rufen, ein Graureiher zieht dahin. Wenn hier Horden einfielen und Unordnung hinterließen, würde es mich womöglich erschüttern wie den Hund.

Am Nachmittag sind die Motorräder verschwunden. Auch das Auto meiner Nachbarn ist nicht mehr da. Stattdessen parkt ein alter Landrover vor meinem Haus. Der Tierarzt ist gekommen.
Er sitzt unter der Pappel, als würde er ein Nickerchen machen. Dann grinst er. Ich war gerade in der Gegend.
Ich schüttele den Kopf. Ich habe Fredi noch nicht gesprochen. Annas Geburtstag ist doch erst morgen.
Der Tierarzt winkt ab. Ich habe Ihnen Eier gebracht. Hausmacherwurst und erste Kartoffeln. Was meinen Sie, was die Bauern mir alles mitgeben.
Und dann sagt er: Die Lore hat gekalbt. Es war das erste Mal für sie, und beinahe wäre es auch schiefgegangen. Das Kleine wollte mit den Hinterbeinen zuerst auf die Welt, und als ich es gewendet hatte, wollte es gar nicht mehr. Wir zogen es schließlich mit dem Kälberstrick heraus, aber dann wollte es nicht mehr atmen. Er lacht. Ich kenne diese Bälger. Sie würden am liebsten im Mutterkörper bleiben. Man muß sie mit Gewalt auf die Welt bringen, und auch danach wollen sie nichts aus eigener Kraft machen.
Möchten Sie einen Kaffee?
Gerne.
Er nimmt ihn schwarz. Er verrührt den Zucker und sagt:

Eine Geburt ist immer wieder eine Offenbarung. Man sieht das Wunder des Lebens und zugleich die Angst vor dem Lebendigsein.
Das Wunder ist kurz, die Angst ist zäh.
Er nickt. Die Angst, sagt er. Und darum ist ja auch das Prinzip Gott einfach nicht auszurotten. Der Glaube an dies, der Glaube an das. Dann lacht er und zeigt auf die Pappel. Und Sie sitzen hier und glauben an die Stille, was.
Jedenfalls tut sie mir gut.
Der Tierarzt sieht mich an.
Ich trinke einen Schluck. Dann sage ich: Und das Kalb?
Er breitet schließlich seine Arme aus. Erst die zweite Ladung Wasser hat es zum Atmen gebracht. Und als es dann nicht saugen wollte, haben wir ihm die Muttermilch eingetrichtert. Später habe ich ihm die Ohrmarken eingesetzt, und das war es. Es ist ein Bullenkalb. In seinem ersten Sommer wird es Bocksprünge machen, nach dem zweiten wird es dann im Schlachthof hängen.
Und die Ohrmarken?
Überwachung. Bürokratie. Das ganze Rinderleben ist vorprogrammiert.
Immerhin sind die Gedanken noch frei.
Das ist ja der Witz der Woche!
Den habe ich von dem Einäugigen.
Der Tierarzt sieht mich wieder an. Schräger Vogel, oder?
Ich kenne ihn nicht.
Niemand kennt ihn. Er taucht auf, ist wieder verschwunden und hinterläßt die tollsten Gerüchte: daß er sein gesundes Auge für dieses Glasauge gegeben hat; daß es vom Geheimdienst entwickelt wurde und er damit überall hineinspionieren kann. Früher hätten sie diesen Burschen

einfach für verrückt erklärt. Aber seit Edward Snowden ist sich keiner mehr so sicher.
Und Sie?
Ich bin hier geboren.

3

Über Nacht ist es noch einmal wärmer geworden, und nach dem langen Winter geht es nun viel zu schnell. Am Vormittag steht die Luft wie eine heiße Wand, aus dem Horizont drängen Wolken. Hinter der Hecke jagt der Hund seinen Schatten.
Ich packe den kleinen Schirm in die Tasche. Ich verschließe die Tür und rüttele an den Fensterläden. Eine Böe stößt in den Baum; in der Höhe flackern die jungen Blätter nun in Grün- und Silbertönen, und das Rauschen erscheint so neu, so alt. Heute ist Annas Geburtstag, und morgen kehrt ihr Todestag wieder.
Vorne steht bereits der Hund auf dem Zaun. Ich streichele ihn, und er kläfft mir hinterher. Aus den Gärten sprießt es. Dahinter kann ich sehen, wie weit der Weg ist.

Der Fluß zieht in Schleifen, die Wolken stehen wie riesige Trauben. Das Licht ist gleißend. Der Wind fällt warm, die Wiesen erscheinen wie ein Meer.
Eine Lerche rüttelt in der Luft, und ich höre ihren wirbelnden Gesang. Dann fällt sie mit angelegten Flügeln wieder herab. Plötzlich scheint der Sommer da zu sein.

Eine elektronische Anzeige an der Endhaltestelle zeigt die Wartezeit bis zur nächsten Straßenbahn. Menschen sitzen über ihren Telefonen. Sie verschicken Nachrichten oder ziehen ihre Finger durch andere Welten, als wären sie Magier. Manchmal kriege ich auch intime Sachen mit; Scham und Rücksicht scheinen sich mit jedem Jahr mehr aufzulösen. Die Welt diesseits der Handys verkommt offenbar zu einer Nebenwelt.
In der Bahn nehme ich einen Fensterplatz. Die Bilder hinter den Scheiben verdichten, alle Jahreszeit verliert sich. Die Haltestellen werden digital angesagt. Neubauten ziehen vorüber und werfen den Himmel schmerzhaft zurück. Vor den Türmen des Raumfahrtzentrums sind Flaggen gehißt; Männer mit Diplomatenkoffern steigen zu, eine zartgliedrige Frau setzt sich neben mich.
Die Männer ähneln einander. Sie geben sich wichtig, hantieren mit ihren Smartphones, einige telefonieren auf Englisch.
Die Frau hat hohe Jochbeine und einen blauen Schimmer im Haar. Ihr Parfüm verströmt einen Phantasieduft; nichts Gewachsenes, so wie Anna es mochte.
Am Stadtwald steigen sie alle aus.
Dann setzt sich ein Mann mit Stirnglatze neben mich. Er sagt etwas, und zuerst glaube ich, daß er mich damit meint. Doch er blickt weiter geradeaus und scheint mit jemandem zu sprechen, den er Parker nennt. Der Mann hat kein Telefon zur Hand, ich sehe keine Kabel, nichts. Ich weiß nicht, wie er Kontakt zu diesem Parker herstellt.
Der Stadtwald ist größer, als ich ihn in Erinnerung habe. Manchmal erscheint ein See zwischen den Bäumen oder der Turm einer alten Villa. Vor der Botschaft eines südamerikanischen Landes stehen zwei Polizeiwagen.

Parker, höre ich, ist in Wirklichkeit gar nicht Parker, sondern sein Doppelgänger. Und der Mann mit der Stirnglatze will das Doppelgängertum des falschen Parker, seine schmutzigen Spiele, endgültig aufdecken; er fordert den echten Parker zurück.
Eine Station vor mir steigt der Mann aus. Ich höre seine Stimme noch gegen den Strom der Zusteigenden, und erst als die Türen schließen, scheint der Kontakt mit Parkers Doppelgänger abzubrechen. Doch hinter den Scheiben spricht der Mann unbeirrt weiter.

Asphalt und Mauern stoßen Hitze aus, die Häuser stehen wie Türme; über der Stadt verdichten die Wolken. Autos hupen, in den warmen Böen verzieht eine Sirene.
Auf dem Bahnhofsplatz pöbeln zwei betrunkene Mädchen. Hunde bellen, ein Punk rempelt mich an. Straßenmusiker spielen, zwei Männer vertreiben einen Bettler. Die Taxis haben den Motor laufen; eines fährt ab, und das nächste rollt vor. Die Federn einer überfahrenen Taube bewegen sich im Wind. Ich muß nicht lange warten.
Die Taxifahrerin ist eine große und schwere Frau. Ihre Füße sind eingeschnürt; sie trägt grüne Stiefeletten mit hohen Absätzen. In der Kabine klebt eine Kamera. Die Fahrerin ist gesprächig; sie erzählt mir, daß ihr Mann und sie halbprofessionelle Spieler sind. Sie pokern im Internet, und es klingt, als würden sie jeden Abend vor dem Bildschirm sitzen und glücklich sein.
Ich lasse sie bei den Parkanlagen halten und gebe das übliche Trinkgeld. Immer wenn ich an Annas Geburtstag in die Stadt zurückkehre, halte ich mich an die vertrauten Wege.
Die Bäume ringsherum tun mir gut. Der Wind treibt er-

dige Gerüche auf, in den Beeten blühen Osterglocken. Eine Amsel singt. Die Bank unter der großen Robinie ist frei. Letztes Jahr war die Robinie viel weiter ausgetrieben, heute sind ihre gefiederten Blätter noch klein. Anna mochte besonders den Duft ihrer sommerlichen Blütentrauben; wir kamen gerne hierher. Manchmal holte sie ihren Handspiegel vor, zog Lippenstift nach, und später bummelten wir durch die Geschäfte. Aßen ein Eis oder gingen in ein Kino. Die Stadt ist noch voll von Annas Spuren, und wenn ich jedes Jahr diese Wege nehme, löst sich in der Gleichförmigkeit alles auf. Unsere Vergangenheit, ihr Grab und auch ihr munteres Lachen werden eins. Als wäre Anna nie von mir gegangen.
Auch ihr letzter Geburtstag, den wir mit unseren Freunden feierten, erscheint in mildem Licht. Wir saßen beim Griechen, wir haben gelacht, und am nächsten Morgen hat Anna mich im Bett wachgeküßt. Wir duschten gemeinsam, wir konnten nach über zwanzig Ehejahren noch immer verliebt sein. Zum Frühstück war der Tisch gut gedeckt; Anna hatte einen frischen Strauß aufgestellt, und später gingen wir Hand in Hand zum Bahnhof. Ich brachte sie bis an den Zug, sie nahm ihren Platz, und mit der Abfahrt winkte sie mir ein letztes Mal zu. Anna wollte zwei Blumenzüchter besuchen. Doch auf halber Strecke stieg sie aus, ging weit über das Land und nahm sich in einem Wäldchen das Leben.

Das Gewitter kommt plötzlich. Die sonst so stille Robinie rauscht auf, es blitzt, es donnert, und dann stürzt der Regen herab.
Mein Schirm ist viel zu klein. Auf den Straßen versinken die Reifen der Autos, und bald übertönt das Wasser den

Donner. Doch ich gehe meinen Weg wie jedes Jahr; vorbei am Eiscafé, am Kino und dann durch die Straße mit den kleinen Geschäften. Manchmal bleibe ich stehen. Entdecke in den Schaufenstern Dinge, die Anna gefallen hätten, und es ist egal, ob Anna die Geschäfte kannte oder ob sie erst nach ihrem Tod eröffnet haben.

Überall sind Schirme aufgespannt, die Menschen krümmen sich unter Kapuzen. Das Wetter treibt sie an, die Autos zerteilen das Wasser auf den Straßen, es blitzt, es donnert, und plötzlich liegt eine Frau vor meinen Füßen. Ich blicke erschrocken zu ihr hinab.
Aber die Frau lächelt. Sie nimmt meine Hand und steht mühelos wieder auf. Einer ihrer Schuhe bleibt auf dem Fußweg liegen. Ich reiche ihr meine Tasche und den Schirm. Der Schuh ist ein leichtes und schönes Modell einer klassischen Serie. Handwerklich gut verarbeitet, das Kalbsleder chromgegerbt und mit feinen Steppnähten. Ich habe noch immer einen Blick für das Detail, und aus alter Gewohnheit lockere ich die Schnürbänder, drücke die Staublasche vor und nehme ihren Fuß. Er ist ägyptisch geformt, er ist unverspannt und sieht gesund aus. Früher habe ich viele Füße gesehen, und sie konnten mir viel über einen Menschen sagen.

Wir stehen im schützenden Eingang eines Geschäfts. Die Frau sieht mich an.
Irgendjemand hat mich einfach umgelaufen, sagt sie.
Ich nicke.
Sie hat braune Augen; eine Spange hält ihr feuchtes Haar im Nacken zusammen. In den Ohren trägt sie Perlstecker.
Er hat sich nicht einmal nach mir umgesehen, sagt sie.

Ich zucke mit den Schultern. Es gibt rücksichtslose Menschen.
Ja, das stimmt wohl.
Das Gewitter zieht über den Fluß, der Regen läßt nach.
Wir gehen gemeinsam weiter, ich halte den Schirm für uns. Die Frau sagt: Ich mache Ihnen doch keine Umstände?
Nein.
Die Frau lächelt, die Tropfen auf ihrem Gesicht sehen aus wie Schweiß. Sie geht mit leichtem Schritt.
Vor uns öffnet sich ein kleiner Platz. In der Mitte steht eine große Linde mit einem Brunnen darunter. Ich rieche ihr Parfüm. Dann bleibt die Frau plötzlich stehen. Ist das überhaupt Ihre Richtung?
Nein.
Sie sieht mich an und lacht.
Ich lache mit ihr.
Dann zeigt sie nach oben. Der Regen hat ja beinahe aufgehört.
Ja.
Wir schauen einander an. Ich halte den Schirm fest in der Hand.
Früher war ich nie verlegen. Ich konnte charmant sein und witzig, und Anna hat immer behauptet, daß ich beliebt sei bei den Frauen. Aber andere Frauen haben mich nicht interessiert.
Ich zeige auf die Linde. Sie steht in frischer Farbe da, und ich sage, daß der Umriß ihrer Krone aus der Entfernung aussieht wie eines ihrer Blätter.
Die Frau betrachtet den Baum. Sie kommt mir dabei noch näher. Ihr Parfüm duftet angenehm.
Ja. Sie kann die Ähnlichkeit der Formen schließlich er-

kennen. Das Große im Kleinen, sagt sie, und es ist ein Gefühl, als ob ihre Lippen meine Haut berührten.
Dann schaut sie mich neugierig an. So etwas zu entdekken ist schön.
Ich räuspere mich. Ja.
Sind Sie öfter hier?
Nein. Ich lebe auf dem Land.
Sie lacht wieder. Und ich arbeite auf dem Land.
Ich nicke. Räuspere mich wieder.
Also. Sie reicht mir ihre Hand. Schönen Dank.
Gerne.
Kurz vor dem Brunnen dreht sie sich noch einmal um. Sie winkt, und ich winke zurück.

Zwei Straßen weiter bin ich wieder auf meinem gewohnten Weg. Ihr Duft hängt in meinen Kleidern. Spuren von Rose und Iris, vielleicht auch Distelblüte. Anna hätte es genau gewußt.

Der Wirt heißt Stratos. Er nimmt mir Tasche und Schirm ab, er bringt mir ein Handtuch.
Walter! Sie rufen durch das ganze Restaurant. Wo hast du nur gesteckt! Tatsächlich komme ich in all den Jahren zum ersten Mal nach ihnen an. Die Freunde schauen, als könnten sie es nicht glauben. Dann breiten sie ihre Arme aus und lachen.
Die Frauen halten mir ihre Wange hin, die Männer klopfen mir auf den Rücken. Warum wohnst du auch so weit draußen? Warum hast du dich nicht in ein Taxi gesetzt? Und wann legst du dir endlich ein Auto zu?
Als die Getränke kommen, scheint aller Vorwurf vergessen. Wir sind in alter Verbundenheit hier.

Wie üblich stellt Stratos die Karaffe mit Annas Lieblingswein in die Mitte. Er verteilt Ouzo und Bier, ich bekomme mein Wasser, und nachdem er die Kerze entzündet hat, schenkt er aus der Karaffe ein und zieht sich zurück. Es ist jedes Jahr ein andächtiger Moment; ein Stuhl in der Runde ist leer, und neben der Kerze steht Annas Photo. Wir schweigen, wir haben Tränen in den Augen. Schließlich erhebe ich das Glas, und wir stoßen an mit Annas Wein.

Ich trinke kaum noch, und die Freunde mögen keinen Geharzten. Wir schütteln uns; und dann lachen wir, weil auch Anna gelacht hätte.

Ach, Anna. Nicole fährt mit einem Finger über das Photo. Fredi legt den Arm um seine Frau.

Marlies hat von Anna geträumt. Es war seltsam, sagt sie. Anna wußte, daß sie nur geträumt wird, und sie flehte mich an, weiter von ihr zu träumen. Doch ich wachte schweißgebadet auf.

Die Freunde sehen mich an, als müßte ich etwas dazu sagen.

Bevor die Platten kommen, winkt Gerd nach einer neuen Runde.

Sie essen mit der Leidenschaft der Lebendigen. Sie mögen Leber und Gehacktes, sie mögen Gyros und Filet, und sie können es nicht verstehen, daß mir so viel Fleisch nicht mehr bekommt. Fredi macht eine Bemerkung über meinen Salat. Nicole klopft mir auf die Schenkel, und alle erinnern sich daran, wie gut ich früher im Futter stand. Und dann kommen die obligaten Sätze: Was Anna und ich für ein tolles Paar gewesen sind. Wie wir tanzen und feiern konnten, wie wir alle mit unserer Laune ansteckten. Walter, sagen sie. Was warst du für ein Kerl! Und

wie schön unsere gemeinsamen Urlaubsreisen waren, sagen sie. Die Kreuzfahrten, die Hotels. Wo wir überall gewesen sind, und was wir alles erlebt haben. Herrlich.
Nach dem Hauptgericht der Nachtisch. Dann eine neue Runde. Ich trinke mein Wasser, ich gehe auf die Toilette. Ich sehe mein Gesicht im Spiegel, und plötzlich steigt der Duft wieder auf. Ich hätte mehr machen sollen als nur zurückzuwinken.

Sie lachen, sie sind laut. Komm schon, Walter! Und dann drücken sie mir einen Ouzo in die Hand. Es ist ihnen egal, daß ich Alkohol kaum noch vertrage. Heute ist Annas Geburtstag, wir lassen die alten Zeiten hochleben.
Und sonst? sagen sie.
Die Pappel hat endlich ausgetrieben.
Sie schauen mich an. Dann lachen sie schamlos.
Marlies erzählt aus dem Arbeitsamt. Sie ist ein Schlachtroß und weiß hinter ihren Entscheidungen immer einen machtvollen Apparat.
Nicole hat ihr eigenes Kosmetikstudio. Es läuft super, sagt sie, und ich staune jedes Jahr, wie das Alter hinter ihrer Kunst verschwindet. Auch Fredi gibt sich jugendlich; er trägt sein Haar lang, und meistens bindet er es hinten zusammen. Ich schaue ihn an. Und bei dir?
Super, sagt er. Und dann: Wir haben ein neues Konzept entwickelt. Wir unterstützen die Schulen, wo Kommunen und Staat sich verweigern. Und wir klären die Kinder auf. Ressourcen, neue Energien und Verantwortung. Als Höhepunkt nehmen wir die Kinder mit auf ein Fracking-Feld. Feldforschung nennen wir das.
Tatsächlich?

Er lacht. Identifikation bis ins Kinderzimmer. Damit sind wir fit für die Zukunft.
Ich schaue ihn an.
Fredi boxt mich. Alter! The show must go on.
Im Dorf kursieren Gerüchte, sage ich.
Er winkt ab. Solche Gerüchte kursieren überall. Verstehst du: Seit wir Lagerstätten in großer Tiefe ausbeuten können, glaubt jeder Bauer, auf einer Goldmine zu sitzen.
Ist an den Gerüchten etwas dran?
Er lehnt sich zurück, verschränkt die Arme hinter dem Kopf und grinst. Top-secret. Das ist wie bei Gerd. Lange bevor ein neues Modell in seinem Geschäft steht, will immer irgendjemand schon den Erlkönig dazu gesehen haben. Und dann gibt jeder seinen Senf dazu.
Gerd lacht. Absolut, sagt er. Und dann: Ich habe natürlich schon einige Erlkönige gesehen. Aber jeder wäre auch der letzte gewesen, wenn ich nur einmal geplaudert hätte. Sogar Marlies erfährt nichts.
Marlies nickt. Gerd ist da wirklich sehr vorbildlich. Er redet ständig über Autos, jedoch nie über Erlkönige. Wenn ich nicht gerade von Anna träume, träume ich von Hyperkompressoren, von SUVs oder Achsschenkelbolzen. Dann steht sie auf und fährt ihrem Mann durch das Haar. Laß es gut sein, Dicker. Und zu Nicole sagt sie: Gehen wir rauchen?
Gerd lacht. Und er läßt es nicht gut sein. Früher hatte er eine kleine Werkstatt; jetzt verkauft er in seinem Geschäft die ganz großen Modelle.

Bald entwickeln Gerd und Fredi Strategien, wie man Auto- und Energiekonzern nachhaltig mit dem Bewußtsein verschmelzen kann. Ihre Welt erscheint mir wie Zeitverschwendung. Wir müssen in die Köpfe der Kids, sagen sie. Wir müssen der Quellpunkt ihrer Zukunft werden. Früher hat Alkohol mich angefeuert, jetzt macht er mich müde.

Walterchen.
Marlies zwackt mich in die Rippen. Dann hält sie mir einen Ouzo unter die Nase. Der bringt dich wieder auf Touren. Auf Anna, sagt sie.
Auf Anna, und die Gläser klirren.
Nicole läßt das Photo herumgehen, und jeder von den Freunden weiß eine Anekdote. Wir lachen, wir weinen.
Dann sagt Marlies, daß sie manchmal wütend ist auf Anna. Verstehst du, Walter. Sie ist ohne ein Wort von uns gegangen; sie hat uns nichts hinterlassen.
Nicole nickt. Anna war schon als Mädchen treu. Und dann sagt sie, daß Anna sich garantiert nicht so einfach das Leben genommen hat. Ich höre den Unterton in ihrer Stimme: daß dieses Nicht-so-einfach etwas mit mir zu tun haben muß.
Marlies sagt: Warum bist du nicht wütend, Walter?
Es war Annas Entscheidung.
Die Frauen finden, daß ich es mir damit zu einfach mache.
Gerd sagt: Niemand kann in einen anderen hineinschauen.
Nicole schüttelt den Kopf. Blödsinn! Ich wette, Walter kennt die Innenwelt seiner Pappel in- und auswendig.
Wir lachen. Dann geht Annas Photo noch einmal herum, und bald kommt Stratos mit dem nächsten Tablett.
Prost, Walter.
Nein.

Walterchen!
Ich lasse mir eine Flasche mit Wasser bringen; die Freunde behaupten, daß ich mich unter der Pappel nicht nur verändert habe, sondern auch mit jedem Jahr langweiliger werde.
Ich zucke mit den Schultern. Schließlich sage ich: Wie geht es den Kindern?
Sie schauen mich an und schauen wieder weg. Dann sagt Gerd: Fabian macht sich gut in der Sparkasse. Lukas steckt im Abitur.
Und Kristina?
Sie schauen weg und schweigen. Nach einer Zeit holt Nicole Zigaretten vor.
Fredi streichelt ihren Arm.
Die beiden Frauen gehen nach draußen, Fredi lehnt sich zurück und grinst mich an. Alles super, sagt er.
Ich nicke.

Früher prahlten sie gerne mit Kristinas Noten und ihrer superguten Entwicklung. Doch mit vierzehn wurde ihrem Kind zum ersten Mal der Magen ausgepumpt, und auch danach hörte Kristina nicht auf mit Alkohol und Rauschgift. Sie haben vieles versucht; sie haben auch überlegt, ihre Tochter wegzusperren. Zuletzt war Kristina auf Deo. Sie hatte immer eine Spraydose dabei und pumpte sich den Stoff in ihre Lungen. Beim Frisör habe ich gelesen, daß das Treibgas dabei den Sauerstoff im Blut ersetzt und der Körper Unmengen von Adrenalin ausschüttet. Das Adrenalin macht high, und Gas und Chemie zerstören ringsherum alles. Und weil Fredi und Nicole nicht mehr über ihre Tochter sprechen, glaube ich, daß aus dem Kind mit den superguten Veranlagungen ein

Wrack geworden ist. Vielleicht hat Nicole deshalb wieder mit dem Rauchen angefangen.

Ich sehe das fleischige Gesicht von Gerd. Er riecht aus dem Mund, seine Hand liegt auf meiner Schulter. Alter Junge, sagt er. Und dann: Du warst einmal eine Nummer in dieser Stadt. Wer ist nicht alles zu dir gekommen? Wem hast du nicht alles die Füße vermessen?
Ich schaue ihn an. Heute kommen sie zu dir. Du bist der große SUV-Trader.
Mensch, Walter! Man kann doch die Wirklichkeit und seine Geschichte nicht einfach so abschütteln. Was soll das? Man kann nicht die ganze Zeit unter einem Baum sitzen und dabei glücklich sein.
Ich sage nichts dazu.
Mach wieder etwas aus dir, und seine Hand drückt in meine Schulter.
Dann lacht er. Weißt du noch? Lissabon? Alle wollten plötzlich nach Lissabon. Alle wollten das Endspiel sehen, und es gab nichts mehr. Er lacht wieder. Aber wir kannten die angesagten Leute. Du hast die Karten besorgt, ich das Hotel und Fredi die Plätze im Flieger. Verstehst du, Walter. So muß das laufen.
Ich sage nichts.
Das Endspiel war geil! Scheiß auf deinen Baum.

Fredi kommt mit einer Flasche Metaxa an den Tisch. Da kommst du nicht drum herum, Walter.
Haben wir früher auch nur gesoffen?
Was soll das denn heißen?
Ich will nicht verkatert an Annas Grab stehen.
Hör mal. Wir sind Freunde. Und Anna hat Geburtstag.

Ja, und?
Plötzlich hackt er mit einem Finger gegen meine Brust. Okay, dein Alter hat einiges vermasselt. Aber er hat gelebt. Dein Vater hatte Feuer im Arsch. Und früher hattest du das auch, verdammt!
Nur weil ich gesoffen habe?
Fredis Finger hackt. Wo ist dein verdammtes Feuer geblieben, Alter! Du hast Adel im Blut. Und was hast du daraus gemacht? Eine Hütte in der Wildnis. Er winkt schließlich ab, schenkt drei Gläser voll und sieht Gerd und mich an. Auf uns, sagt er.
Nach dem Ouzo schießt der Metaxa wie Treibgas in mich.
Gerd und Fredi klopfen mir auf die Schulter. Geht doch, sagen sie, Fredi schenkt ihre Gläser noch einmal voll, und dann höre ich, wie sie wieder ihre Strategien entwickeln. Wir müssen in die Köpfe der Kids, sagen sie, und mit dem Metaxa fühlt es sich an, als wären die beiden bereits in meinem Kopf. Es reicht nicht, sagen sie, daß die Kids sich ein Leben ohne Smartphone oder Auto nicht mehr vorstellen können. Wir müssen ihnen Horrorbilder von einer Welt in die Köpfe hämmern, in der es keinen Treibstoff mehr für ihre Smartphones und Autos gibt. Wir müssen Angst in ihren Köpfen entfachen. Angst vor so einer lebensfeindlichen Welt. Angst! rufen sie. Und Bilder! rufen sie, Bilder, Bilder, und ich spüre, wie diese Bilder in mir aufbrechen. Wie Gerd und Fredi in meinem Kopf fracken.

Walterchen! Nicht einschlafen. Marlies lacht und tätschelt meinen Kopf.
Nicole legt Zigaretten und Feuerzeug auf den Tisch.

Dann schnappt Marlies sich den Metaxa.
Auf Anna!
Ich trinke mit den Freunden.
Und gleich darauf füllt Marlies nach.
Ich schüttele den Kopf.
Nichts da, Walterchen. Sie zwackt mich, sie lacht. Auf Anna!
Der Metaxa schießt und schießt in mich hinein, mein Körper schüttet Unmengen von irgendetwas aus, ich bin high.
Die Freunde sind laut, sie sind in meinem Kopf.
Walterchen!
Was?
Schluß mit Langeweile.
Mein Kopf ist schwer. In dem Artikel, den ich beim Frisör gelesen habe, stand auch, daß das Gas in den Spraydosen eiskalt ist. Und daß oft genug der Kehlkopf verkrampft und die Konsumenten ersticken. Ich sage: Ist Kristina erstickt?
Walterchen! Nicht einschlafen.
Was?
Auf Anna!
Zuletzt ersetzt der Metaxa den Sauerstoff in meinem Blut.

Es ist laut. Wasser rauscht, es regnet und regnet. Das Gewitter ist wieder da, ich will nicht noch einmal naß werden.
Komm schon, alter Junge.
Was?
Laß den Kopf, wo er ist. Das bringt dich wieder nach vorn.

Jemand spricht zu mir und hält meinen Kopf fest. Das Wasser läuft mir bis in die Ohren.
So ist es gut. Spürst du schon, wie deine Rübe klar wird?
Ich nicke.
Dann hört das Rauschen auf, und jemand holt meinen Kopf aus einem Waschbecken. Im Spiegel glaube ich, Gerd zu erkennen.
Dann kommt ein Handtuch aus dem Spiegel. Bist du es?, sage ich.
Alter Junge. Du kannst ja gar nichts mehr ab.
Anna, sage ich.
Ganz ruhig.
Ich war verlegen, als ich Anna zum ersten Mal begegnet bin.
Ist ja gut. So, noch ein bißchen rubbeln, dann ist der Kopf wieder trocken.
Im Spiegel sehe ich unsere Gesichter.
Gerd.
Er lacht.
Ich war verlegen, sage ich. Sie lag im Gewitter. Ihre Augen sind braun und schön. Und sie hat auch schöne Füße. Ägyptisch, sage ich. Und Perlstecker in den Ohren.
Gerd ist ganz nah.
Hier. Ihr Parfüm, sage ich.
Er schüttelt den Kopf.
Die Frau war da.
Welche Frau?
Sie lag plötzlich vor mir. Ich habe ihr geholfen, und später standen wir unter der Linde.
Er sieht mich im Spiegel an.
Sie hat wirklich schöne Füße. Ägyptisch.
Alter Junge. Er grinst. Hast du dich etwa verliebt?

Was?
Erzähl mal.

Am Tisch höre ich meine Worte wieder. Zuerst bin ich erschrocken, weil sie so verzerrt erscheinen. Doch dann sehe ich ein, daß es Gerd ist, der spricht.
Die Freunde necken mich, sie lachen.
Unser Walter!, rufen sie. Und daß die Trauerzeit jedenfalls vorbei ist; und daß sie eine Anzeige aufgeben wollen. Walter! Hörst du: Am Brunnen vor der Linde. Suche dich.
Und ich lasse alles geschehen; höre Gelächter und lache selber. Sehe ihre Finger, die wie Magier durch andere Welten ziehen.

4

Die Dunkelheit ist schmutzig, die Stille zerrissen. Um mich herum ist nichts Vertrautes. Ich liege in einem Bett, ich trage Kleider und Schuhe. Ich weiß nicht, wo ich bin. Warum die Kleider so schwer sind, warum mein Kopf so schwer ist. Und gegen nichts von alldem kann ich etwas tun.

Im ersten Morgenlicht sickert Erinnerung durch. Gestern war Annas Geburtstag. In der Nacht haben Gerd und Fredi mich hier heraufgebracht. Das Bett steht in meinem Haus. Ich bin in der Stadtwohnung, und heute ist Annas Todestag.

Mir ist schlecht, mein Kopf tut weh. Ich gehe unter die Dusche, aber ich bekomme Schmerz und Übelkeit nicht herausgespült. Sie verschieben die Dimensionen, Tiefe und Klarheit sind verblaßt. Alles, was mir in der Welt vertraut sein sollte, erscheint fremd.

Nach der Dusche lege ich mich auf das kleine Sofa. Draußen höre ich eine Amsel. Das ferne Rauschen der Straßen. Der Himmel ist hellblau, vielleicht auch milchig. Gestern gab es ein Gewitter, und eine Frau lag plötzlich vor meinen Füßen. Die Freunde haben eine Suchanzeige nach ihr aufgegeben. Warum machen sie so etwas? Um elf treffen wir uns an Annas Grab.

Unten rieche ich Tierhaut und Gerbsäure; die Spuren von Pech und Klebstoff.
Tarkan sitzt unter dem großen Fenster.
Er hämmert; er zieht ein Stück durch die Walze, er biegt es und hämmert wieder. Ich höre, wie die Schläge das Oberleder geschmeidig machen. Dann geht er an die Stanze. Schneidet das Stück zu, markiert die Steppnähte und legt es auf den großen Tresen. Als er den Leisten hervorholt, sieht er mich in der Werkstatt stehen. Er nimmt die Schürze ab und umarmt mich. Kurz darauf kommt Ergün durch die Verbindungstür. Auch er lächelt und umarmt mich.
Ich sehe schlecht aus, und sie versprechen mir einen extrastarken Mokka. Tarkan und Ergün sind sehr taktvoll.
Meine Freunde haben mich betrunken gemacht, sage ich. Sie schauen mich an. Schließlich lächeln sie und meinen, daß es gut ist, Freunde zu haben.
Sie haben einen Blumenstrauß für Anna gekauft. Er steht auf der Werkbank und leuchtet im Morgenlicht.

Am Haus, sagen sie, ist alles in Ordnung. Ein Fallrohr war kaputt, und sie haben es repariert. Ich kann mich auf die beiden verlassen. Tarkan hat meine Werkstatt übernommen, und nebenan, wo Anna ihren Blumengeschäft hatte, führt Ergün jetzt seine Schneiderei. Die beiden sind Vettern, sie wohnen mit ihren Familien im Haus; ich nehme kaum Miete von ihnen, dafür kümmern sie sich um alles. Ich weiß, daß meine Art sie manchmal hilflos macht; sie halten mich für anspruchslos, sie halten mich für großzügig und wissen nicht immer, wie sie damit umgehen sollen. Für sie ist es Ehrensache, das Haus in Schuß zu halten, und sie freuen sich jedes Mal, wenn sie mir helfen können. Einmal haben sie mir draußen das Dach repariert, ein anderes Mal den Ofen.

Die Werkstatt liegt im Souterrain; hinter den Scheiben erheben sich die Häuser um einen kleinen Platz. Autos fahren kaum. Aus der Höhe fällt nun wolkenloser Himmel, über der Werkbank ziehen Fußgänger vorüber. Am Fenster ist noch meine Reklame angebracht.

Hier in der Werkstatt habe ich viele Erlebnisse aus meiner Kindheit abgeschüttelt. Egoismus und Maßlosigkeit meiner Eltern, ihre Rauschzustände, ihre Welt aus Gurus und Ideologien, die ihnen immer wichtiger war als ich. Hier bin ich mir vertraut geworden und habe zu mir selber gefunden; zu der Stille und den so unterschiedlichen Regungen und Wegen in mir. Hier habe ich Schuhe gemacht, aufgearbeitet oder ausgebessert; hier bin ich versunken, von hier aus habe ich die Welt betrachtet. Und von hier aus habe ich auch den Gang der Menschen beobachtet und Mutmaßungen darüber angestellt, was sie antreibt, was sie hemmt oder bricht. Ich habe gesehen, wie die Zeiten neue Anforderungen hervorbrachten, wie die Mode immer schneller wurde, wie die ruhigen Stadtbilder sich verwandelten und sich mit den Handys und Laptops auch Wirbelsäule und Gang veränderten. Ohne diese Werkstatt wäre ich heute ein anderer Mensch; und ich hätte niemals Anna kennengelernt.

Tarkan schenkt den Mokka ein, Ergün bietet Gebäck an.
Die Sonne steigt in das Fenster.
Sie erzählen von dem Gewitter gestern. Zwei Straßen weiter ist der Blitz in ein Haus geschlagen.
Der Mokka tut mir gut.
Bis in die elektronischen Geräte, sagt Ergün.
Ich nicke. Das Gebäck ist mir zu süß.
Ich sehe, wie das Tageslicht meine Reklame vom Fenster in die Werkstatt wirft. Maßschuhe und Reparatur von Quant. Die Schrift wandert wie der Schatten einer Sonnenuhr, und noch immer kann ich an ihrem Stand Jahres- und Tageszeit bestimmen.
Tarkan hat bereits mit einem anderen Vetter telefoniert. Der Vetter will den Blitzschutz überprüfen.
Ich nicke wieder.
Auch Anna konnte die Schatten wie eine Sonnenuhr lesen. Sie kam vor beinah fünfundzwanzig Jahren die Stufen von der Straße herab, drückte die Tür und stand plötzlich vor mir. Ich war auf Anhieb verlegen. Und Anna lachte. Dann erzählte sie von ihren Plänen und fragte, ob ich ihr die Räume neben meiner Werkstatt vermieten wolle. Im darauffolgenden Frühling eröffnete sie ihr Blumengeschäft. Bald gewöhnten wir uns an, morgens die kleine Verbindungstür zwischen den Läden zu öffnen, und bald waren Blüten- und Lederdüfte vermischt. Drei Jahre spä-

ter heirateten wir. Nur Nicole und mein alter Schulfreund Gerd waren dabei.
Tarkan und Ergün sehen mich an. Wenn ihr Vetter kommt, wird er auch einen Blick auf die Elektrik werfen. Die Leitungen im Haus sind alt. Auch die Sicherungen, sagen sie.
Ich nicke.
Nach Annas jähem Entschluß habe ich gelernt, daß der Tod nichts Fernes hat, und eine Zeitlang dachte ich daran, ein Testament zu Gunsten der Kinder unserer Freunde aufzusetzen. Nach Annas Beerdigung habe ich den beiden Jungs bereits unsere Bücher vermacht, und Kristina hat die Musiksammlung bekommen. Aber die Jungs haben sich nie für die Bücher interessiert, und ich glaube, daß sie unsere schöne Bibliothek einfach zum Verkauf in das Netz gestellt haben. Was Kristina mit der Musiksammlung gemacht hat, weiß ich nicht. Und wenn ich jetzt daran denke, den Kindern das Haus zu vermachen, erscheint mir vor allem Kristina: Wie sie Deo oder sonst etwas in sich treibt und wie die Drogensucht mein Haus von innen zerfrißt. Vielleicht tue ich Kristina mit dieser Vorstellung Unrecht. Ich bin verkatert, und nach Annas Tod habe ich das Mädchen kaum noch gesehen.
Auch zu Fabian und Lukas habe ich keine Verbindung mehr, und wenn ich ehrlich bin, hat auch die Beziehung zu den Freunden ihre Grundlage nur noch darin, daß wir die Vergangenheit aufrechterhalten. Wir erzeugen Bilder aus dieser Vergangenheit, und wenn wir uns zu Annas Geburtstag wiedersehen, sind sie es und nicht wir, die in Beziehung treten. Vielleicht sollte ich ein Testament zu Gunsten von Tarkan und Ergün aufsetzen.
Ich sehe die beiden an.

Ja, sage ich. Der Blitz hätte auch hier einschlagen können. Und die Leitungen sind alt.
Sie schauen mich an und grinsen.
Ich sage: Ouzo und Metaxa. Und dann erzähle ich von Ouzo und Metaxa. Und von der Frau. Sie war im Gewitter gestürzt, sage ich, und ich habe ihr aufgeholfen. Sie war mir sympathisch, aber mehr war nicht. Erst meine Freunde haben mehr daraus gemacht und eine Anzeige auf dem Schwarzen Brett aufgegeben. Es war eine Schnapsidee.
Tarkan zieht schließlich ein Laptop unter der Werkbank hervor. Er klickt ein paarmal, dann schiebt er es herüber. Es scheint viele Menschen zu geben, die einem anderen zufällig begegnen und ihn wiedersehen wollen. Ich brauche nicht lange. Am Brunnen vor der Linde, steht dort. Suche dich. Und mit einem Klick erscheint der Text.
Meine Freunde haben eine Venus, eine berauschende Unbekannte, eine Heilige formuliert. Eine Frau, die aus den Gewalten des Himmels vor meine Füße gefallen ist. Und mir haben sie ein Herz gegeben, das vom Schlag unmittelbarer Gewißheit getroffen wurde. Sie haben eine Leidenschaft in mir entfacht, die nach dem Größten trachtet; sie haben mir starke Arme gegeben, die auf immer den schützenden Schirm über sie halten werden, und die feinen Hände eines Künstlers, die sich endlos der vollendeten Anmut ihrer Füße hingeben können.

Ich fühle mich high. Als würde mein Körper Unmengen von irgendetwas ausschütten. Doch Tarkan und Ergün grinsen nur. Du hast die Kontrolle verloren, sagen sie. Aber wer weiß, wofür es gut ist, sagen sie. Erst im Taxi zerstäubt der Rausch.

Die Freunde stehen bereits im Halbkreis. Daß ich nun auch am Grab als letzter erscheine, lassen sie ohne Kommentar. Ich bin unrasiert, ich sehe schlecht aus, und die vertraute Gleichförmigkeit ist mir in diesen beiden Maitagen abhanden gekommen.
Irgendwo in den Bäumen sitzt eine Singdrossel. Die Luft wird wärmer mit jeder neuen Blüte.
Wir starren auf das Grab.
Anna liegt dort unten begraben; ihre Knochen, ihr gesichtsloser Schädel nur noch ein bleicher Schimmer in der Dunkelheit. Doch eigentlich liegt hier nichts von dem, was Anna für mich war. Ihre Schönheit ist noch lebendig, ihre muntere Art und ihre Herzlichkeit. Unsere ganze gemeinsame Welt ist noch lebendig. Auch wenn ich heute verkatert bin, kann ich spüren, daß es so ist.
Wie jedes Jahr warten unsere Freunde, bis ich den ersten Schritt tue. Dann verneigen wir uns vor dem schlichten Stein und stellen unsere Sträuße auf. Es sind jedesmal bunte Sträuße, Tag- und Nachtblüher nebeneinander, Blüten, die auf Temperatur und Licht reagieren, oder Köpfchen, die sich in zwölfstündigem Wechsel öffnen und schließen. Anna konnte von den Blumen so etwas wie Offenbarung entgegennehmen. Ihr Herz erfreute sich bereits an einem Samenkorn; an der explosionsartigen Atmosphäre, dem unbändigen Trieb und den berauschenden Farben bis hin zur Vergänglichkeit. Anna konnte überall einen Duft aufspüren, überall Eigenarten und Schönheit entdecken, und manchmal röteten sich ihre Wangen, wenn sie in einer Blüte die Geschlechtszellen enthüllte. Anna war zärtlich, Anna war temperamentvoll; sie wünschte sich Blütenblätter bis unter die Haut und trieb mich an zu immer neuer Sinnlichkeit.

Anna hatte sich auch Kinder mit mir gewünscht, doch sie wurde niemals schwanger. Wir haben es hingenommen und miteinander gelernt, es nicht als Verlust zu sehen. Später einmal, auf einer Urlaubsreise, hat Nicole aus der betrunkenen Runde heraus behauptet, meine Eltern seien schuld. Degenerierter Adel, hat Nicole gesagt, und Anna schüttete ihr daraufhin das nächste Getränk ins Gesicht. Nicole entschuldigte sich sofort. Vielleicht hat sie mit ihrer Behauptung aber auch recht gehabt. Ich habe meine Spermien nie untersuchen lassen.

Unsere Sträuße stehen da, als wären wir mit vollen Armen aus Annas Geschäft gekommen.
Auf unserem Weg durch die Gräberreihen beginnen die Gespräche. Hier liegt die, und dort liegt der; Fredi nimmt morgen wieder eine Busladung Kinder mit auf Feldforschung, und Marlies beklagt sich über ihre Kundschaft, die aus Kasachstan oder sonstwo herkommt. Mit jedem Schritt vergrößern wir die Zwischenräume, die Nähe zum Tod nimmt ab. Ich halte meinen Freunden das Eisentor auf. Es quietscht in den Angeln. Dann stehen wir an der Mauer.
Ich sage: Nächstes Jahr macht ihr mich aber nicht betrunken.
Die Freunde schweigen.
Ihr müßt die Anzeige löschen.
Sie schweigen.
Gerd, sage ich. Und Gerd macht eine hilflose Bewegung.
Schließlich sagt Marlies: Wir haben bereits eine Antwort.
Walter, verstehst du? Sie will dich bestimmt wiedersehen.
Quatsch. Diese Frau wird niemals auf so eine Anzeige antworten.

Die Freunde machen beleidigte Gesichter.
Dann holt Marlies ihr Smartphone heraus, und sie umringen mich alle. Es ist tatsächlich eine Antwort auf die Anzeige eingegangen, und die Freunde können ihre Neugier nicht verbergen.
Die Nachricht ist kurz: Unbekannter mit dem Blick für meine Füße. Ja, auch ich habe etwas gespürt. Wollen wir uns wiedersehen? Am kommenden Montag, um 18 Uhr. Vor dem alten Museum. Darf ich auf dich hoffen?
Montag schon, sagen sie. Und Walter, sagen sie, alter Junge.
Aber ich schüttele den Kopf. Die Frau hätte auf eine solche Anzeige nicht geantwortet.
Die Freunde können es nicht glauben. Du kennst sie doch gar nicht, und sie zeigen mir tausend weitere Gründe auf, warum ich mich täuschen kann.
Doch ich bestehe darauf, daß sie die Antwort und auch die Anzeige löschen.
Zum Abschied umarmen wir uns. Von der Friedhofsmauer schaue ich zu, wie sie alle in eine von Gerds Limousinen steigen. Dann startet er, hupt einmal, und der kräftige Motor beschleunigt gleichförmig.

5

Eine Wolke will den ganzen Morgen nicht vorüberziehen. Bienen fliegen, aus den Flußwiesen ertönen Balzstrophen. Die Luft ist voller Gerüche, und wenn eine Brise durch die Pappel geht, ist das Rauschen noch weich, und die Blätter flimmern in ihrem silbrigen Grün.

Jedes Jahr, wenn ich von Annas Grab zurückgekehrt bin, kann ich noch eine Zeitlang Fremdstoffe und Beschleunigung der Stadt in mir spüren. Aber unter dem Baum öffnet sich bald wieder die vertraute Welt. Dann sehe ich Tiefe und Klarheit, die Sonne zieht ihren Bogen, und nachts erscheint die Milchstraße unter der Halbkugel.

Natürlich haben auch Bilder und Erinnerungen der Freunde eine Berechtigung. Aber oft genug erscheinen sie wie Bruchstücke: Was für ein tolles Paar Anna und ich gewesen sind, wie wir feiern konnten und wie wir es in der Stadt zu etwas gebracht hatten.
Es stimmt, wir waren gemeinsam ausgerichtet. Unsere Geschäfte liefen gut, die Kunden kamen gerne, und wir hatten unser eigenes Haus. Hatten eine solide Basis mit solidem Wert, was unserem Leben und unserer Zukunft einen Sinn gab. Und wir haben auch gerne gefeiert und sind mit den Freunden in den Urlaub gefahren. Was aber unser Leben tatsächlich wertvoll gemacht hat, haben die Freunde nie verstanden: daß wir über Stunden gemeinsame Stille und Tiefe erleben konnten.
Wir hatten eine schöne Bibliothek; ich las über Magellan, über Humboldt oder Mackenzie, und Anna schaute sich gerne Kunstbände an. Sie erfreute sich an Kupferstichen genauso wie an Ölgemälden, und wenn wir im Bett lagen oder bei einem Kaffee aus den Souterrainfenstern schauten, verschmolzen unsere Bilder, und die Zeit löste sich auf. Ich erzählte, wie Magellan die Welt umsegelt hatte oder Mackenzie bis zum Großen Sklavensee vorgedrungen war. Ich erzählte ihr von Humboldts Erkenntnissen über die Ozeane oder das Wetter, über seine Rußland- oder Südamerikareisen, und Anna erzählte

von Sybilla Merian und den Urwäldern Surinams. Von den Metamorphosen tropischer Schmetterlinge, vom Korallenbaum oder der Gelben Mombinpflaume. Anna erzählte von den Stilleben Georg Flegels oder dem Licht bei August Macke, und sie ließ die Farben van Goghs explodieren.

Jetzt sitze ich unter dem Baum und schaue allein in die Welt. Erlebe Stille und Tiefe nur für mich, und das Ansehen, in dem ich stand, die Stadt, Geschäfte oder Feiern interessieren mich nicht mehr. Und wahrscheinlich meinen die Freunde gerade das, wenn sie sagen, daß ich mich verändert habe und immer langweiliger werde.

Ich nehme es ihnen nicht übel; sie wissen nicht, wie die Welt sich unter einem Baum verändern kann. Sie behaupten, daß ich vereinsamt bin, und glauben mir zu helfen, indem sie eine Kontaktanzeige schalten. Sie behaupten, daß ich eine Frau brauche, um wieder Freuden und Genüsse zu erleben. Aber das stimmt nicht. Ich war glücklich mit Anna, jetzt bin ich glücklich ohne sie. Und so sitze ich bis in die Dämmerung unter dem Rauschen der Pappel. Und sitze noch, als die Sternbilder aufsteigen.

Am nächsten Morgen steht Bodennebel und macht das Land endlos glatt und silbrig. Zum Vormittag kommt die Sonne durch, der Nebel steigt auf, und das Licht wird gleißend. Die Luft ist dumpf und drückend, der Hund nebenan kläfft und jachtert, als zöge das nächste Gewitter auf.

Ich bin gerne allein. Ich bin nicht vereinsamt. Daß mir die Frau mit den ägyptisch geformten Füßen, daß mir ihre Art und ihr Duft gefallen haben, bedeutet nichts.

Mittags haben sich Wolken aufgetürmt. Aus dem Radio der Nachbarn kommen die 12-Uhr-Nachrichten. Heute ist Montag. Nach den Nachrichten kommt der Wetterbericht, und es wird kein aufziehendes Gewitter gemeldet. Der Hund jachtert noch immer; einmal steckt er seinen Kopf durch die Hecke, und die Nachbarn erwischen ihn dabei.

Ich habe ihre Lippen an meinem Ohr gespürt. Die Vibrationen und Stöße; den tiefen Raum. Ich habe in ihre braunen Augen geschaut.

Drüben wird Fleisch angebraten. In der Höhe treibt ein Wind die schweren Wolken, und während meine Nachbarn dann am Tisch sitzen, steckt der Hund seinen Kopf noch einmal durch die Hecke. Ich sitze bei ihm und streichele ihn. Sie hat nach Rose und Iris gerochen, sage ich zu ihm. Vielleicht auch Distelblüte. Ich würde ihren Duft wiedererkennen.

Die Nachbarn tragen das Geschirr hinein; bald werden sie abwaschen, einen Kaffee trinken, bald Türen und Fenster verschließen und in die Grillstube fahren. Aus dem Radio kommen Werbesprüche und Tonfolgen. Mit den Nachrichten ist es 14 Uhr.

Montags haben die Museen geschlossen.
Die Frau war mir sympathisch. Sie hat etwas Warmes und Anziehendes. Sie arbeitet auf dem Land, hat sie gesagt, und ich stelle mir vor, daß sie gerne unter einem Baum sitzt.

Der Hund kläfft. Es ist zwanzig vor drei, und Radio und Kläffen zerflirren. Sie hätte nie auf so eine Anzeige geantwortet; die E-Mail kann nicht von ihr sein. Doch was weiß ich über die Frau? Was habe ich von Anna gewußt? Anna, hätte ich gesagt: Anna würde sich niemals das Leben nehmen.

Ich dusche, ich rasiere mich. Der Wind hat Wolken und drückende Luft vertrieben. Ich wähle sommerliche Kleider aus und betrachte mich vor dem Spiegel.
Draußen drängt der Hund noch einmal durch die Hekke. Er hechelt, er schaut mich an, und ich streichele ihn. Bevor meine Nachbarn sich in die Grillstube aufmachen, bin ich auf dem Weg.

Die Sonne scheint, nur noch ein paar hohe Schleier unterziehen die klare Farbe des Himmels. Das Land ist grün, hinter den Erlenreihen glitzert der Fluß. Ein Storch segelt dahin.
Kurz vor der Holzbrücke überholt mich das Auto meiner Nachbarn. Der Hund kläfft gegen die Rückscheibe, und wir sehen einander kleiner werden.

Ich halte auf den Geestrücken zu; die Stämme der Kiefern leuchten, ihre Kronen scheinen unter dem blauen Himmel zu schweben.
Vielleicht war es ja tatsächlich die Frau, die auf die Anzeige geantwortet hat.

Bei den Künstlerhäusern kommt mir der Tierarzt entgegen. Er bremst den Landrover und grinst mich durch das offene Fenster an. Dann rümpft er die Nase.

Der Wagen riecht noch ein bißchen nach Sau. Eine von den Bunten war ausgebüxt, und wir haben sie erst am Waldrand wieder eingefangen. Dann nickt er in meine Richtung. Soll ich Sie fahren?
Nicht nötig.
Wo soll es hingehen?
In die Stadt.
Der Tierarzt lacht. Waren Sie nicht gerade dort?
Ich nicke.
Und dann sagt er: Haben Sie Ihren Freund gefragt?
Es ist nichts dabei herausgekommen.
Dieser Fredi weiß nichts?
Keine Ahnung. Er spielt sich auf; egal, ob er etwas weiß oder nicht. Top-secret, hat er gesagt, und the show must go on.
Der Tierarzt macht ein Gesicht. Das bringt uns auch nicht weiter.
Gibt es im Dorf nichts Neues?
Er schüttelt den Kopf.
Und der Einäugige?
Macht weiterhin alle unruhig.
Wir grinsen beide. Dann legt er einen Gang ein, und ich ziehe weiter.

An der Endhaltestelle warten bereits Menschen. Sie telefonieren, sie navigieren auf ihren Smartphones, und einem Halbwüchsigen mit Wollmütze scheinen zwei Kabel direkt aus dem Kopf zu kommen.
Auf der elektronischen Anzeige läuft die Wartezeit ab bis zur nächsten Bahn. Jetzt sind es noch vier Minuten. Die Schleier haben sich aufgelöst, der Himmel ist blau und klar.

6

Die Straßen sind Schluchten, über den Autoschlangen flimmert die Luft. Die Stadt ist überall und bringt endlosen Nachklang hervor. Der Himmel ist schmal, die Schatten sind hart; wo das Licht zurückgeworfen wird, ist es gebündelte Strahlung. Menschen überholen mich; sie kommen mir entgegen, sie sprechen vor sich hin. Sie tragen Sonnenbrillen, sie haben Smartphones, und auch hier sind einige von ihnen verkabelt. Eine Frau, die ich nach der Uhrzeit frage, zieht weiter, als hätte ich nicht gefragt. Ein Junge schaut schließlich auf sein Handy. Es ist halb sechs. In einiger Entfernung sehe ich bereits das alte Museum.

Normalerweise brauche ich keine Uhr mehr. Mir reicht es zu sehen, wie die Schatten in den Jahreszeiten wandern, und wenn ich in das Dorf muß, gehe ich im Vormittagslicht. Beim Frisör kriege ich dann manchmal mit, daß die Zeit wieder vor- oder zurückgestellt wurde, doch dadurch ändert sich für mich nichts. Nur einmal ist es mir passiert, daß ich an einem Feiertag losgegangen bin, und in der Kolonie haben sie sich deswegen lustig gemacht.

Eine Straßenbahn bimmelt, und Menschen eilen von den Gleisen. Zwei Mädchen scheinen mit ihren Smartphones zu filmen. Sie kommen auf mich zu, sie tragen Ringe im Gesicht, und dann rauschen die kleinen Apparate an meinem Kopf vorbei.

Das Museum ist nicht mehr weit. Es ist ein klassizistisches Gebäude mit Säulen und Portal; auf dem gepflasterter Vorplatz vor dem Eingang stehen zwei Skulpturen.

Ringsherum ist ein kleiner Park. Ich atme schneller als sonst; meine Hände sind feucht. Ein Mann sagt mir, daß es zwanzig vor sechs ist. Es ist noch zu früh, aber ich schaue mich trotzdem um. Die Frau ist noch nicht da.

In dem kleinen Park setze ich mich auf eine Bank. Hinter mir rauscht gelegentlich eine Platane auf, die Böen sind warm.
Eine Bank weiter sitzt ein Mann mit einer goldenen Armbanduhr und liest eine Zeitung. Ich kann die Zeiger auf seiner Uhr erkennen. Noch fünfzehn Minuten.

Ein Junge auf einem Skateboard umfährt die Skulpturen. Zwei Männer stehen im Portal und rauchen. Meine Hände sind noch immer feucht. Was soll ich nur sagen, wenn die Frau tatsächlich erscheint?

Ein Mädchen bleibt vor der Bank neben mir stehen. Der Mann mit der goldenen Armbanduhr legt seine Zeitung zusammen und holt ein Smartphone hervor. Er hält es über den Busen des Mädchens.
Was machen Sie da, sage ich.
Das Mädchen streckt mir die Zunge heraus und kichert.

Die beiden Männer im Portal sind verschwunden. Auch der Junge mit dem Skateboard ist nicht mehr zu sehen, nur ein paar Tauben zuckeln dahin. Dann ziehen Fahrräder über den Vorplatz, ein Pärchen schlendert und betrachtet die Skulpturen. Wahrscheinlich sind es jetzt keine zehn Minuten mehr. Wenn die Frau tatsächlich erscheint, werde ich ihr einfach erzählen, daß ich nach Annas Tod alles aufgegeben habe und jetzt jeden Morgen über die Flußwiesen schaue. Und daß die Freunde mich betrunken gemacht haben.

Plötzlich steht das Mädchen vor mir und kichert. Es ist auf frauliche Art zurechtgemacht; es läßt seine Schneidezähne aufblitzen und die Zungenspitze. Dann streckt es mir einen großen Busen entgegen. Auf dem Trikotstoff wölbt sich ein schwarzes Quadrat mit weißen Punkten. Beim Frisör habe ich gelesen, daß diese Quadrate Quick-Response-Code heißen. Sie wurden in Japan zur Effizienzsteigerung in der Automobilindustrie entwickelt, aber heute sind in den unterschiedlich angeordneten Punkten Informationen aller Art enthalten: Telefonnummern, Videos oder Zugangsdaten zu verborgenen Bereichen im Internet, und mit einem Smartphone kann man diese Codes gewissermaßen entschlüsseln. Meistens ist es wohl Werbung, und die Informationen sollen etwas Bestimmtes im Betrachter auslösen. In den Augen des Mädchens bin ich jetzt ein solcher Betrachter. Ein alter Sack womöglich, und womöglich hat es auch Erfahrung mit alten Säcken.
Ich schaue das Mädchen an. Anscheinend erwartet es, daß ich ein Smartphone hervorhole.
Du solltest nicht solche Sachen machen, sage ich.
Es kichert wieder. Seine Zungenspitze hinterläßt feuchte Spuren; das Quadrat steht prall.
Ich zucke mit den Schultern. Der Tierarzt hat mir von den Ohrmarken der Rinder erzählt; das ganze Leben wird überwacht und ist vorprogrammiert, hat er gesagt. Und anscheinend stört sich auch niemand mehr daran, wenn sich die Mädchen öffentlich ihre Geschlechtsmerkmale markieren.

Ich schaue es an. In seiner Aufmachung wirkt es reif, vielleicht ist es auch schon eine junge Frau. Vielleicht gibt es aber auch Veränderungen in der Umwelt, die eine körperliche Reifung beschleunigen und sogar das ganze Verhalten der Menschen verändern. Ich zucke wieder mit den Schultern. Dann stehe ich auf. Wirklich. Du solltest so etwas nicht machen.
Gefallen sie dir denn nicht?
Darum geht es nicht.
Sie kichert wieder und wackelt mit ihrem Busen.
Ich schüttele den Kopf. Ich habe Respekt vor deinem Alter. Deine Brüste interessieren mich nicht. Ich bin auch ohne sie glücklich.
Der Mann, der glücklich ist, sagt sie.
Ich gehe davon und höre ihr Kichern.

7

Anna mochte den Mai und ganz besonders diese Tageszeit; wenn das Abendlicht Anspannung und Gleißen aus der Stadt zieht, wenn bald fliederfarbene Streifen in der Luft stehen und Amseln von den Dächern singen. Gemeinsam mit Anna habe ich nie das Gefühl gehabt, daß um mich herum eine völlig absurde Welt existiert. Doch nun muß ich mir die Welt alleine beschreiben, und dabei fühle ich mich oft genug wie ein Fremder. Als wäre die Stadt ohne Anna ein anderer Planet geworden, auf dem unsere gemeinsamen Räume und Blickwinkel keine Gültigkeit mehr haben. Vielleicht sollte ich der Frau von Anfang an sagen, daß die anderen mich mittlerweile für einen Einsiedler halten. Und daß ich eine Welt, in der junge Frauen mit einem QR-Code auf ihren Brüsten herumlaufen, kaum noch verstehe.

Ich schlendere an den Skulpturen vorbei. Sie stellen Hetären dar; halb Musen, halb Huren. Sie sind aus Stein gehauen, sie sind groß und haben sich im Sonnenlicht aufgewärmt. Dann schlendere ich über den Vorplatz und setze mich im Portal auf die Stufen. Aus der Ferne höre ich Glocken schlagen. Es ist 18 Uhr, und einen Augenblick lang spüre ich die Töne durch die Luft schwingen. Meine Hände sind noch immer feucht, die Frau scheint überall zu sein. Ich höre ihre Stimme, ich rieche ihren Duft. Ich sehe sie unter einer Platane, ich sehe sie in einer Menge.

Straßenbahnen halten und fahren wieder ab. Autohupen kommen näher oder verziehen sich, Menschen und Fahrräder kreuzen den Vorplatz, Tauben landen und fliegen wieder auf. Wenn ich unter der Pappel sitze, habe ich selten das Gefühl, daß die Zeit in ständiger Bewegung ist. Unter der Pappel erfaßt mich das Rauschen, und Stille steigt in mir auf. In der Stadt scheint die Zeit eingeteilt in Vergangenheit und Zukunft, in der Stadt spüre ich den rasanten Takt, die unablässigen Einschläge. Ich spüre, wie ich beobachte und beobachtet werde; daß ich in der Stadt anders denke und anders fühle. Vielleicht ist es aber auch die Aufregung, und jede Gestalt, die sich dem Museum nähert, könnte die Frau sein.

Ich erkenne das Kichern auf Anhieb wieder. Plötzlich steht sie neben mir. Der Mann, der glücklich ist, sagt sie.

Sie hat ihr Äußeres verändert. Ihr praller Busen und der QR-Code sind verschwunden; sie trägt jetzt eine Bluse und einen kurzen Sommermantel. Mit hochgestecktem Haar und Brille sieht sie aus wie eine junge Geschäftsfrau. Ohne zu fragen, setzt sie sich zu mir auf die Stufen. Du hast die Anzeige aufgegeben, sagt sie. Du suchst die Frau aus dem Gewitter. Du hast dich in ihre Füße verliebt.
Was?
Sie kichert wieder. Nun guck doch nicht wie ein Frosch.
All meine Hoffnungen zerfallen mit einem Schlag. Und ich habe es von Anfang an gewußt: Die Frau hätte niemals auf so eine Anzeige geantwortet.
Dann berührt sie meinen Arm. Du bist enttäuscht, nicht?
Ich weiß nicht, was ich ihr antworten soll.
Ich bin Tessa, sagt sie.
Walter.
Ich habe auch schöne Füße, Walter.
Was? Dann schaue ich sie wieder an. Du solltest nicht solche Sachen machen, verdammt.
Was mache ich denn?
Wildfremden Männern so etwas anzubieten. Ihnen deinen Busen zeigen.
Ich biete nichts an. Und meinen Busen hast du in deiner Phantasie gesehen.
Und was ist mit diesem Code?
Es ist ein Code.
Warum hast du auf meine Anzeige geantwortet?
Vielleicht dachte ich, du seist jemand anderes.
Ach, Tessa.
Sie lacht. Dann sagt sie: Und du bist einer Frau im Regen begegnet? Erzähl doch mal.
Ich sitze da. Ein alter Mann im Nachmittagslicht.

Sie stupst mir einen Finger in die Seite. Du hast dich verknallt, nicht?
Ich weiß nicht, wann ich zuletzt errötet bin.
Sie lacht und klatscht in die Hände. Walter hat sich verknallt!
Ich möchte nach Hause. Ich möchte unter der Pappel sitzen und schweigen.
Tessa sagt: Du siehst nett aus. Und die Frau ist bestimmt auch nett.
Ich hebe meine Arme und lasse sie wieder fallen. Dann sage ich: Ich wußte von Anfang an, daß sie niemals auf so eine Anzeige antworten würde.
Mir hat die Anzeige gefallen.
Ich schüttele den Kopf.
Warum hast du keinen anderen Text geschrieben?
Es war eine Schnapsidee.
Dann stupst sie mir wieder einen Finger in die Seite. Verliebtsein ist Energie. Mach etwas daraus, Walter.
Ach, Kind.
Wann warst du denn das letzte Mal verliebt?
Ich sage nichts dazu.
Und Tessa lacht schon wieder. Nun guck nicht immer wie ein Frosch. Die Liebe löst alle Probleme.
Ich schaue sie an. Sie wirkt fröhlich und unbekümmert.
Das sind doch Phrasen, sage ich schließlich.
Sie macht ein unschuldiges Gesicht. Aber alle sprechen doch von der Liebe. Jeder will sie haben, weil sie ein großer Schatz ist. Die Liebe wird gehegt und gepflegt. Oder etwa nicht?
Ich schaue sie an.
Und Tessa klatscht in die Hände. Aber vielleicht wird einem die Liebe ja auch hinterhergeschmissen, und man

findet sie an jeder Ecke und in jedem Discounter. Walter! ruft sie. Man kann sich die Liebe auch im Netz besorgen. Ein Klick, und sie ist da. Ein Doppelklick, und sie ist doppelt da. Die gute, alte Liebe. Walter! Sie ist tatsächlich zur Phrase verkommen. Nein, zur Katastrophe. Und die Katastrophe ist Wirklichkeit, und diese Wirklichkeit – klick, klick, klick – gibt es im Netz und an jeder Ecke. Walter, die Liebe ist tot, es lebe die Katastrophe! Tessa klatscht, sie lacht. Komm! ruft sie dann. Komm!, und sie zieht mich von den Stufen. Die Blicke der anderen Menschen interessieren sie nicht. Komm, Walter. Liebe, Wirklichkeit oder Katastrophe, das sind alles Phrasen. Globalisierung ist eine Phrase, Gleichschaltung ist eine Phrase, und nach dem Genozid der Psychozid – Phrasen, Phrasen, Phrasen. Und sie zieht mich voran, und sie lacht und lacht.

Tessa ist munter und unbekümmert. Sie redet, sie wirft ihre Arme in die Luft und schaut ein paar Tauben hinterher. Sie zeigt gegen die Stadt, sie zeigt gegen die Menschen, und dann hakt sie sich bei mir ein.
Das Abendlicht läßt die Stadt mild erscheinen, eine fliederfarbene Wolke steht am Himmel.
Tessa zeigt wieder gegen die Menschen ringsherum. Was glaubst du? Warum rennen sie so, was treibt sie an?
Wahrscheinlich haben sie Feierabend.
Sie kichert. Und zu Hause sind sie dann nicht mehr angetrieben?
Ich weiß es nicht. Ich kenne sie nicht.
Sie zieht einmal an meinem Arm. Ach komm, Walter! Sie sind angetrieben, weil sie hinter etwas her sind. Oder etwa nicht?
Schon möglich.

Und hinter was sind sie her?
Ich weiß es nicht.
Das glaube ich dir nicht. Du machst dich über mich lustig.
Nein. Ich verstehe nur nichts mehr von anderen Menschen.
Das glaube ich dir auch nicht. Dann bleibt sie stehen. Was hat dich denn zu dieser Anzeige angetrieben?
Es war eine Schnapsidee meiner Freunde. Ich habe damit nichts zu tun.
Sie schaut mich an und lacht. Du bist ein schlechter Lügner. Dann läuft sie zu einem Eisstand und kommt mit zwei Tüten zurück. Die Kugeln leuchten in der tiefstehenden Sonne.
Tessa leckt an ihrem Eis. Weißt du, was mich angetrieben hat?
Nein.
Etwas zu tun, ohne zu wissen, was geschehen wird.
Darum hast du geantwortet? Darum bist du hier?
Sie stülpt ihre Lippen über die Kugeln, saugt, und dann lächelt sie mich an. Sie ist jung, und vielleicht kann sie die Gefahren noch gar nicht einschätzen. Vielleicht ist dies alles nur ein Spiel für sie, und später wird sie ihren Freunden in einem der sozialen Netzwerke davon erzählen.
Sie bemerkt meinen Blick und kichert. Dann streicht sie mir mit einem Finger Eis vom Kinn.

Seit Anna tot ist, habe ich mit keiner Frau mehr zusammen Eis gegessen.
Tessa bleibt stehen und schaut mich an.
Ich sage ihr, wie es ist. Daß wir unsere Zeit hatten und unsere Räume. Daß Annas Entscheidung aus einem Teil

ihrer Innenwelt kam, der mir verborgen geblieben ist. Und daß ich nicht wütend bin auf sie und mich nicht von ihr verraten fühle.
Und diese andere Frau?
Sie hat mich verlegen gemacht.
Mehr nicht?
Sie hat mir gefallen.
Und Tessa kichert.

Nach dem Eis zieht sie mich auf eine Bank. Um uns herum rauscht die Stadt.
Tessa zeigt hierhin, sie zeigt dahin. Sie redet, sie lacht. Sie hat ihre Brille in das Haar geschoben, sie könnte meine Tochter sein.
Plötzlich greift sie nach meiner Hand. Und was glaubst du nun? Ihre Augen leuchten.
Ich verstehe sie nicht.
Wovon sind sie angetrieben, Walter?
Vielleicht haben sie Angst.
Angst? Und sie kichert wieder.
Die meisten haben Angst. Vor dem Leben, vor dem Tod.
Tessa schüttelt den Kopf. Ach, Walter. Wenn das keine Phrasen sind!
Doch dann sagt sie: Ja, ich glaube, du hast recht. Angst! Sie sind schon ganz irre vor Angst. Angst, Angst, Angst!
Und Tessa lacht, und ich sehe ihre Zähne. Dann greift sie wieder nach meiner Hand. Wirklich, Walter. Du hast recht. Niemand spricht von der Angst, niemand will sie haben. Aber sie ist überall: in den Nachrichten, am Arbeitsplatz, in der eigenen Wohnung. Sie geht mit zu Bett, und sie steht wieder mit auf. Niemand kann ihr davonlaufen. Angst im Herzen und in der Seele. Ständige Angst

überall. Als ob ein Prinzip dahintersteckt, damit immer alles so ist, wie es gerade ist. Damit niemand auf die Idee kommt, keine Angst mehr zu haben.
Und dann springt Tessa plötzlich auf und breitet ihre Arme aus. Ja, ein wunderbares Prinzip. Ein Leben ohne Angst ist kein Leben. Angst ist Treibstoff, Angst kriecht in alle Ritzen, steigt wie ein Hauch empor und liegt wie eine Wolke über der Welt. Walter, ist das nicht wunderbar! Wir leben! Wir leben, weil wir Angst haben. Nicht die Liebe läßt uns leben. Und nicht die Liebe löst unsere Probleme. Walter, ruft sie. Wir sind irre!

Ich bekomme nur beiläufige Eindrücke von Tessas Generation. Fabian macht sich gut in der Sparkasse, Lukas steckt im Abitur, und Kristina hat sich Deo in ihre Lungen gepumpt. Wie aber die jungen Menschen sonst noch auf die äußeren Strukturen reagieren, kriege ich nicht mit.

Tessa setzt sich wieder zu mir. Drückt sich in meine Seite und flüstert beinah. Verstehst du, Walter. Sie atmen Irrsinn, sie dünsten Irrsinn aus. Sie erfinden ihn ständig neu, sie verfeinern ihn, strecken ihn und ziehen sich jeden Tag ihre Dosis rein. Schau sie dir an, Walter. Ihre Autos, ihre Smartphones, ihre Drohnen. Pillen und Crack und Schnaps. Sie sind bis zum Anschlag ausgefüllt mit ihrem Irrsinn. Adrenalin und Egoismus, und durch das Netz wissen sie alles und wissen am Ende nichts mehr. Sie machen sich kaputt, sie machen die Wirklichkeit kaputt, setzen sie schräg wieder zusammen und machen alles noch einmal kaputt. Immer wieder; und immer ist es ein Rausch. Alles ist Rausch; Krieg und Öl und Aktien, alles pures Dope. Ihre Köpfe gedopt, ihre Herzen gedopt und nach dem Genozid der Psychozid. Die Seele ist tot! Es lebe die tote Seele! Und weißt du was, Walter: Auch das feiern sie noch.

Ich schaue sie an. Dann sage ich: Nein. So einfach ist das nicht.
Ist es nicht? Und Tessa klatscht. Wie ist es dann, Walter? Löst der Irrsinn sich in der Masse auf – abrakadabra, weil es niemanden gibt, der nicht mehr irre ist? Und sie klatscht und klatscht.
Das ist auch zu einfach.
Aber wie ist es dann?
Ich zucke mit den Schultern. Ich kann nur von mir sprechen. Zuerst hat Annas Tod alles aufgerissen. Ein Schwarzes Loch. Aber mit den Jahren habe ich gelernt, alleine zu sein. Einfach da zu sein. Dabei lerne ich von der Welt, und ich lerne etwas über Respekt und Verantwortung. Mir werden Dinge wichtig, die andere Menschen für sinnlos halten; ich sehe anders als früher und ich höre anders. Und ich fühle mich niemals einsam. Aber viele Menschen können nicht einfach so dasitzen und nichts tun. Sie haben Angst vor sich selber, sie haben Angst vor der Einsamkeit, und wenn sie alleine sind, lenken sie sich ab. Mit allem, was da ist; und es ist immer mehr da. Und warum? Nicht, weil sie irre sind, sondern weil sie nicht mit sich alleine sein können. Wenn sie es aber könnten, wenn sie einfach einige Jahre unter einem Baum sitzen würden, gäbe es deinen ganzen Irrsinn nicht. Keine Aktien oder Kriege, keine Würfelspiele, Windhundrennen und auch nicht diese Zeitvernichtung in der virtuellen Realität. Nichts von dem, was sie seit jeher von sich selbst ablenkt.

Tessa kichert. Dann stupst sie mich in die Seite. Du sitzt also einfach da.
Ich nicke. Und unter der Pappel gebe ich mein Bestes.
Und sonst?
Wohl auch.
Auch jetzt?
Auch jetzt.
Es könnte aber schon etwas mehr sein, oder? Sie kichert. Soll ich eine Katastrophe anzetteln?
Ach was. Ich mache nur Spaß. Und du bist nicht mehr enttäuscht?
Nein.
Komm! Gib zu, daß du jetzt lieber diese Frau neben dir hättest.
Ich kenne die Frau nicht. Und mit dir ist es nett.
Das sagst du nur so.
Nein.
Ehrlich?
Ehrlich.
Sie kichert wieder.
Menschen ziehen an unserer Bank vorüber, die Schläge eines Hubschraubers brechen die Luft.
Dann streift Tessa einen Schuh ab und legt ihren Fuß auf mein Bein. Sie hat die Zehennägel schwarz lackiert.
Gefällt er dir?
Ich hebe die Schultern, sage, daß es ein junger, gesunder Fuß ist. Über ihre Schuhe lasse ich mich aus; offenbare ihr die Mängel einer Massenware, für die alles handwerkliche Wissen zu Gunsten einer modischen Schimäre aufgegeben wurde. Und schlimmer, sage ich, diese Massenware provoziert Deformationen die Skelettachse hinauf bis unter den Schädel.

Tessa lacht und streift den zweiten Schuh ab.
Die Nägel sind hier rosa lackiert, und ich spüre, wie die Zehen gegen mein Fleisch drücken; wie sie schnappen.
Willst du sie nicht anfassen, sagt sie.
Ich verstehe sie nicht.
Sie sind ganz weich, Walter.
Ich sehe sie an.
Und sind sie nicht schön?
Ich weiß nicht, worauf Tessa hinauswill. Ich erkläre ihr, wie ein ägyptischer Fuß aussieht; ein griechischer und ein römischer.
Ihre Zehen drücken und schnappen. Sie sagt, daß sie Sachen mit ihren Füßen machen kann. Sie kichert. Dann flüstert sie: Füße. Füße. Geile Füße.
Tessa!
Meine Empörung überrascht sie. Machen sie dich denn nicht scharf?
Quatsch!
Komm schon, flüstert sie. Du stehst doch auf Füße.
Ich habe keine Ahnung, in was für einer Welt sie lebt; ob sie selber Drogen nimmt, ob sie selber irre ist.
Wir sehen einander an. Schließlich macht sie ein beleidigtes Gesicht. Nun sei doch nicht so, Walter.
Wie soll ich nicht sein?
Sie kichert. Es war ein Spaß. Ich habe einfach so getan, als würdest du auf Füße abfahren.
Das ist kein Spaß. Und der QR-Code auch nicht.
Ach, Walter.
Nein. Ich will nicht hineingezogen werden in so eine Welt. Dein Busen interessiert mich nicht, sage ich, und ich habe nicht einmal ein Handy. Deine Füße interessieren mich nicht, und auch nicht die Füße anderer Frauen.

Ich bin kein Fetischist, ich bin Schuhmacher. Und die Anzeige haben meine Freunde geschrieben; ich wußte kaum davon. Ich habe ihnen von einer Frau erzählt, der ich im Gewitter begegnet bin. Mehr nicht. Meine Freunde haben es nur gut gemeint. Sie glauben, daß ich nach Annas Tod vereinsame. Aber in Wirklichkeit bin ich gerne alleine. Meine Seele ist lebendig, und ich zettele keine Katastrophen an.
Sie sieht mich an.
Zieh dir deine Schuhe wieder an.
Machen meine Füße dich doch nervös?
Und dann lachen wir beide.

Nach einer Zeit stehe ich auf. Es war nett, dich kennenzulernen. Paß auf dich auf, Tessa. Dann reiche ich ihr die Hand.
Sie hält sie fest. Sitzt du wirklich die ganze Zeit unter einem Baum?
Ich bin irre. Das sagen sie in der Kolonie.
Ach, komm. Du machst dich über mich lustig.
Und du?
Sie kichert. Und dann springt sie plötzlich zu mir auf. Komm! Ich mache euch miteinander bekannt.
Ich verstehe sie nicht.
Aber sie lacht nur. Ich lade euch zum Essen ein. Komm, Rico ist nett, und sie zieht mich weg von der Bank.
Wer ist Rico?
Mein Bruder. Er paßt auf mich auf.
Wo ist er?
Sie kichert wieder, und dann steht plötzlich ein Mann bei uns.

Ihr Bruder scheint um einiges älter zu sein als sie, doch die beiden haben Ähnlichkeit. Er hat bereits graue Schläfen, er ist leger gekleidet und trägt gute Schuhe. Er hat einen festen Händedruck, sein Lächeln sieht ungetrübt aus.
Wir gehen im Licht der Abendsonne. Tessa redet, Tessa lacht, und die Menschen um uns herum haben Angst, daß sie ihr Geld und ihre Bequemlichkeit verlieren. Sie haben Angst vor Asylanten oder davor, keinen Parkplatz zu finden. Sie haben Angst vor dem Alter, vor Krankheiten oder sexueller Unfähigkeit, und sie schlucken Pillen, und sie schlucken alles. Sie versteifen sich mit Religion, Nationalismus und jeder Art von Wir-Gefühl. Sie sind irre, und Tessa kichert und kichert. Schließlich führt sie uns in ein thailändisches Restaurant.

Das Haus ist dreistöckig und schmal. Unten ist die Küche; auf dem Feuer stehen Kochschalen. Ein Ventilator zertreibt die Hitze über einem Säugling, der auf einer Decke liegt. Eine zartgliedrige Frau lächelt und verneigt sich vor uns. Dann führt sie uns eine Treppe hinauf.
Jedes Stockwerk hat nur einen Raum. Wir steigen ganz nach oben. Die Tische dort sind nicht besetzt, wir nehmen Platz am Fenster. Die Frau verneigt sich wieder und verschwindet.
An den Wänden hängen Rollbilder, und auf dem Fensterbrett steht eine Figur. Es ist warm hier oben. Es ist still. Tessa öffnet ihr Haar. Es fällt ihr lang und glatt über die Schultern.
Ihr Bruder schaut in die Speisekarte.
Von den Rollbildern strahlt etwas Ruhiges ab; die Symbole dort und ihre Anordnung erschaffen eine Einheit.

Auch die Figur auf dem Fensterbrett paßt dazu. Es ist ein dahinschreitender Buddha. Er sieht ganz anders aus als die sitzenden Figuren, die ich auch schon in den Gärten der Kolonisten gesehen habe.
Tessa kämmt ihr Haar. Jetzt sitzen wir hier, Walter, und keiner weiß, was geschehen wird.
Wir werden essen, sage ich.
Rico grinst.

In dem Haus gibt es einen Fahrstuhl für die Speisen. Die Frau bringt die Schalen an unseren Tisch, und mit dem Dampf öffnen sich Farben und Gerüche. Die Sprossen sind frisch, die Soße ist scharf.
Rico und ich essen schweigend.
Sie sind irre, sagt Tessa. Sie fixen sich mit der Glotze, der Börse oder dem Netz und kriegen nicht mehr mit, wie ihre Seelen bereits stinken. Sie lassen sich überwachen, sie geben alles von sich preis, und noch auf dem Scheißhaus werden ihre Stoffwechselprodukte analysiert und in Datenpäckchen aufgelöst. Sie lassen sich überall erfassen und auswerten, und sobald digitale Genomanalysen möglich sind, werden sie es bejubeln. Sobald sich ihre Gedanken erfassen und auswerten lassen, werden sie es bejubeln. Und sie werden die Massenvernichtung der Seelen bejubeln.

Das Essen hat uns gut geschmeckt. Die Frau lächelt, sie verneigt sich. Dann bringt sie die Teller in den Fahrstuhl.
Tessa sagt: Ihre Gehirne werden gejunkt, gesteuert und von elektromagnetischen Feldern manipuliert, sie werden ergriffen und einverleibt in virtuelle Realität, sie werden aufgelöst und wieder zusammengesetzt, sie werden

vorhersehbar gemacht und sind nur noch ein Stück Verfügungsmasse in einem System, das selber nicht mehr zu greifen ist. Es lebe der Psychozid, und sie sieht munter und fröhlich aus.

Beim Nachtisch erzähle ich von meinen Eltern. Warum ich Schuhmacher geworden bin und wie ich nach Annas Tod alles aufgegeben habe. Ich erzähle von der Schwarzpappel, vom Hund meiner Nachbarn und vom Holzspalten für den Winter.
Rico nickt.
Dann sage ich: Und ihr?
Wir sind hier, sagt er.
Warum habt ihr auf die Anzeige geantwortet?
Du spaltest Holz. Du sitzt unter dem Baum, du streichelst den Hund. Was wir machen, ist ganz ähnlich.
Ich verstehe ihn nicht.
Rico sagt: Wir schöpfen Wasser. Wir brechen den Boden auf und setzen Keimlinge in die Furchen. Wir sind hier. Wir sind im Netz. Wir wissen, wie man Energien aus der einen in die andere Dimension bringen kann.
Ich schaue ihn an. Seine Antwort scheint in keinem Zusammenhang zu meiner Frage zu stehen, doch Rico lächelt nur.
Und was ist mit diesem QR-Code? sage ich.
Und Tessa kichert schon wieder.

Als die zartgliedrige Frau an unserem Tisch steht, bestelle ich die Rechnung. Nichts da, sagt Tessa. Ich lade euch ein, und die Frau nimmt das Geld von ihr.
Dann schaut Tessa mich an. Du mußt es noch einmal machen.

Ich verstehe sie nicht gleich, und sie klatscht in die Hände. Walter hat sich verknallt.
Ihr Bruder grinst.
Ich schüttele den Kopf. Ich werde nicht noch eine Anzeige aufgeben.
Das kannst du nicht machen! Walter!
Ich sage nichts dazu.
Tessa sieht ihren Bruder an. Walter war so aufgeregt. Er hat sich so auf diese Frau gefreut. Er ist verknallt und voller Leidenschaft für sie, und nun will er nichts daraus machen. Verliebtsein ist Energie. Sag ihm das, Rico. Sag ihm, er soll daraus etwas machen.
Rico sieht mich an. Wir lächeln.
Dann sage ich: Vielleicht hat deine Schwester ja recht.
Sie drückt meine Hand. Ihre Augen leuchten. Versprochen?
Mal sehen.
Walter, versprich es! Wie oft warst du in deinem Leben schon verliebt? Und wie viele Male wirst du es noch sein?
Dann schreibt sie mir eine Nummer auf. Ruf mich an. Und wenn ich deine Anzeige lese, werde ich nicht antworten. Ehrlich.
Wir lachen.
Dann sage ich: Ich mache dir ein Paar Schuhe. Gute Schuhe sind wichtig.
Und sie kichert wieder. Gib es zu, Walter. Du stehst doch auf meine Füße.

8

Verliebtsein ist Energie, und nichts ist mehr wie vorher. Wenn der Hund durch die Hecke stößt, bemerke ich ihn nicht. Ich überhöre das Rauschen der Blätter, ich überhöre die Vögel. Ich übersehe das Licht in den Flußwiesen, und alles, was sonst einfach geschieht, geschieht plötzlich nicht mehr.

Die Frau hat mir gefallen. Aber bin ich wirklich verliebt? Ich könnte sie sicher wieder vergessen; ich könnte mir eine zweite Anzeige schenken und einfach unter dem Baum sitzen bleiben. Womöglich liest sie überhaupt keine Kontaktanzeigen, und am Ende ist sie sogar glücklich verheiratet.

Wenn ich aber doch eine Anzeige aufgebe, muß ich viel organisieren. Ich habe keinen Computer und werde Hilfe benötigen. Ich werde mich nach der Zeit und den Launen der anderen richten müssen.
Dann werde ich womöglich mit Marlies und Gerd am Tisch sitzen, werde aus dem Arbeitsamt hören, aus der Automobilbranche, und wir werden Bilder aus der Vergangenheit erzeugen. Und wenn Fabian und Lukas dazukommen, werden wir über Sparkasse und Abitur reden.
Oder ich werde mir anhören, wie Fredi seine Busladungen voller Kinder mit auf Feldforschung nimmt und sie mit seinen Konzernformeln durchdringt. Ich werde Nicoles gepflegte Haut und die feine Kunst auf ihrem Gesicht sehen und jederzeit auf die Spitzen hinter ihrem Lächeln gefaßt sein müssen. Vielleicht werde ich sogar

Kristina wiedersehen, aber so oder so muß ich vor allem mit der Neugier meiner Freunde rechnen. Muß damit rechnen, daß sie eine aus ihrer Sicht ganz selbstverständliche Erwartung pflegen und ich in der ständigen Verantwortung stehe, ihnen zu berichten. Sie werden sich womöglich bis unter die Pappel in mein Leben einmischen. Sie werden meine Angelegenheiten zu den ihren machen, werden alles besser wissen und ihrer Meinung nach immer recht damit haben. Und am Ende werden sie mir nicht nur meine Schuld an Annas Tod offenlegen, sondern auch, daß mein behauptetes Glück unter dem Baum nichts weiter als Einbildung ist. Vielleicht werden sie auch eine Krankheit daraus machen; eine Art Irrsinn, und mir so beweisen, daß mein Glück in Wirklichkeit ein Unglück ist.

Nach dem Mittag sitze ich mit Papier und Stift auf der Veranda. Ich habe das Wort Anzeige geschrieben. Und den Satz, den Tessa gesagt hat. Aber ich kann nichts aus dieser Energie machen. Schlagzeile oder Text wollen mir nicht einfallen.

Zum Kaffee höre ich eine Lerche. Ich kann nicht sagen, ob sie zwischen den wedelnden Blättern sitzt oder über den Wiesen steht.

Wahrscheinlich kommt es auf die Schlagzeile an, und jemand öffnet eine Anzeige nur, wenn sie tatsächlich in ihm anschlägt. Ich könnte das Datum einsetzen, Uhrzeit und Ort. Ich könnte ihren Sturz und den verlorenen Schuh einsetzen, ich könnte sogar schreiben: Am Brunnen vor der Linde. Suche dich noch immer.

Der Hund stößt durch die Hecke, doch dann rufen sie nach ihm. Er seufzt, und ich ahne, wie er durch den Garten trottet und vorne in das Auto springt. Der Motor wird gestartet, die Nachbarn fahren in ihre Grillstube.

Ich schreibe: Deine Ohren. Ich schreibe: Dein Duft, und dann streiche ich beides wieder durch.

Ich höre der Lerche zu. Ob sie in den Wiesen schon ihr Nest gebaut hat?

Die Nachbarn kommen zurück. Ich kenne den Klang ihres alten Autos. Eine Tür geht auf, der Motor läuft weiter.
Autos, die mit laufendem Motor einfach nur dastehen, beunruhigen mich. Beim Frisör habe ich gelesen, daß es in den USA bereits Modelle gibt, die eine so hochgerüstete Technologie an Bord haben, dass sie täglich neu gestartet werden müssen. Und daß es dort niemanden stört, wenn ein Auto einfach mit laufendem Motor dasteht. Vielleicht denken meine Nachbarn genauso. Es dauert, bis die Autotür wieder zuschlägt und der Gang endlich einrastet. Dann knirschen die Reifen, und der Hund kläfft aus der Kabine.

Ich schreibe: Die Form der Lindenkrone wiederholt sich in verkleinertem Maßstab in ihren Blättern. Ich schreibe: Ich habe deine Lippen an meinem Ohr gespürt; den tiefen Raum. Und dann streiche ich es wieder durch.

Der Hund kläfft fast immer, wenn sie von hier wegfahren. Ich kann mir vorstellen, daß er lieber mit mir unter dem Baum sein würde. Was soll er den halben Tag in einer Grillstube?

Ich schreibe: Wir haben das Große im Kleinen gesehen.

Vor diesem Hund hatten die Nachbarn einen anderen. Sie hingen sehr an ihm, und als er an Altersschwäche starb, trugen sie eine Woche Schwarz. Sie haben ihm im Garten ein Grab gemacht, und der neue Hund sieht aus wie ein Sohn des alten. Sie haben ihm sogar den gleichen Namen gegeben, doch er erfüllt ihre Erwartungen nicht. Er hat einen ganz anderen Charakter; er mag mich, und was die Nachbarn vielleicht noch mehr ärgert: Er hat den alten Jacko eines Nachts ausgebuddelt und die Knochen verschleppt.

Wir haben das Große im Kleinen gesehen. Du stiegst letzten Montag während des Gewitters aus der Straßenbahn. Du wurdest umgerannt und verlorst dabei einen Schuh. Ich half Dir auf, wir gingen ein Stück gemeinsam und betrachteten zuletzt einen Baum. Ich möchte Dich gerne wiedersehen.

Ich lese den Text noch einmal durch. Morgen werde ich zu Tarkan und Ergün fahren; den Freunden werde ich erst gar nichts erzählen.

Der Stamm steht im Abendlicht, die Rinde erscheint wie von Erdzeitaltern eingeschnitten. In der Dämmerung sehe ich Wetterleuchten. Manchmal erfaßt eine Brise den Baum; die Lerche singt bis in die Nacht.

9

Schuhwerkstatt und Schneiderei sind geschlossen. Hinter den Scheiben hängt ein Zettel, Tarkan und Ergün sind auf einer Familienfeier. Sie haben einen großen Klan, noch die Kindeskinder von Vettern höheren Grades gehören dazu, und manchmal dauern diese Feiern tagelang.

Ich finde eine Telefonstation ohne Zelle. Tessa hat mir viele Zahlen aufgeschrieben, und es dauert, bis die Verbindung hergestellt ist. Ich muß mir ein Ohr zuhalten, dann höre ich eine automatische Ansage. Ich soll es später wieder versuchen. Doch später ist es das gleiche.

Eine Zeitlang sitze ich unter der Robinie. Ihre gefiederten Blätter sind ausgetrieben; sie sind weich und bewegen sich fast lautlos im Wind. In den Beeten ringsherum blühen Veilchen und Stiefmütterchen. Später bummele ich durch die Stadt; esse ein Eis, sehe die Möwen über dem Fluß, und auch danach ist Tessa noch immer nicht zu erreichen.
Mittags gehe ich zum Thailänder. Das schmale Haus ist voll, und ich muß warten, bis ein Tisch frei wird. Ich glaube nicht, daß es dieselbe Frau ist, die mich bedient. Ich frage dennoch nach den Geschwistern. Die Frau lächelt, sie verbeugt sich, und wenn das eine Antwort ist, kann ich sie nicht deuten.
Nach dem Essen gehe ich durch die Stockwerke. Doch vielleicht haben sie einen ganz anderen Tagesrhythmus als ich; vielleicht läuft Tessa auch schon wieder mit dem QR-Code herum oder lockt mit ihren Füßen. Wir sind hier, hat Rico gesagt, wir sind im Netz; wir wissen, wie

man Energien aus der einen in die andere Dimension bringen kann. Und ich weiß nicht, was sie damit meinen. Ob sie in anderen Regionen schweben, ob sie in einer größeren Sache stecken oder ob es einfach ihre Art ist, mit dem Irrsinn umzugehen. Ich kann die beiden nicht einschätzen; aber sie haben etwas Ursprüngliches und Frisches, und sie sind mir sympathisch.
Ich versuche es noch zwei Mal; aber Tessa nimmt einfach nicht ab. Schließlich bin ich auf dem Weg zu Marlies und Gerd.

Für einen Augenblick ist Marlies sprachlos. Dann nimmt sie mich in den Arm und hält die Tür weit auf. Ich habe Glück, die beiden haben früher Feierabend gemacht. Während sie mich ins Eßzimmer führt, kündigt sie die Überraschung an. Gerd sitzt über einem Zitronenröllchen. Er wischt sich den Mund ab und steht auf. Walter, alter Junge.
Am Kaffeetisch komme ich zur Sache. Diese Anzeige, sage ich. Gerd scheint die Sache unangenehm, er blickt auf seinen Kuchenteller. Marlies reißt die Augen auf. Hast du sie etwa getroffen?
Ich sage, daß die Frau nicht gekommen ist.
Schade, sagt sie. Aber sie findet es richtig, daß ich mir doch einen Ruck gegeben habe.
Ich sage nichts, hebe einmal die Schultern und lächele. Dann bitte ich die beiden, mir behilflich zu sein.
Sie sehen einander an. Helfen, wobei? Und wie stellst du dir das vor, Walter?
Ich sage, wie ich es mir vorstelle.
Gerd nimmt noch ein Zitronenröllchen. Marlies sieht ihren Mann an, als säße er in ihrem Büro. Dann lächelt sie

plötzlich. Das können wir ihm nicht abschlagen, sagt sie. Und Gerd stimmt zu.
Marlies schenkt Kaffee nach. Die Idee, eine Beziehung zu stiften, scheint ihr zu gefallen. Als sie wieder sitzt, nimmt sie meine Hand. Es wird auch wirklich Zeit, daß du wieder jemanden hast.
Sie läßt meine Hand nicht los. Wie sieht sie aus? Was ist das Prickelnde an ihr? Hat sie Ähnlichkeit mit Anna?
Gerd hält mir den Kuchenteller hin, und ich sehe die Erwartung in seinem Blick. Ich erfülle die Erwartung nicht. Vielleicht lernt ihr sie eines Tages kennen, sage ich. Und dann frage ich nach den Jungs.
Die beiden sind enttäuscht. Gerd kratzt Zitronencreme von seinem Teller, Marlies holt ihre Zigaretten. Sie nimmt einen Zug, dann lächelt sie. Fabian hat die Fortbildung mit Bestnote abgeschlossen.
Finanzberatung, sagt Gerd. Und daß die Deutschen auf ihrem Geld sitzen, statt es vielversprechend anzulegen. Fabian weiß von den Zusammenhängen und Geflechten; er weiß, wie die schmutzigen Geschäfte funktioneren, und er kann die raffinierten Tricks von integer verzinstem Wachstum unterscheiden. Fabian schnürt in den globalen Möglichkeiten für jeden ein individuelles Päckchen; er hat eine gute Menschenkenntnis und verkauft nur saubere Produkte.
Das hat er von dir, sage ich, und tatsächlich fühlt Gerd sich geschmeichelt.
Marlies sagt: Und Lukas wird sein Abitur bestehen.
Er will Ingenieur werden, sagt Gerd. Technik hat ihn schon immer begeistert, und Marlies erinnert mich an die Baukästen, die Anna und ich dem Jungen zum Geburtstag geschenkt haben. Ihr habt sein Talent gefördert,

sagt sie, und die beiden sind sich einig, daß Lukas schon immer erfinderisch und handwerklich geschickt war.
Allerdings, sagen sie, fallen Lukas in der Schule nicht alle Dinge so leicht zu wie damals die Ideen bei seinen Baukästen. Aber er ist sehr ehrgeizig und lernt oft bis tief in die Nacht, und eine Zeitlang haben sich die beiden deswegen Sorgen gemacht. Sie konnten sich nicht erklären, warum Lukas anscheinend so wenig Schlaf benötigte, und sie wissen, daß an der Schule auch Drogen gehandelt werden. Schon die Siebtklässler fangen damit an, sagen sie, und sie haben Haare von Lukas untersuchen lassen.
Ob sie nicht vorher mit ihm gesprochen hätten, frage ich.
Lukas nimmt keine Drogen, sagen sie.
Dann frage ich nach Kristina.
Gerd sagt nichts. Marlies sieht mich an, als wären wir im Amt.
Ich sage schließlich, daß mir der Kuchen gut geschmeckt hat. Und ohne Übergang frage ich Gerd, ob es in den USA tatsächlich Autos gibt, die täglich gestartet werden müssen, damit die Bordtechnologie nicht kaputtgeht.
Marlies drückt die Zigarette aus und räumt ab. Gerd sieht ihr bis in die Küche hinterher.
Dann lächelt er. Die Zeiten reiner Fortbewegung sind glücklicherweise vorbei. Vom soliden T-Modell, vom treuen Käfer, haben wir unsere Autos quasi zum Leben erweckt, sagt er. Und natürlich braucht Leben Energie, und dann erklärt er, wie das Auto immer mehr mit seinem Benutzer verschmilzt. Er spricht von Personifikation und Wohlfühldesign, er spricht von automatischer Gesichtserkennung und von gleichberechtigter Kommunikation zwischen Mensch und Maschine. Er spricht von

Sensoren, die die Fahrtüchtigkeit jederzeit kontrollieren, er spricht von Verkehrsleittechnik, von Satelliten und einem überwachenden Leitstand, er spricht von eingebauten Kameras und einem Fahrdatenregistriergerät, quasi eine Blackbox für das Auto, sagt er, und seine Stimme schnurrt und die Sätze erzeugen eine Melodie.
Ich frage ihn, warum es überhaupt so viele Autos gibt. Und so viele Modelle und Farben. Warum sie so hoch gerüstet und sogar die Kleinwagen heutzutage riesig sind; warum sich Stadtmenschen Geländelimousinen kaufen, und Gerd schüttelt den Kopf. Er nennt mich köstlich, er lacht wie ein Lehrer. Dann macht er einen Schwenk in die Militärtechnolgie; mit seiner Verkäuferstimme erzeugt er Bilder von Überlegenheit und Fortschritt, und durch die ständige Aufrüstung der Automobile erschafft er für den Menschen eine neue, raumübergreifende Freiheit. Walter, sagt er. Du weißt ja gar nicht, was du alles verpaßt. Das wahre Leben rauscht doch nur so an dir vorbei.
Er lacht und klopft mir auf die Schulter. Aber wenn du diese Frau an Land ziehst, dann kommt ihr einmal in mein Geschäft. Die neuesten Modelle sind wie Raumschiffe. Ich spendiere euch eine Probefahrt, und jede Wette, daß du sie damit schwach machst. Dann zwinkert er. Und keine Sorge: Fabian besorgt dir einen guten Kredit.
Marlies kommt aus der Küche. Sie hält ein Telefon in der Hand. Das Altersheim, sagt sie. Deine Mutter ist gestürzt.
Scheiße, sagt Gerd. Und zu mir: Wir müssen das verschieben, alter Junge.
Marlies sagt: Ich habe schon mit Nicole gesprochen. Walter kann die Anzeige bei ihnen aufgeben.

Auf dem Weg zu Nicole steige ich aus der Straßenbahn, gehe unter die Linde und setze mich auf den Rand des Brunnens. Das Geräusch des Wassers tut mir gut.
Ich sehe die Stelle, an der die Frau gestanden hat. Ich sehe ihre Gestalt, ihr Ohr und höre ihr Lachen. Wenn ich jeden Tag hierherkäme, bräuchte ich die Anzeige vielleicht gar nicht aufzugeben.

Tessa ist nicht zu erreichen; vielleicht hat sie das Telefon auch schon weggeworfen. Ich habe keine Ahnung, ob es bereits Einmaltelefone gibt.

Nicole öffnet, noch bevor ich klingeln kann. Wo bleibst du denn, Walter? Sie zieht mich hinein, verschließt die Tür und steckt den Schlüssel ein. Mein Kalender ist voll, Fredi ist mit einer Schulklasse draußen, und später muß er noch in die Firma. Was glaubst du, was hier los ist? Und jetzt hat sich auch noch Gerds Mutter die Hüfte gebrochen, sagt sie. Schöne Scheiße.
Das Laptop steht aufgeklappt auf dem Wohnzimmertisch. Wie stellst du dir das vor, Walter? Und ohne eine Antwort abzuwarten, sagt sie, daß ich endlich wieder zugänglicher werden muß. Schaff dir Telefon und Computer an. Schaff dir ein Auto an und eine Frau, Walter. Dann hebt sie die Schultern und zeigt auf das Laptop. Du kannst dich bedienen. Weißt du, wie es geht?
Tarkan und Ergün haben es mir gezeigt. Und wenn jemand antwortet, sieht er deine E-Mail-Adresse. Aber das weißt du ja.
Sie nickt. Wie oft willst du kommen, um die Mails zu checken?
Ich weiß es nicht. Einmal die Woche, zweimal.

Ist gut. Dann lacht sie. Du kannst echt nichts ab.
Das wißt ihr doch.
Sie gibt mir einen Klaps auf den Schenkel. Du solltest mehr essen, Walter. Sie zieht das Laptop heran. Ich habe alles vorbereitet. Du brauchst nur noch zu schreiben.
Nicole bleibt neben mir sitzen, und einen Moment lang bin ich irritiert. Doch sie lacht nur. Ob ich deine Anzeige jetzt lese oder später, ist doch egal. Jeder wird sie lesen können. Aber die Mails an dich werden wir natürlich nicht öffnen.
Das würde ich doch sowieso sehen.
Sie lacht wieder. Das glaubst du! So, und nun mach, Walter. Ich habe nicht ewig Zeit.
Wir haben das Große im Kleinen gesehen. Ich habe den Text im Kopf. Es geht schnell, doch es ist seltsam, meine Gefühle in einen so fremden Raum zu bringen. Verliebtsein ist eine schöne Energie, und Rico hat davon gesprochen, die Energien von einer Dimension in eine andere zu bringen.
Ich lese den Text noch einmal, setze ein Komma, ergänze einen Buchstaben. Mit zwei, drei Klicks ist die Anzeige vom Schirm verschwunden. Wie hineingesaugt in die Glasfasern, sage ich. Das Herz aufgelöst in Information und eingebracht in die Dimension der Atome und Elementarteilchen.
Nicole stupst mich in die Seite. Wo hast du denn so etwas her?
Von meinem Frisör.
Sie sieht mich an, als würde ich sie verschaukeln. Danach klappt sie den Computer zu. Komm Freitag wieder, Walter. Dann habe ich mehr Zeit. Sie sieht auf ihre Uhr. Heute habe ich dich sozusagen dazwischengeschoben.

Kein Problem, Nicole. Ich umarme sie. Danke. Auch an Fredi.
Na klar. Sie geht vor, zieht den Schlüssel aus ihrer Hose und bleibt plötzlich stehen. Kristina, sagt sie. Es ist eine Stimme, die ich von Nicole nicht kenne.
Auf dem Treppenabsatz sehe ich sie. Anna war Kristinas Patentante, wir waren bei ihrer Einschulung und Konfirmation dabei. Kristina. Ich hätte sie nicht wiedererkannt.

In der Nacht erscheint mir Kristina im Traum. Sie liegt auf dem Boden, sie hat einen Schuh verloren. Ihr Gesicht ist bleich, ihre Augen starren. Als ich ihr aufhelfe, umschlingt sie mich plötzlich. Sie ist kalt, und ich kann mich nicht aus ihrem Griff lösen. Sie reibt sich an mir, ich spüre ihren Busen. Und dann sehe ich den QR-Code auf ihrer nackten Haut.

Beim Frühstück ist der Himmel glatt und grau. Ich spüre noch den Traum; die Bilder der Tage. Tessa und Rico, Nicoles Laptop. Auch die Frau, nach der ich suche, erscheint mir wie aus einer anderen Welt.

Draußen sind die Temperaturen kaum gefallen. Ein Rabe zieht über die Flußwiesen; bald kommt ein leichter Wind auf.

Der Anblick Kristinas hat mich erschreckt. Ich wußte nicht, daß ein junger, voll entwickelter Mensch so seltsam vergreist erscheinen kann. Ausgehöhlt, mit einem übergroßen Kopf und riesigen Augen. Ich weiß nicht, was mit ihrer anmutigen Gestalt geschehen ist, mit ihrer schon früh ausgeprägten Fraulichkeit und ihrem hübschen Gesicht. Neben ihr erschien Nicole so frisch, eine Tochter beinah, die die Demenzerscheinungen ihrer Mutter fortwischt. Aber ich habe auch zum ersten Mal Nicoles Zerbrechlichkeit gespürt.

Am Vormittag zieht ein Schauer überweg; unter den Tropfen rauscht der Baum anders als im Wind. Später steigen feuchte Gerüche auf.
Vielleicht sollte ich Kristina einmal zu mir holen. Vielleicht würde es auch ihr guttun, einfach unter der Pappel zu sein; den Raum und die Stille der Welt in sich zu spüren.

Nach dem Mittag reißt der Himmel auf, und mit der Sonne bin ich in den Flußwiesen. Der Boden ist weich, aus der braunen Erde treiben die frischen Farben. Der Fluß zieht in Schleifen, zum Horizont steigt die Geest auf mit den Kiefern. Ein Storch segelt dahin, über einem Feld fliegen Schwalben ihre Manöver. Ich stelle mir vor, daß die Frau meine Anzeige bereits gelesen hat.

Abends sitze ich unter der Pappel. Manchmal bewegen sich ihre Blätter, rascheln kurz, und danach steigt wieder Stille auf. Ich stelle mir vor, daß die Frau neben mir sitzt.

Im Bett denke ich erneut an Kristina; ich sollte sie wirklich einmal zu mir holen. Anna stand ihr sehr nahe, und das Mädchen vertraute ihr. Vielleicht hätte Kristina niemals mit Alkohol und Drogen angefangen, wenn Anna noch lebte.

10

Ich kriege nicht mit, wie sich erstes Licht unter die Nacht schiebt. Ich höre die Vögel nicht, ich verpasse die ersten Schatten auf der Wand und weiß nicht, ob der Tag mit Morgenröte oder klarem Schein beginnt. Später beobachte ich von der Veranda aus, wie eine Nebelbank nach Westen zieht. Im Osten ist der Horizont wolkenlos, und in der Höhe glitzern bereits die Pappelblätter. Ob sie die Anzeige schon gelesen hat?

Der Hund kläfft mir bis in die Kolonie hinterher. Aus den Buchshecken leuchten die weißen Blütenknäuel, ihr Duft schlägt mir entgegen. Die Kolonisten sind bei ihrer Arbeit; sie haben ihre Radios laufen, sie lachen. In der Höhe stehen noch Kerzen der Roßkastanie, und wenn eine Brise aufkommt, flimmern die Birken in frischem Grün. Die Luft ist mild, es wird ein schöner Tag. Der Nebel im Westen hat sich aufgelöst, und über den Flußwiesen spannt sich der Himmel bis in den Horizont.

Ich möchte ihre Stimme wiederhören. Ich möchte ihren Atem wieder spüren und die Vibrationen auf meiner Haut. Ich möchte ihren Fuß anfassen, das kräftige Sprunggelenk und die schmalen Fesseln. Ich möchte ihre Muskeln spüren, die Wirbelsäule entlangfahren und ihren aufrechten Gang betrachten. Ich möchte einen Schuh für sie entwerfen, und ich kann es kaum noch abwarten, bis endlich Freitag ist. Ob sie schon geantwortet hat? Wenn ich ein Telefon hätte, würde ich Nicole anrufen.

Die Flußwiesen sind endlos grün, der Himmel ist blau. Auf der Holzbrücke bleibe ich stehen. Schaue Richtung Meer und höre den Geräuschen des Wassers zu.

Auf dem Geestrücken trommelt ein Specht; der Kiefernwald duftet, ein Pferd schnaubt, und kurz vor dem Dorf steht ein Mann am Feldrand. Der Mann grüßt, dann zeigt er über das Feld. Schwalben fliegen dort ihre Manöver, und der Mann sagt, daß jedes Frühjahr weniger von ihnen zurückkommen. Und daß ihre Nester immer öfter von den Wänden fallen. Sie kleben nicht mehr, sagt er, und wenn er Eier findet, sind die Schalen zu dünn. Er hebt die Arme, dann schaut er den Schwalben wieder zu.

Beim Frisör habe ich davon gelesen, daß immer mehr Tiere in den Städten leben. Sie wandern ein, finden Nischen und vermehren sich. Niemand weiß, wie diese eigentlich fremde Welt auf die Tiere wirkt und wie das Erbe die nächsten Generationen verändern wird. Aber die Schwalben werden nicht in die Stadt ziehen; nicht alle Tiere können Eigenschaften entwickeln, um in so einem Milieu erfolgreich zu sein. Und auch die Menschen können nicht alle in der Stadt leben. Mit Anna habe ich es gekonnt. Ob es mir mit einem anderen Menschen auch gelingen würde?

Bei den Künstlerhäusern bellt ein Hund; von der Landstraße kommt mir ein Postauto entgegen, und im Dorf höre ich die Glocken schlagen. Auf dem Platz hinter dem Friedhof steigen Menschen aus einem Reisebus; sie haben ihre Smartphones dabei, sie filmen, sie telefonieren oder ziehen ihre Finger über das Display. Ich kann mir vorstellen, daß die digitale Welt auch das Erbgut der Menschen verändern wird.

Der Salon ist leer. Als die Türglocke zum zweiten Mal ertönt, taucht der Frisör auf. Er lächelt einmal. Sie sind es. Für einen neuen Schnitt reicht es noch nicht, sage ich. Aber ich würde gerne den Computer benutzen.
Nur zu. Möchten Sie einen Kaffee?
Gerne.
Es geht schnell; bald erscheint das Schwarze Brett, nach dem nächsten Klick die Suchanzeigen, und dann steht mein Text auf dem Bildschirm. Ich lese ihn immer wieder, und mit jedem Mal tauchen neue Bilder aus meiner Erinnerung auf. Ich höre ihr Lachen, ich sehe, wie sie sich am Brunnen noch einmal zu mir umdreht. Ich sehe sie winken und winken.
Der Frisör kommt mit einem Tablett zurück.
Beim Kaffee erfahre ich, daß es Streit im Dorf gibt. Einer der Zugezogenen hat ein altes Storchennest von seinem Grundstück entfernt, weil die Tiere ihm seinen frisch gepflasterten Hof vollkacken würden. Es gebe genügend andere Nester, hat er gesagt. Doch als die Störche zurückkamen, wollten sie kein anderes Nest. Sie kreisten immer wieder über der Stelle, an der ihr altes Nest gestanden hatte, und vor ein paar Tagen sind sie endgültig verschwunden. Die Störche gehören zum Dorf, sagt der Frisör.
Ich nicke. Und sonst?
Einer der Bauern will einen Wolf gesehen haben.
Einen Wolf?
Ja. Sie kommen zurück.
Wie schön.

Das finden nicht alle.
Und Sie?
Ich habe keine Tiere auf den Weiden stehen. Ich schneide Haare.
Und das Fracking?
Die Gerüchte hören nicht auf. Aber Genaues weiß niemand hier.
Und der Einäugige?
Da ist es das gleiche. Er taucht auf, er ist wieder verschwunden, und niemand weiß etwas. Die einen glauben weiterhin, daß dieser Bursche sein gesundes Auge für das Glasauge gegeben hat, und die anderen halten ihn weiterhin einfach für verrückt.
Und Sie?
Seit Edward Snowden scheint vieles möglich, was vorher unmöglich erschien.
Ich nicke.
Der Frisör zeigt auf die Magazine. Unlängst habe ich etwas über Datenbrillen gelesen. Man kann diese Dinger nicht mehr von Modebrillen unterscheiden, aber in ihrem Gestell sind Kamera und Mikrochips installiert. Viele Menschen laufen bereits mit so einem Ding herum und speichern jeden neuen Tag ab. Jede Tätigkeit, jeden Weg, alles. Auch jedes Gesicht, das ihnen begegnet, verstehen Sie. Und zu Hause füttern sie ihre Rechner mit den Daten, und die Rechner identifizieren jedes Gesicht, das bereits irgendwo im Netz gespeichert ist, und spucken alle verfügbaren Daten und Profile dazu aus. Aber das ist längst noch nicht alles, sagt der Frisör. In dem Magazin schrieben sie, daß die notwendige Technik für so einen Unsinn immer kleiner und kleiner wird. Kamera und Mikrochips können bereits in die Augen von Stubenfliegen

gepflanzt werden, und morgen bekommen die Neugeborenen einen Chip in das Hirn.
Ich lache. Da wird der Einäugige ja fast zum Dorftrottel.
Schön wärs, sagt der Frisör.
Ich schaue ihn an. Haben sie schon einmal etwas über QR-Codes auf Brüsten gelesen?
Nein. Dann winkt er ab. Diese ganze IT-Welt ist mir nicht geheuer.
Ich nicke.
Und sonst, sagt der Frisör. Bei Ihnen alles in Ordnung?
Soweit ja. Ich war nur häufiger in der Stadt als üblich.
Er grinst. Die Dosis macht das Gift, was.

Im Dorfkrug ist es voll, der Wirt grüßt stumm. Er ist ein stämmiger Mann, ich kenne ihn nur mit hochgekrempelten Ärmeln. Er räumt einen Tisch in einer Nische frei, dann wischt er sich Schweiß aus dem Gesicht. Der Tierarzt und der Pastor sind gerade weg. Wenn die Reisebusgesellschaften hier einfallen, geht es drunter und drüber.
Muß ich lange warten?
Wenn Sie Spargel wollen, dauert es. Ich habe aber auch noch Wildschwein da.
Ich nehme das Wildschwein.
Wasser dazu?
Ja.
Dann sagt er: Von den Gerüchten haben Sie gehört?
Ja.
Aber Sie wissen nichts?
Nein. Ich habe einen alten Freund danach gefragt. Er arbeitet für einen dieser Energiekonzerne. Aber er weiß auch nichts. Oder er darf es nicht sagen.
Eben, sagt der Wirt. Diese verdammten Blutsbrüder.

Das Wildschwein schmeckt mir gut. An den anderen Tischen wird laut geredet und gelacht; ein Mann geht mit einer Digitalkamera umher. Heute ist erst Mittwoch, bis Freitag ist es noch eine Ewigkeit. Ich könnte auch morgen schon in die Stadt fahren; könnte am Brunnen auf sie warten.

11

Die Straßenbahn fährt Richtung Universität. Wolken spiegeln sich in den Neubauten, die Türme des Raumfahrtzentrums ziehen vorüber. Die Haltestellen werden digital ausgerufen und klingen wie fremde Länder. Und ich schaue hinaus in die Welt, als wäre ich ein Seefahrer oder Entdecker. Der Stadtwald taucht auf, in der Bahn wird es immer voller. Niemand hier weiß, daß ich eine Frau begehre, die ich nur einmal gesehen habe. Daß ich auf dem Weg bin, daß ich auf sie warten werde. Am Brunnen vor der Linde, und so segele ich über die Gleise.

Hinter dem Stadtwald setzt sich eine junge Frau zu mir. Sie trägt ein Headset, sie spricht mit ihrer Tochter. Sie sagt, ich vermisse dich, sie sagt, ist der Papa auch gut zu dir, sie weint. Und ich bin Seefahrer und Entdecker, ich bin zurück in der Stadt. Aus dem Headset höre ich die Stimme der Tochter. Ein Pferdchen, ruft sie, und die Mutter lacht, die Mutter weint. Macht der Papa auch keine Sachen, und ich spüre, wie diese Fremdstoffe in mich hineinpumpen.

Ich steige früher aus als sonst. Aber draußen wird es nicht

besser. Wenn ich aus den Flußwiesen komme, bleibt die Stadt wie ein anderer Planet.

Die Schockfarben. Die ständigen Stöße. Bewegung und Lärm. Im Grunde sollte ich mich bereits blind und taub machen, sobald ich von der Endhaltestelle losfahre. Oder ich sollte mir einen Datenhelm besorgen; ein Ding, das den Kopf in andere Welten hüllt. Ich könnte mir die Flußwiesen aufspielen, mit Kiebitzen und Schwalben durch die Stadt ziehen. Mit den Gräsern wie ein Meer und dem endlosen Horizont. Ich wäre Mackenzie in der Megacity. Ich wäre Kolumbus mit Datenhelm.

Noch bevor ich den kleinen Platz erreiche, bleibe ich vor einem Schaufenster stehen. In der Auslage liegen Sonnenbrillen, und im Laden erzählt mir der Optiker etwas über Design und Funktionalität des Gestells, über Herstellungsverfahren und Wirksamkeit der Schutzgläser. Ich entscheide mich schnell, und der Optiker nennt das Modell zeitlos. Nennt es wie für mich gemacht.

In den Straßen überrascht mich die Wirkung. Härte, Schmerz und Schock bleiben außen vor, durch die Tönung entsteht eine milde Distanz. Mein Blick und mein Inneres bleiben verborgen, ich fühle mich wie abgekapselt.

Und abgekapselt sitze ich dann unter der Linde. Ich vertraue auf feste Zeiten und Wege der Frau, auf die Gesetze von Anziehung und Resonanz. Ich vertraue auf die ganze Welt.
Im Brunnen plätschert das Wasser, und durch die Brille

lösen sich die scharfen Übergänge von Licht und Schatten auf. In der Baumkrone verschieben Blätter und Wind die Sonnenstrahlen, eine Amsel singt, ein Kind lacht, und ich bin nicht mehr in der Stadt. Ich bin in der neuen Welt, im Land der Tagundnachtgleiche. Ich bin Humboldt, und am Brunnen unter der Linde warte ich auf meine Geliebte. Das Wasser plätschert, ich bin auf dem Orinoco. Und zwischen Licht und Schatten erhebt sich der Chimborazo. Aber sie kommt nicht. Sie kommt einfach nicht, und ich kann die Dinge und die Welt um mich herum nicht mehr einschätzen. Die Frau ist verheiratet. Sie hat Kinder, einen Hund. Suchanzeigen im Netz interessieren sie nicht; Millionen andere werden meine Worte lesen, die Frau aber wird es niemals tun.

Mutmaßungen und Bilder bringen mich nicht weiter, das Denken macht mich irre. Ich rieche Rose und Iris. Ich sehe ihre Ohren mit den Perlsteckern, ihre Füße und dann ihren Busen, der im Sommerlicht den Stoff ihres Kleides wölbt. Ich sehe die Lichtreflexe auf ihren Lippen, ich spüre die Vibrationen, Stöße, ihren Kuß. Ich bin irre, in meinem Kopf ist es laut. Handytöne, Autoschlangen, Martinshörner. Und alles wiederholt sich endlos. Ich begehre diese Frau, und vielleicht könnte ich tausend andere Frauen genauso begehren. Vielleicht habe ich zu lange unter der Pappel gesessen. Vielleicht aber auch noch nicht lange genug. Ich rieche Iris. Distelblüte. Und so geht es immer weiter; ein Paar schlendert vorüber, Kinder spielen, und auf den Bänken ringsherum setzen sich Menschen hin und stehen wieder auf.

Ich bin nicht Humboldt; ich bin nicht auf dem Orinoco. Das Wasser plätschert, ein Wind streicht durch die Linde, und die Stadt bleibt wie ein anderer Planet. Auch im Taxi wird es nicht besser. Der Fahrer redet ohne Unterlaß, das Radio läuft dazu, und stadtauswärts kommen wir nur langsam voran. Immerhin habe ich jetzt eine Sonnenbrille.

12

Noch vor der Dämmerung höre ich die feurige Melodie der Singdrossel; im ersten Licht setzen Bachstelze und Grasmücke ein.
Heute ist endlich Freitag.
Bald fällt bernsteinfarbenes Licht auf die Wand, und erste Schatten tauchen auf. Flöten und Triller der Grasmücke überschlagen sich.

Der Wind hat gedreht. Es ist kühler geworden, Quellwolken ziehen am Himmel und wandern als Schatten über das Land. Wenn die Sonne auf die Flußwiesen fällt, leuchten die roten Ähren der Sumpfsegge.

Ich bin viel zu früh in der Stadt. Ich sitze am Fluß, eine Brise kräuselt das Wasser, und Möwen segeln. Später sehe ich einen kreischenden Trupp, der um die Häusergiebel zieht. Es könnten Schwalben sein, doch ich weiß, daß es Mauersegler sind.
Als die Warenhäuser öffnen, gehe ich hinein. Die Anziehpuppen tragen Sommerkleider, und ich sehe eines,

das Anna gefallen hätte. Ein anderes stelle ich mir an der Frau vor.
Im nächsten Geschoß ist die Herrenabteilung. Seit Annas Tod habe ich mir außer Socken und Unterwäsche nichts mehr gekauft. Ich gehe sorgsam mit meinen Sachen um, und was ich trage, hat Anna mit mir ausgesucht. Eine andere Frau würde vielleicht andere Kleider an mir mögen. Eine Verkäuferin kommt zu mir und führt mich zu den Hemden. Ich kann nicht sagen, ob mir etwas vorschwebt. Sie lächelt, taxiert mich, zeigt mir verschiedene Modelle und wählt schließlich zwei aus. Vintage, sagt sie, und Retrolook, und ich zucke mit den Schultern. Sie wartet bei der Umkleide, dann stehen wir gemeinsam vor dem Spiegel. Beide Hemden bringen eine Wirkung an mir hervor, die mich überrascht. Und die Nähe der Verkäuferin ist wie eine Ahnung: als würde ich bereits mit der Frau hier stehen.

Ich esse zu Mittag, ich sitze in einem Eiscafé. Die Sonne taucht hinter den Wolken auf, und sie verschwindet wieder. Das Licht ist mild, die ganze Stadt macht einen milden Eindruck.
Später kaufe ich einen großen Strauß Gladiolen. Sie gehören zu den Schwertlilien und kommen ursprünglich aus Südafrika; Anna hatte sie extra für Nicole in ihrem Geschäft.

Sie wohnen gut; es ist eine ruhige Gegend, die Straßen sind schmal, die Häuser haben einen Garten. An den Fußwegen stehen Bäume. Vögel singen, manchmal steigt ein Rauschen auf. Ich nehme das Papier von den Gladiolen. Dann klingele ich, und bald darauf höre ich Schritte.

Die Blüten leuchten. Die Schritte kommen näher, ich bin aufgeregt.
Als die Haustür geöffnet wird, steht Marlies da. Ihr Anblick erschreckt mich.
Wo ist Nicole?
Marlies ist blaß, ihre Stimme zittert. Dann zieht sie mich hinein.
Im Flur kommt mir Gerd entgegen. Schöne Scheiße, sagt er. Und dann: Die Polizei ist gerade weg.
Was ist passiert?
Sie vermuten, daß es Profis waren.
Marlies sagt: Sie haben Spuren gesichert. Wie im Fernsehen.
Was ist passiert?
Am hellichten Tag, Walter. Es ist eine Katastrophe. Was sind das für Menschen, die so etwas tun. Und dann zeigen sie mir die Katastrophe.
Scheiße.
Sie haben alles durchsucht. Nicoles Schmuck ist weg, Fredis Uhrensammlung. Und wer weiß, was sie noch alles mitgenommen haben. Gerd läuft umher wie in einem Käfig, Marlies raucht.
Wo ist Nicole?
Sie ist im Krankenhaus. Fredi weiß auch schon Bescheid.
Im Krankenhaus?
Die beiden sehen einander an.
Dann sagt Marlies: Kristina macht so eine Art Wiedereingliederung. Aber sie schafft noch keine ganzen Tage, und Nicole hat sie wie immer mittags abgeholt. Sie haben gemeinsam gegessen, dann hat Kristina sich hingelegt. Nicole hat sich wieder auf den Weg in ihr Studio gemacht, und die Polizei glaubt, daß die Einbrecher sie

dabei beobachtet haben. Das waren nicht irgendwelche Kleinkriminellen oder Drogensüchtige, Walter. Das waren richtige Profis. Die hatten Spezialwerkzeug und trugen Handschuhe.
Und Kristina?
Marlies sieht Gerd an; Gerd schaut weg.
Haben sie ihr etwas angetan?
Nein. Kristina hatte ihre Tabletten genommen und lag im Bett. Doch irgendwann muß sie die Einbrecher gehört haben.
Und dann?
Sie hat Nicole alarmiert.
Alarmiert?
Marlies steckt sich eine neue Zigarette an.
Kristina hat Panik gekriegt. Nachbarn haben gehört, wie sie geschrien hat.
Und dann?
Marlies raucht. Es geht ihr in letzter Zeit nicht besonders gut, Walter. Es ging ihr aber schon bedeutend schlechter, und Nicole und Fredi tun alles für ihre Tochter.
Hat Kristina wieder Drogen genommen?
Marlies drückt die Zigarette aus. Weiß der Teufel, wie sie das Zeug in ihrem Zimmer verstecken konnte. Aber es war da, und in ihrer Panik hat sie sich wieder dieses verdammte Deo reingezogen.

Gerd läuft weiter umher wie in einem Käfig. Wir müssen es Fabian und Lukas sagen.
Marlies zieht die letzte Zigarette hervor. Heute ist Freitag. Vor neun sind sie nicht zurück. Ihr Feuerzeug flammt auf, sie zerknüllt die Schachtel. Hast du zu Hause abgeschlossen?

Was?
Und Gerd läuft und läuft.
Ich kann hierbleiben, sage ich.
Das würdest du tun?
Warum nicht.
Die beiden sehen einander an.
Marlies sagt: Hast du keine Angst?
Nein.
Gerd sagt: Warum sollten die Einbrecher auch wiederkommen? Er klopft mir auf den Rücken, dann zieht er seinen Autoschlüssel hervor.
Ich sage: Nehmt ihr die Blumen mit?
Marlies nickt. Und dann sagt sie: Wirklich, Walter. Die beiden tun alles für Kristina.

Nichts scheint mehr an seinem Platz zu sein; die Ordnung und vertraute Welt hier sind erschüttert. Ich habe solche Bilder schon im Fernsehen gesehen, habe davon gelesen, wie so eine Katastrophe nach innen wirkt. Und jetzt stehe ich mittendrin.

Alles liegt vor mir; die ganzen verborgenen Bereiche. Kristinas Krankenakten, die Kontoauszüge, das Schlafzimmer von Fredi und Nicole. Ob die Frau mir geantwortet hat oder nicht, scheint plötzlich völlig belanglos.

Das letzte Mal war ich gemeinsam mit Anna in Kristinas Zimmer. Sie war ein junges Mädchen damals, ganz normal. Pippi Langstrumpf und Huckleberry Finn hingen noch an den Wänden, aber auch schon Poster von den Beatles oder Cat Stevens. Und Kristina mochte Pferde; damals erklärte sie uns, was ein Aalstrich ist, und ich habe

es bis heute nicht vergessen. Ein halbes Jahr später war Anna tot, für sie ist Kristina dieses Mädchen geblieben. Ohne Komasaufen, Magenauspumpen oder Deo.
Jetzt ist ihr Zimmer glatt wie in einer Anstalt. Die Tür läßt sich von innen nicht verschließen, die Fenster sind gesichert. Das Bett hat ein Gitter und Gurte zum Fixieren. An der Wand ist etwas befestigt, was wie eine Notrufklingel aussieht. Anscheinend steht es schlimmer um Kristina, als ich geahnt habe. Die ganz normale Entwicklung einer jungen Frau scheint bei ihr nicht stattzufinden. Ich frage mich, wo sie hier ein Versteck für Deo finden konnte.

Sie haben eine Terrasse und einen hübsch umzäunten Garten. Sie haben Skulpturen aufgestellt, große Windlichter und Pflanzen in Terrakottakübeln. Ich stelle mir vor, wie Nicole und Fredi hier sitzen. Ob dann auch Kristina dabei ist?

Ich höre Spatzen und Meisen, dahinter die Stadt.
Es sieht aus, als würde es mir einfach nicht gelingen, die Frau aus dem Gewitter wiederzufinden. Vielleicht soll es auch so sein; seit meine Freunde diese Schnapsidee hatten, komme ich einfach nicht mehr zur Ruhe.

Walter?
Fredi steht im Wohnzimmer und schaut sich die Katastrophe an. Er breitet die Arme aus, läßt sie wieder fallen. Die Bar liegt jetzt zwischen dem Geschirr von Nicoles Großmutter, sagt er. Er hat einen Kloß im Hals. Dann zieht er vorsichtig eine Flasche hervor.
Wie geht es Kristina?

Er nimmt einen großen Schluck. Du auch?
Ich schüttele den Kopf. Komm. Gehen wir nach draußen.
Wir sitzen, wir schweigen.
Er hält die Flasche in den Armen wie ein Kind.
Wie geht es ihr, Fredi?
Er trinkt. Nicole schläft heute im Krankenhaus, und ich fahre später zu Marlies und Gerd. Morgen machen wir Klarschiff. Wir wollen hier auch wieder schlafen.
Ich helfe euch.
Ist gut. Er trinkt, dann starrt er.
Er hat sein Haar hinten zusammengebunden, und ich kann mir vorstellen, daß die Kinder ihn cool finden. Daß sie ihm glauben, was er ihnen in der Schule und auf den Fracking-Feldern erzählt. Früher fand Kristina ihren Vater auch cool.
Fredi, sage ich.
Was willst du?
Wenn du dich vollaufen läßt, wird es nicht besser. Was ist mit Kristina?
Er sieht mich an. Dann drückt er mir die Flasche in die Hand. Wenn du mein Freund bist, trinkst du jetzt.
Ich lege einen Arm um seine Schulter. Laß gut sein.
Gut?
Ich möchte einfach nur wissen, wie es Kristina geht.
Du? Er nimmt mir die Flasche aus der Hand und macht ein boshaftes Gesicht. Warum habe ich bei dir immer das Gefühl, daß du zu allem deinen Senf dazugeben willst? Dabei hast du keine Ahnung. Er trinkt. Kommst aus einer Dynastie, hast diesen Namen und bist Schuster geworden. Und noch nicht einmal saufen kannst du.
Ich halte ihn im Arm.
Aus dem Garten sind die Spatzen zu hören; Fredi trinkt,

er starrt. Ich sehe die Tränen auf seinem Gesicht und spüre das Schluchzen.

Ihr Herz wollte nicht aufhören zu rasen. Sie hat Atemnot gehabt und Halluzinationen. Sie hat kalten Schweiß gehabt und sich erbrochen. Nach der Spritze hat sie eine Infusion bekommen, und danach wurde es besser. Der Arzt ist zufrieden, und als ich ging, hat Kristina ganz friedlich geschlafen.
Wir haben dem Arzt alles erzählt. Er wird Kristina gründlich durchchecken. Auch eine Psychologin wird zu ihr kommen. Vielleicht werden wir sie später auf eine Kur schicken. Vielleicht auch ein Naturcamp oder ein Segelschiff, die Psychologin hat ein paar super Ideen.
Dann macht er eine hilflose Geste. Doch erst einmal müssen wir wohl abwarten, wie Kristina diese Einbruchsgeschichte verarbeitet. Vielleicht muß sie auch in eine Privatklinik. Komm, Walter. Gib mir die Flasche.

Wir glaubten, auf einem guten Weg zu sein. Wir glaubten an die Tabletten, glaubten an uns. Verstehst du das, Walter: Wir sind eine Familie. Dann schüttelt er den Kopf. Nein, das verstehst du nicht. Auch davon hast du keine Ahnung.
Er trinkt. Was hätten wir denn tun sollen? Ihr ständig überall hineingucken? Verstehst du, Walter, da hat sie sich das Deo eben sonstwo reingesteckt. Und wer weiß, was sie auf diesem Weg noch alles an uns vorbeigeschmuggelt hat. Was sie sich alles reingezogen hat, während wir sie auf einem guten Weg glaubten.
Er trinkt wieder. Und der Arzt – soll ich dir sagen, was der Arzt dazu gesagt hat: nichts! Verstehst du: Als wir

ihn fragten, ob die Drogen bleibende Schäden hinterlassen, hat er geschwiegen. Dieser Popanz. Und danach hat er uns mit Statistik abgewimmelt und von Langzeitusern gesprochen. Fredi lacht laut und springt plötzlich auf; er schwankt, dann wirft er den Kopf und das lange Haar zurück. Langzeituser, sagt er. Und daß bei soundso viel Prozent die Leitfähigkeit der synaptischen Bahnen nicht mehr funktionert und bei soundso viel Prozent eine Rezeptorenblockade einsetzt. Scheiße!, ruft er. Und soll ich dir diese Scheiße übersetzen? Ha: Daß wir Kristina am Ende verblödet wiederkriegen, heißt das. Daß wir sie völlig schizo wiederkriegen, daß alles im Arsch ist. Alles, alles, alles.

Fredi hat geduscht. Er hat sich rasiert, er hat eine Tasche gepackt, und wir warten auf das Taxi.
Diese Bastarde, sagt er. Die Polizei meint, das waren Profis.
Dann rollen wieder Tränen über sein Gesicht, und der Schmerz macht ihn schlagartig älter. Und wenn Kristina da mit drinsteckt? Wenn diese Bastarde aus ihrer alten Drogenclique kommen?
So muß es nicht sein.
Du hast ja keine Ahnung.
Das stimmt, Fredi.
Als das Taxi vorfährt, wirft er sich die Tasche über. Dann dreht er sich noch einmal um. Da ist übrigens eine Antwort für dich gekommen. Aber du siehst ja, wo uns der Kopf steht. Und Nicoles Laptop ist nun auch weg.

13

Tarkan und Ergün sind von ihrer Familienfeier noch nicht zurückgekehrt. Ich nehme den Hintereingang, steige hinauf in die kleine Wohnung, lösche das Licht und liege am offenen Fenster.
Es wird nicht dunkel, es wird nicht still. Die Sterne sind nicht zu sehen, die Stadt ist in meinem Kopf.

Die Dächer glühen im ersten Sonnenlicht; aus den Vorgärten steigt noch die Nachtluft auf. Eine Amsel singt, in den Straßen ist kaum Verkehr. Ob Kristina noch schläft? Ein Zeitungsausträger sagt mir die Uhrzeit.
Ich gehe zum Bahnhof und frühstücke dort in einem Restaurant. Reisende sitzen an den Tischen, über Lautsprecher werden Züge angekündigt. Ich habe eine Antwort auf meine Anzeige bekommen.

Nach dem Frühstück liegt noch immer ein Erwachen über der Stadt. Die Parkanlagen funkeln im Morgentau, aus den Beeten treiben Rittersporn und Goldlack. Mit der Sonne steigen Farben und Gerüche auf; zwischen den Blattfiedern der Robinie sind die ersten Blüten zu sehen.
Marlies und Gerd haben ihre Söhne mitgebracht, die Nachbarn sind da, alle helfen. Fredi und Nicole wollen die ganze Wohnung streichen und die Möbel neu arrangieren. Jeder scheint eine Aufgabe zu haben; sie packen Kartons, sie schrauben Regale ab, sie kleben Türrahmen und Fenster ab. Ich schmiere schließlich Brötchen und koche Kaffee.
Später fahre ich mit den Jungs zum Baumarkt. Fabian trägt unter seinem nagelneuen Blaumann Hemd und

Schlips. Er steuert Gerds Geländelimousine einhändig, er hat sich ein Headset aufgesetzt. Fabian hat Kontakte, im Finanzsektor kennt man sich, sagt er, und wegen der Versicherung hat er Fredi ein paar Tips gegeben. Ich sehe den Jungen an. Er ist so alt wie Kristina, er ist angekommen in der Welt der Erwachsenen.

Lukas spricht kein Wort. Er sitzt die ganze Zeit über seinem Smartphone.

Im Baumarkt winkt Fabian nach einem Angestellten. Er sagt, was er haben will, und ich kriege mit, wie er dem Angestellten einen Schein in die Tasche steckt. Die Sachen werden bis in die Limousine gebracht. Fabian steht daneben. Er telefoniert, er lacht, und nebenbei dirigiert er den Packer. Auf dem Rückweg schiebt er eine CD ein, und die Musik ist überall. Kapselt die Welt draußen ab, und wir schweben wie in einem Raumschiff.

Fabian und ich tragen die Sachen hinein. Lukas bleibt im Auto sitzen. Beim Frisör habe ich gelesen, daß viele Menschen mittlerweile täglich über hundert Kurznachrichten bekommen. Daß sie rund um die Uhr erreichbar sind, von überall telefonieren und bei jedem Klingeln aus dem Schlaf springen. Morgens geht der erste Blick auf das Display, und wenn sie einen Tag lang keinen Anruf oder keine Nachricht bekommen, entwickeln sie Depressionen, oder ihr Gehirn produziert ein Phantomklingeln.

Lukas sitzt da, und seine Daumen sind in ständiger Bewegung, sein Blick flackert. Vielleicht hat er gar nicht mitbekommen, daß wir zum Baumarkt und wieder zurück gefahren sind. Immerhin macht er sein Abitur. Und später will er Ingenieur werden; später wird seine Generation Verantwortung für das ganze Land übernehmen.

Die Arbeiten im Haus gehen voran. Auch zwei Kollegen von Fredi sind noch dazugestoßen. Er lacht, er schlägt mir auf die Schulter. Daß das Haus jetzt so belebt ist, daß alle helfen, tut ihm gut.
Kann ich Kristina besuchen?
Fredi sieht mich an. Dann ruft er nach Nicole. Er will was!, sagt sie, und für einen Moment wirkt sie damit überfordert. Doch dann lächelt sie mich an. Kristina wird sich freuen.

Fabian ist bereit, mich in das Krankenhaus zu fahren. Doch ich gehe lieber zu Fuß, und er sieht mir kopfschüttelnd hinterher. Es ist ein halbstündiger Weg, und nach der belebten Enge im Haus sind die Straßen wie ein weites Feld.

Die Tür zur Station ist verschlossen. Eine Frau öffnet mir, sie scheint mich bereits zu erwarten. Herr von Quant, sagt sie, und daß Kristina draußen sitzt. Mehr sagt sie nicht. Sie geht voran, ihr energischer Schritt markiert den Flur.
Auch die Tür zur Dachterrasse ist verschlossen. Der Boden ist mit Gummi ausgelegt, die hohe Brüstung ist aus Plexiglas. Auf einem Mast sehe ich eine Kamera. Kristina sitzt ganz alleine unter einem großen Schirm. Sie trägt eine Sonnenbrille.
Kristina, sage ich.
Sie blickt einmal auf. Ihr Gesicht ist ohne Ausdruck.
Ich bin es. Walter.

Willst du dich setzen, Walter?
Erkennst du mich nicht wieder?
Du bist Walter. Meine Mutter hat dich angekündigt. Sie ist da sehr genau.
Ich hole mir einen Stuhl.
Hast du Zigaretten, Walter?
Nein.
Alleine lassen sie mich nicht rauchen.
Ich hole dir nachher welche.
Ist gut, Walter. Und dann lächelt sie plötzlich. Du hast mir früher Geschichten erzählt. Von Entdeckern und Abenteurern.
Daran erinnerst du dich noch?
Dieser Franzose, La Sowieso, hat mir besonders gefallen. Er ist mit den Indianern den Mississippi hinuntergefahren.
La Salle.
Ja. Auf dem Mississippi, wie Huckleberry Finn. Und dann sagt sie: Wir haben uns auf Annas Beerdigung gesehen.
Das stimmt.
Bist du traurig, Walter?
Ich war so traurig, daß ich alles aufgegeben habe. In der Stadt, wo noch überall Annas Spuren sind, hätte ich gar nicht weiterleben können. Ich habe mir ein Haus in den Flußwiesen gekauft. In meinem Garten steht ein großer Baum, und in den ersten Jahren habe ich einfach nur unter dem Baum gesessen. Das hat mir geholfen. Jetzt bin ich nicht mehr traurig.
Aber du vermißt sie?
Nicht mehr so wie früher. Anna ist jetzt überall.
Du spinnst, Walter.

Ja. Das sagen sie alle.
Kristina sieht mich an. Willst du gar nicht wissen, ob ich traurig bin? Ob ich Anna vermisse?
Doch.
Das glaube ich dir nicht. Warum bist du hier, Walter?
Weil ich gehört habe, daß es dir nicht gut geht. Weil Anna dich sehr gemocht hat.
Wer hat dich geschickt, Walter?
Niemand.
Das glaube ich dir nicht.
Ich lüge dich nicht an, Kristina.
Darf ich jetzt rauchen?

Ich komme mit Kaffee und Zigaretten zurück.
Kristina hat ihre Arme um die Knie geschlungen. Den Kaffee lehnt sie ab. Dann raucht sie und starrt durch durch die Brüstung.
Es ist nicht wirklich schön hier oben, sage ich. Aber man spürt den Wind. Vögel fliegen vorüber, und der Himmel ist da.
Sie schweigt.
Ich lehne mich zurück. Der Wind hat gedreht, die Quellwolken von gestern scheinen jetzt zurückzukommen. Einmal sehe ich einen Falken über dem Krankenhausgelände.
Darf ich noch eine?
Mich mußt du nicht fragen.
Sie schiebt sich die Sonnenbrille in das Haar.
Du siehst heute viel besser aus, sage ich.
Besser?
Wir sind uns unlängst im Haus begegnet.
Davon weiß ich nichts. Dann streckt sie ihren Rücken

durch und fährt sich mit beiden Händen durch das lange Haar. Meine Mutter war heute Morgen schon hier. Schau, wie mein Haar glänzt. Wie hübsch ich geschminkt bin. Und meine Kleider, Walter. Sind sie nicht superschick? Die hat sie mir extra für das Krankenhaus gekauft. Kristina sagt das auf eine Art, die Bilder entstehen läßt. Und ich kann Nicole sehen, wie sie dem Haar Volumen gibt und das Ausgehöhlte im Gesicht ihrer Tochter einfach überschminkt. Wie Nicole schon immer alles ausgesucht und ihre Tochter zurechtgemacht hat für die guten Noten und die supergute Entwicklung.
Kristina bemerkt meinen Blick; dann sehen wir einander an und grinsen.
Die Wolken ziehen wie eine Herde über die Stadt. Kristina raucht, und wenn die Lichtreflexe von dem Plexiglas auf ihr Gesicht treffen, werden ihre Züge hart. Womöglich sind es auch die Spuren der billigen Drogen.
Nach einer Zeit schaut sie mich an. Warum sagst du nichts?
Ich muß nicht immer sprechen.
Sie nickt. Und dann sagt sie: Wo wohnst du jetzt, Walter?
Ich habe ein Haus in den Flußwiesen.
Stimmt. Das hast du mir schon erzählt.
Meine Werkstatt gibt es noch. Der Mann, der sie übernommen hat, heißt Tarkan. Und sein Vetter Ergün hat Annas Geschäft zu einer Schneiderei gemacht. Die beiden sind nett.
Sie nickt wieder. Du machst keine Schuhe mehr. Du sitzt unter deinem Baum, nicht?
Ja. Oder ich gehe spazieren. Manchmal bin ich im Dorf, gehe zum Frisör oder in den Krug. Und ab und zu kommt der Tierarzt bei mir vorbei.

Mehr machst du nicht?
Ich hebe meine Schultern.
Ist das nicht langweilig?
Nein.
Hast du keine Nachbarn?
Doch. Sie halten mich für verrückt. Aber ihr Hund mag mich.
Sie sieht mich an. Warum ziehst du nicht irgendwo hin, wo nette Nachbarn sind. Oder gar keine. Du kannst doch machen, was du willst. Nimm den Hund mit, sagt sie, und suche dir einen anderen Baum.
Ich will keinen anderen Baum.
Und die Nachbarn sind dir egal?
Ja.
Das glaube ich dir nicht.
Scheißegal.
Sie schaut wieder durch das Plexiglas. Wenn alles scheißegal ist, kann man auch alles machen.
So habe ich das nicht gemeint, Kristina.
Sie starrt. Ob Anna auch alles scheißegal war?
Nein.
Aber warum hat sie es dann getan?
Ich weiß es nicht. Und dann schweigen wir wieder.
Nach einer Zeit schaut sie mich an. Hast du keine neue Frau?
Nein.
Warum nicht?
Nach Annas Tod habe ich nie wieder daran gedacht. Aber nun ist mir eine Frau begegnet. Ich habe eine Anzeige aufgegeben. Ich suche nach ihr.
Echt? Ist das spannend?
Ja. Aber es bringt mich auch durcheinander.

Durcheinander, sagt sie. Und dann: Kommst du morgen wieder?
Wenn du willst.

14

Am nächsten Morgen gehe ich wieder in das Bahnhofsrestaurant; ich sehe die Reisenden, ihre Koffer, ihre Telefone. Daß ich plötzlich selber so ein Ding aus der Tasche ziehe, erscheint mir absurd.
Nach dem Frühstück setze ich meine Sonnenbrille auf. Bis zum Brunnen gehe ich eine halbe Stunde. Das Wasser plätschert, über der Linde ziehen weiße Wolken. Ich könnte einen Zettel an den Stamm hängen.

Später sitze ich unter der Robinie. Aus ihren Blütentrauben strömt ein erster Duft, in den Beeten leuchten die Farben. Ich höre Goldammer und Zaunkönig, doch hier singen sie viel härter und metallischer als in den Flußwiesen. Beim Frisör habe ich davon gelesen, daß Vögel auch eine Art Dialekt haben oder die Geräusche ihrer Umgebung in den Gesang einbauen. Vielleicht können die Stadtvögel irgendwann Hupen oder Martinshörner nachahmen.
Ich trage meine Sonnenbrille, und wenn ich die Augen schließe, bekommt es niemand mit. Taubenflügel schlagen, ein Hund läuft vorbei, ich lausche dem Wind. Dann hole ich ein Taschenmesser und Zeitungspapier hervor und stelle einen kleinen Strauß zusammen. Er sieht beinah aus, als käme er direkt aus Annas Geschäft.

Die Frau von gestern öffnet mir die Stationstür. Sie sieht mich an, als wären wir einander noch nie begegnet. Ich sage, daß ich zu Kristina möchte.
Ein Besuch wurde ihr nicht angekündigt. Dann betrachtet sie den Strauß.
Rittersporn, sage ich, Goldlack und Knabenkraut.
Die Frau blickt zu mir auf. Ich kann den Ausdruck auf ihrem Gesicht nicht deuten. Warten Sie hier, sagt sie schließlich.
Sie kommt mit einem Mann zurück. Der Mann tritt zu mir hinaus, er zeigt mir einen Ausweis und sagt, Witt, Kriminalpolizei.
Ich habe keine Papiere bei mir; er telefoniert und läßt meine Angaben überprüfen. Ich nehme es hin.
Was ist mit Kristina?
Ich bin Polizist und kein Arzt. Und dann sagt er: Geben Sie mir die Blumen. Er klingelt und verschwindet auf der Station.
Nach einer Zeit steht die Frau wieder in der Tür. Ohne ein Wort reicht sie mir ein Telefon.
Hallo?
Walter. Es ist Nicoles Stimme. Was machst du?
Ich will zu Kristina.
Warum sagst du nicht vorher Bescheid?
Ich antworte nicht darauf. Die Polizei ist hier, sage ich.
Ja. Es geht um den Einbruch.
Ich habe Blumen für Kristina.
Du bist verrückt, Walter. Was für Blumen? Sie darf keine Blumen haben.
Was ist passiert, Nicole?
Es geht ihr gut.

Doch Kristina sieht nicht aus, als ginge es ihr gut. Sie sieht aus, als sei gestern eine Ewigkeit her, und im Morgenlicht wirkt das Greisenhafte erschreckend. Wie ein Pilz, der alte Jugend überzieht.
Der Mann, der Witt heißt, sitzt ihr auf der Dachterrasse gegenüber. Das hätten wir also, sagt er. Dann steckt er einen Notizblock ein und gibt Kristina die Hand.
Darf ich noch eine? sagt sie.
Der Mann läßt ihr seine Schachtel da. Zu mir sagt er: Sie passen auf, ja.
Ich sage: Wo sind die Blumen?
Sie darf nichts auf ihrem Zimmer haben.
Er klingelt, die Terrassentür wird geöffnet, und der Kommissar verschwindet mit einem stummen Gruß.
Blumen? sagt sie.
Ich habe sie eben im Stadtpark geschnitten.
Sie sieht mich an.
Seit Anna tot ist gibt es keine Geschäfte mehr, die solche Sträuße haben.
Sie nickt. Ihr Blick ist hohl, ihr Kopf sitzt auf einem geschrumpften Körper. Sie raucht bis zum Filter, dann sagt sie: Darf ich noch eine?

Wir sitzen still beieinander.
Sie raucht zu viel, sie hat zu viele Drogen genommen, und wahrscheinlich ist ihr das junge Leben bereits völlig entglitten. Alles Supergute von früher jetzt superschlecht. Fredi hat etwas von einem Naturcamp oder einem Segelschiff gesagt. Ich weiß nicht genau, wie solche Therapien aussehen und ob sie funktionieren. Aber in der Natur zu sein scheint mir ein guter Ansatz.

Die anderen wollen immer etwas von mir.
Was?
Kristina lacht plötzlich. Du träumst ja, Walter.
Ich lache mit ihr. Dann sage ich: Früher wollten sie auch immer etwas von mir. Oder von Anna. Den meisten geht das so. Aber ich glaube, man muß einfach darauf achten, daß es nicht zu viel wird. Dann kann es auch Freude machen, wenn andere etwas von einem wollen.
Klar, sagt sie. Psychologen, Polizisten und Ärzte. Das ist die Megafreude. Und obendrauf noch meine Eltern.
Ich nicke. Nach Annas Beerdigung wollten alle von mir wissen, warum. Warum hat Anna das getan? Warum habe ich nichts bemerkt? Warum, warum, warum. Ich wäre beinah durchgedreht, und erst unter dem Baum bin ich zur Ruhe gekommen.
Sie sieht mich an.
Eine Schwarzpappel. Sie ist sehr groß, und wenn ihre Blätter rauschen, rauscht die ganze Welt. Dann gibt es nichts anderes mehr.
Und diese Frau?
Was?
Hast du sie schon gefunden?
Nein.
Erzählst du mir von ihr?
Es war an Annas Geburtstag. Über der Stadt ging ein Gewitter nieder, und plötzlich lag sie vor mir. Jemand hatte sie umgestoßen, sage ich. Und dann beschreibe ich ihre Füße, die Ohren mit den feinen Windungen, ihren Duft. Ich erzähle, wie wir gemeinsam die Linde betrachtet haben und wie die Frau mir noch einmal zugewunken hat, und manchmal dringt ein Glimmer aus Kristinas Blick. Als würden die Bilder auch in ihr aufsteigen.

Ich erzähle ihr, wie die Freunde mich betrunken gemacht haben, und von der Anzeige, die sie schließlich formulierten. Von meiner Aufregung, als ich zum Museum fuhr, und wie dann plötzlich Tessa mit ihrer seltsam fröhlichen Art dastand. Ich erzähle von dem QR-Code, von ihrem Bruder Rico, der aus dem Nichts erschien, und wie die beiden mich beim Thailänder davon überzeugt haben, meine eigene Suchanzeige aufzugeben. Es war nicht leicht für mich, sage ich. Ich habe keinen Computer und kein Telefon. Ich habe nicht einmal mehr eine Uhr, und ich brauchte die Hilfe von anderen. Und dabei mußte ich ständig daran denken, daß die anderen sich dann in mein Leben einmischen würden, daß sie wieder fragen und fragen, wieder Ratschläge über Ratschläge erteilen würden. Aber ich habe die Anzeige schließlich aufgegeben. Ich habe mir so sehr gewünscht, die Frau wiederzusehen. Fredi hat gesagt, daß eine Antwort gekommen ist. Und nun ist auch das Laptop gestohlen.
Kristina sieht mich an. Der Glimmer in ihren Augen springt jetzt wie eine Flamme, und ich ahne, wie sie Bilder aufstellt; wie sie nach den warmen und kribbelnden Dingen des Lebens tastet.
Walter! Kauf dir ein Smartphone und gib die Anzeige noch einmal auf. Mach etwas, Walter. Du hast dich verknallt, du willst sie wiedersehen. Kristinas Stimme klingt voll, Farbe füllt ihr Gesicht, und in der aufsteigenden Sonne sieht sie für einen Augenblick wieder gut aus.
Ich weiß nicht. So ein Smartphone ist nichts für mich.
Sobald du sie wiedergefunden hast, wirfst du es einfach weg.
Hast du eines?
Nicht mehr.

Ich nicke. Und dann sage ich: Mir gefallen diese Dinger nicht. Wenn man sie erst einmal hat, jagt man ständig irgendetwas hinterher. Man wird sie nicht wieder los, und am Ende entwickelt man ein Phantomklingeln im Kopf.
Kristina lacht.
Ich lache mit ihr. Ständig erreichbar zu sein, wäre für mich die Hölle. Und ich glaube auch, daß diese Dinger Zeit und Aufmerksamkeit vernichten.
Dann sehe ich sie an und hebe die Schultern. Im Grunde sehne ich mich nur danach, einfach wieder unter der Pappel zu sitzen. Mit der Frau aus dem Gewitter oder ohne sie.
Du würdest sie sausen lassen?
Manchmal weiß ich es wirklich nicht.
Kannst du sie denn so einfach vergessen?
Irgendwann bestimmt.
Walter, so geht das nicht. Du verknallst dich doch nicht und vergißt sie dann wieder.
Vielleicht hast du recht.
Nicht vielleicht, Walter! Ihre Augen leuchten. Du willst sie wiedersehen. Mach etwas!
Ich nicke. Dann sage ich: Du mußt auch etwas machen.
Das Leuchten erlischt, bald starrt sie wieder durch das Plexiglas, und das Greisenhafte überzieht erneut ihr Gesicht.

Ich klingele, und die Frau öffnet mir die Terrassentür. Ich lasse mir die Blumen geben und zeige sie Kristina. Rittersporn, sage ich, Goldlack und Knabenkraut. Fast wie aus Annas Geschäft.
Doch Kristina starrt nur noch.
Kann ich dich hier anrufen?

Sie reagiert nicht.
Ich besorge mir so ein Ding. Versprochen.
Und dann leuchtet es doch noch einmal aus ihren Augen.

15

Die Pappelblätter flirren wie ein Schwarm silbergrüner Fische. Die Luft ist kühler geworden, der Kaffee dampft. Ein Wind treibt lose Wolken über das Land hinweg. Meine Nachbarn sind nicht da. Den Hund haben sie im Haus gelassen. Er jault und kratzt an der Tür, und mit seiner Unruhe steckt er mich an, bringt Erlebnisse und Bilder in mir auf. Ich laufe umher, ich kann nicht stillsitzen, und auch in den Flußwiesen wird es nicht besser. Die Schilfgräser schwanken, das Rascheln ist laut, ich laufe und laufe. Gehe Stunde um Stunde, über mir treibt der Wind die losen Wolken zusammen, bald schimmert das Land bedrohlich, und schwerer Regen setzt ein. Erst als ich naß und durchgefroren bin, fühle ich mich besser. Zu Hause schließe ich die Fensterläden und nehme ein heißes Bad. Am Abend feuere ich den Ofen an. Auf dem Tisch steht Kristinas Strauß.

Am nächsten Morgen sind die Wolken verschwunden. Der Himmel macht die Pappel klein, der Fluß schlängelt glitzernd durch das weite Land. Ein Graureiher zieht dahin. Ich höre den heiseren Ruf einer Bekassine und sehe ihren Zickzackflug. Bis in den Mittag hinein sitze ich einfach da, dann steht plötzlich der Tierarzt neben mir.

Habe ich Sie erschreckt?
Ich weiß nicht.
Der Tierarzt lacht.
Kann ich einen Kaffee kriegen?
Als wir wieder auf der Veranda sitzen, sagt er: Von dem Wolf haben Sie gehört?
Der Frisör hat mir davon erzählt.
Aber Sie haben nichts gesehen?
Ich war kaum hier.
Er sieht mich an.
Seit Annas Geburtstag habe ich Aufregung ohne Ende.
Hoffentlich nichts Schlimmes.
Wie man es nimmt. Ich suche nach einer Frau und finde sie nicht wieder. Bei meinen Freunden wurde eingebrochen, und ihre Tochter liegt im Krankenhaus. Ich bin ständig unterwegs.
Was ist mit der Tochter?
Ich glaube, sie hatte einen Schock. Aber das ist nicht alles. Kristina ist in den letzten Jahren unter die Räder gekommen.
Drogen?
Auch.
Wissen Sie, warum das geschehen ist?
Nicht wirklich. Sie stand unter Druck, sie war überfordert, sie konnte nicht sie selber sein. Ich sehe die alten Freunde nur ein Mal im Jahr, und über Kristina wurde schon lange nicht mehr gesprochen. Sie war Annas Patenkind.
Ist sie jetzt in guten Händen?
Ich glaube, ja.
Ganz schöner Brocken für Sie.
Mir geht es ja gut.

Der Tierarzt nickt. Dann boxt er mich in die Schulter.
Und die Frau?
Ich erzähle ihm, wie es gewesen ist. Und wie ich danach Tessa kennengelernt und zuerst ihr und nun Kristina versprochen habe, die Frau wiederzufinden.
Aber Sie selber wollen es doch auch?
Manchmal glaube ich, daß mich das alles überfordert. Und diese Tage muß ich schon wieder in die Stadt, um mir so ein verdammtes Smartphone zuzulegen.
Der Tierarzt lacht. Dann sagt er: Soll ich Sie fahren?
Jetzt?
Na klar, jetzt.
Ich zucke mit den Schultern. Warum nicht. Und dann sage ich: Ich zeige Ihnen, wo Anna und ich früher gewohnt haben. Wo wir Werkstatt und Geschäft hatten.

Im Landrover erzählt der Tierarzt, daß der Wolf wohl ein junger Bursche ist, auf der Suche nach einem Revier. Mindestens drei Bauern haben ihn bereits gesehen, er selber hat seine Tritte im Uferschlamm entdeckt. Wir hoffen alle, sagt er, daß er hierbleibt. Auch die Bauern.
Kann man mit einem Wolf gegen das Fracking antreten?
Wir müssen mit allem antreten.
Gibt es schon Neuigkeiten?
Nur Gerüchte.
Und der Einäugige?
Auch wie gehabt. Er ist überall und nirgends, niemand weiß etwas über ihn.
Ob er etwas mit den Fracking-Plänen zu tun hat?
Wie kommen Sie denn darauf?
Einfach so.
Keine Ahnung, sagt der Tierarzt schließlich.

Wir ziehen auf der Landstraße bis an die Stadtgrenze und zwischen den Ampeln immer weiter einwärts. Einmal piept sein Handy, und der Tierarzt schaut kurz auf das Display. In unserem alten Viertel dirigiere ich ihn.
Hier haben Sie also gelebt.
Ja.
Gewachsene Struktur. Nette Gegend.
Da vorne ist es.
Schönes Haus. Beinah patrizisch. So hatte ich es mir gar nicht vorgestellt. Dann lacht er. Alte Straßenbahndynastie, was.
Alte Straßenbahndynastie, sage ich.
Sind Sie hier groß geworden?
Nein. Meine Eltern sind häufig umgezogen.
Gab es denn keinen Familiensitz?
Den hatte mein Vater schon früh durchgebracht. Wir haben in den linken Vierteln gewohnt, in einer esoterischen Waldsiedlung oder im Flügel einer Villa. Je nachdem, wie sie gerade drauf waren.
Der Tierarzt nickt. Dann zeigt er auf das Haus. Aber hier haben Sie mit Ihrer Frau gelebt. Hatten Werkstatt und Geschäft und waren glücklich.
Ja, aber das ist vorbei. Jetzt bin ich unter der Pappel glücklich.
Hoffen wir, daß es so bleibt.
Ich nicke. Dann sage ich: Tarkan und Ergün sind zurück. Wenn Sie wollen, stelle ich Ihnen die beiden vor. Einen guten Mokka gibt es obendrauf. Und dann schauen Sie sich meine alte Werkstatt an.
Würde ich gerne. Er zeigt auf sein Handy. Aber eine Sau liegt flach. Sie will nicht mehr raus und will nicht mehr fressen.

16

Die Scheiben sind frisch geputzt, aus dem Souterrain leuchten frische Blumensträuße. Tarkan und Ergün sitzen in der Schneiderei.
Sie freuen sich, sie umarmen mich. Sie setzen einen Mokka auf, sie stellen Gebäck hin. Sie haben Schuhe und Kleider mitgebracht, doch es sind immer weniger die alten Stücke, die sie heutzutage aufbessern müssen. Schau dir das an, sagen sie. Das komplette Programm. Hemden wie ein Lude, Verbrecherjacken, Edelsneaker und hier: Hast du so etwas schon einmal gesehen? Heelys nennen sie diese Dinger, und Tarkan zeigt mir Sneaker mit eingebauten Rollen.
Der Mokka ist sehr gut. Auch das Gebäck. Sie erzählen mir, daß ein Vetter den Mokka direkt vom Roten Meer importiert und daß eine Tante das Gebäck selbstgemacht hat. Sie erzählen von ihrem Onkel, einem alten Mann, der im Rollstuhl sitzt, seit ihm die Syphillis das Rückenmark zerfressen hat. Und seit dem letzten Schlaganfall leidet er unter einer spastischen Lähmung. Doch der Onkel hat mitgefeiert; er hat gelacht und gezuckt, bis ihm der Sabber über den Anzug lief. Sie haben immer viel Spaß auf ihren Familientreffen, sagen sie. Auch die Kinder haben mitgetanzt; die Mädchen haben sich in die Jungs verliebt, und zum Abschied haben alle geweint.

Und bei dir, Walter? Draußen alles in Ordnung?
Alles in Ordnung.
Wir können rauskommen und gucken. Wenn etwas gemacht werden muß, machen wir es.
Es muß nichts gemacht werden.

Sie schauen mich an. Aber ich brauche ein Smartphone.
Ein Smartphone? Walter, sagen sie, was ist los?
Ich erzähle, was los ist.
Sie nicken, sie schütteln den Kopf.
Ich kann nicht einfach nichts tun und von Kristina erwarten, daß sie sich aufrafft, sage ich. Ich will ihr zeigen, daß ich es ernst meine.
Sie nicken wieder. Dann sagen sie, daß ein Vetter von ihnen im Großhandel ist und alles besorgen kann. Wenn du etwas brauchst, Walter, sagst du uns Bescheid. Und dann holen sie einen Karton mit lauter Smartphones hervor, packen eines der Dinger aus, stecken etwas Kleines in einen Schlitz und schalten es an. Und dann laden sie auch gleich etwas für mich hoch.
Es ist eine Art Indikator, der Vogelstimmen erkennt und anzeigt, wer gerade singt. Ich kann unter dem Baum sitzen oder durch die Flußwiesen spazieren, ich kann das Telefon in die Luft halten, und auf dem Display erscheinen Grasmücke, Zilpzalp oder Sumpfrohrsänger. Und wenn ich will, kann ich den Gesang auch aufnehmen oder das Rauschen unter dem Baum; ich kann Photos machen und ganze Filme, und vielleicht verschiebt sich dann irgendwann die Wirklichkeit, vielleicht ist es dann egal, ob es noch Vögel oder Bäume gibt, weil ich die ganze Welt in meinen Händen halte. Weil ich wie ein Magier in immer neue Dimensionen stoßen kann.
Ich will den Indikator nicht.
Sie grinsen. Aber er funktioniert, sagen sie.

Das Smartphone schenken sie mir, und ich sehe ihnen die Freude dabei an. Sie erklären mir, wie es funktioniert, und richten es mir ein. Keine Apps, kein Schnickschnack, nichts Personifiziertes. Es läuft ohne Vertrag, wenn der Stromspeicher leer ist, muß ich ihn wieder aufladen, und wenn das Guthaben verbraucht ist, muß ich eine neue Karte kaufen. Genau so, wie es jeder Mafiosi will, sagen sie, und ich kann jetzt überall telefonieren, kann E-Mails verschicken und komme in das Internet.

Im Grunde kann ich weiterleben, als hätte ich gar kein Smartphone. Außer Tarkan und Ergün weiß niemand davon. Ich könnte das Ding in eine Schublade legen und erst in einem Jahr wieder hervorholen.
Ich könnte auch surfen. Mir Ägypten anschauen oder Pornos; vielleicht würden die Bilder der Frau dann verschwinden.
Ich könnte mit Mackenzie von Chipewyan aus über die Rocky Mountains und weiter den Bella-Coola-River hinab reisen. Ich könnte aus den Flußwiesen heraus Pokerpartien mit Menschen spielen, die gleichzeitig in Thailand sitzen, in Surinam und Rußland. Ich könnte in Millionen Katalogen blättern und mir alles liefern lassen. Anatomisch geformte Holster und die passende Frau dazu. Eine künstliche Frau, die ich auf meine Wünsche hin programmiere: Füße, Ohren, Duft, und dazu könnte ich Zimmerbrunnen plus Zimmerlinde gleich mitbestellen. Ich könnte auch Anna reaktivieren. Mit dem Smartphone könnte ich jederzeit wie durch ein Loch aus meinem Haus bis nach Sonstwohin fallen. Ich könnte mein ganzes Leben ändern; die Zeit raffen und die Dinge und die ganze Welt auf meine Bedürfnisse hin zurechtbiegen. Ich könnte mich selber neu erschaffen, neue Dimensionen und neue Freiheit.

Es ist windstill. Das Morgenlicht ist weich und sickert bis in den tief gefurchten Stamm. Die Krone leuchtet.
Ich bediene das Smartphone so, wie Tarkan und Ergün es mir gezeigt haben. Es ist ganz einfach. Und dann lese ich, daß eine Verbindung nicht hergestellt werden kann. Ich schalte das Smartphone aus und starte es erneut. Doch es bleibt dabei.
Auch im Haus funktioniert es nicht und nicht im Vorgarten. Vielleicht funktioniert es hier draußen überhaupt nicht, oder ich habe einen Anwenderfehler gemacht. Ich versuche es immer wieder; gehe hierhin und dorthin, und schließlich gebe ich auf und lege es in die Schublade.
Später beobachte ich in den Flußwiesen die erste Libelle in diesem Jahr.

Am nächsten Morgen versuche ich es erneut. Es gelingt nicht, und vielleicht sollte ich das Ding in der Schublade lassen, vom Frisör aus telefonieren und in der Stadt nach einem Internet-Café suchen. Aber ich mache es nicht. Ich bin fest entschlossen, Empfang herzustellen. Ich habe von Funklöchern gehört, von Schatten und Verzerrungen, ich laufe auf meinem Grundstück auf und ab. Ich starre auf das Display, ich bin wie eingesaugt. Ich denke an nichts anderes mehr, die Welt ringsherum verschwindet, nur das Display und ich sind noch da.

Vielleicht gibt es Schwankungen mit der Tageszeit, vielleicht mit Wind und Wetter. Vielleicht liegt der ganze Landstrich hier in einem Loch; auch in der DDR gab es Gebiete, in denen kein Westfernsehen empfangen werden konnte. Andererseits aber telefonieren sie hier alle mit ihren Handys.

Erst als ich den Garten verlasse, bekomme ich hinter dem Grundstück meiner Nachbarn Empfang. Es ist ein Gefühl, als hätte ich nach einer langen Wanderung mit herben Hindernissen endlich mein Ziel erreicht. Diese Freude beim Blick auf das Smartphone ist seltsam, und ich kann nicht sagen, ob sie sich dadurch weniger echt anfühlt.

Ich habe die Nummer der Station, und eine Männerstimme meldet sich. Kristina kann von einem Wandtelefon auf dem Flur sprechen, und der Mann sagt, ich soll in fünf Minuten noch einmal anrufen. Nach fünf Minuten nimmt er wieder ab und stellt das Gespräch um.
Ich habe das Smartphone, sage ich.
Sie lacht. Und hast du der Frau schon geschrieben?
Noch nicht. Zuallererst wollte ich hören, wie es dir geht.
Ehrlich? Sie scheint sich zu freuen. Und anscheinend macht sie auch Fortschritte; sie ist heute bereits mit Nicole über das Krankenhausgelände spaziert, und Fredi hat sich dafür eingesetzt, daß sie auf der Dachterrasse auch ohne Aufsicht rauchen darf. Sie lacht wieder. Du hast mit meinen Eltern gesprochen, stimmts?
Ich habe damit nichts zu tun, Kristina.
Sie glaubt mir nicht.
Dann erzähle ich ihr, wie die Gräser bis in den Horizont hineinwogen. Wie ein Graureiher aus der Höhe herabfällt und am Flußufer landet. Wie eine Wolke sich vor die Sonne schiebt und zuletzt nur noch ein gebündelter Strahl auf die Pappel trifft. Und wie das Rauschen ihrer Blätter in der Sommerbrise an- und abschwillt.

Später hocke ich wieder hinter dem Garten meiner Nachbarn. Die Internetverbindung ist stabil.

Tarkan und Ergün haben mir eine E-Mail-Adresse eingerichtet. Ich habe dafür ein Wort gewählt, das für die Frau eindeutig sein muß: Lindenlaub.
Ich öffne die Fenster und gebe meine Anzeige auf. Noch einmal schreibe ich: Wir haben das Große im Kleinen gesehen, und wieder ist es aufregend. Ich entschuldige mich, daß ich auf die erste Antwort nicht reagieren konnte, und mit einem Klick verschwinden meine Worte.

Abends sitze ich auf der Veranda. Ich schaue auf das Smartphone und vermute, daß die Pappel das Funknetz abschirmt. Im Grunde ist es natürlich ein Glücksfall, wenn mein Grundstück einer der letzten weißen Flekken ist, während satellitengestützte Systeme beinahe die gesamte Erdoberfläche abdecken. Wenn ich quasi strahlengeschützt bin. Doch die Gedanken beruhigen mich nicht, und ständig laufe ich hinüber auf das Nachbargrundstück. Aber auch als die Sterne schon leuchten, ist noch keine Antwort gekommen.

17

Ich stehe mit der Dämmerung auf, hole das Smartphone und gehe im Schlafanzug los. Nichts. Und nach dem Kaffee ist es das gleiche. Vielleicht ist ihr Computer abgestürzt, vielleicht ist ihr selber etwas zugestoßen, es kann tausend Gründe geben.

Erst nach dem Frühstück bemerke ich das Morgenlicht; die feuchten Gerüche und die glitzernden Pappelblätter.

Wahrscheinlich wird der Baum bald seine Samen austreiben. Aus den Flußwiesen höre ich Krähen. Eine Amsel singt, und dann bricht die ganze Welt auf im Morgenlicht.

Als ich durch den Heckenbogen trete, fahren meine Nachbarn vor. Sie bleiben im Auto sitzen. Aber der Hund kläfft von der Rückbank und wedelt mit dem Schwanz.
Hinter den Erlen glitzert der Fluß, über dem Schilf sehe ich den wankenden Flug einer Weihe. Ich gehe bis zu der Holzbrücke; stehe unter der alten Weide, spucke in das torfige Wasser. Dann hole ich das Handy hervor. Nichts. Und später auf dem Rückweg ist es das gleiche.

Nachmittags stößt der Hund durch die Hecke. Wir sitzen eine Weile beisammen; dann entdecken ihn die Nachbarn. Der Hund seufzt.
Auf dem Smartphone habe ich gesehen, daß heute Sonnabend ist, und am Wochenende bleibt die Grillstube geschlossen. Wahrscheinlich werden meine Nachbarn heute überhaupt nicht mehr wegfahren, und vielleicht werden sie sogar bis in die Nacht mit den anderen Kolonisten in ihrem Garten sitzen. Ich mache mich wieder auf den Weg.
In den Flußwiesen hole ich ein ums andere Mal das Telefon hervor. Schaue, ob es noch Empfang hat, schaue, was der Akku anzeigt, und immer wieder lese ich: Keine neuen Nachrichten.

Das Display leuchtet. Der Mond ist groß und hell. Die Schatten sind klar, Fledermäuse sind über den Flußwiesen. Als ich auf der Brücke stehe, atme ich die Nacht-

luft ein. Ich habe natürlich keinen Beweis, daß tatsächlich die Frau geantwortet hat. Jeder kann auf so eine Anzeige antworten. Tessa hat es auch getan.
Der Mond spiegelt sich im Wasser, noch der leise Zug des Windes erscheint silberfarben. Das Display leuchtet; auf dem Display nichts Neues.

Diese Nacht macht das Land weit; ich kann nicht sagen, wo der Himmel beginnt. Manchmal folge ich meinem Schatten, manchmal ist er hinter mir. Ich streife den Geestrücken und den Kiefernwald. Ich stoße zurück in die Wiesen, komme an den Windbrechern vorbei, und aus ihren Kronen fällt kaum ein Flüstern herab.
Dann erscheinen zwei Gestalten vor mir. Ein Mann und ein Hund. Der Hund hat mich längst gewittert, der Mann hält ihn kurz. Er ist groß, er trägt einen Mantel und einen Hut. Schließlich leuchtet er mir mit einer Taschenlampe in das Gesicht. Ach, Sie sind das, sagt er dann.
Der Tierarzt und ich geben einander die Hand, ich streichele seinen Hund.
Eine schöne Nacht, sagt er. Fehlt nur noch der heulende Wolf. Ist Ihnen der Bursche begegnet?
Nein.
Er sieht mich an. Geht es Ihnen nicht gut?
Ich zucke mit den Schultern.
Ist es wegen des Mädchens?
Kristina geht es schon besser. Aber ich habe mir das Smartphone besorgt und eine Anzeige geschaltet. Und die Frau antwortet nicht.
Er grinst und schlägt mir auf die Schulter. Wenn ich könnte, würde ich Ihnen helfen. Und dann sagt er: Ist in der Kolonie etwas passiert?

Ich weiß von nichts.
Die Polizei war dorthin unterwegs. Auch Krankenwagen.
Vielleicht haben sie den Einäugigen gelyncht.
Meinen Sie das ernst?
Nicht wirklich.
Soll ich Sie mitnehmen? Dahinten steht das Auto.
Ich gehe lieber.
Ist gut. Dann hebt er einmal die Hand, und sie ziehen davon. Ein Mann und ein Hund gegen den Horizont. Und über ihnen steht der Mond. Die Polizei mußte noch nie in die Kolonie kommen.

Er bellt und bellt, und ich erkenne seine Stimme schon von weitem. Überall brennen Lichter, die Kolonisten stehen draußen. Als sie mich sehen, rufen sie nach mir. Walter, rufen sie immer wieder, und sie greifen nach meinem Arm.
Bei meinen Nachbarn wurde eingebrochen. Ihr Auto steht noch vor der Tür, und womöglich wurden sie regelrecht überfallen. Schrecklich, sagen sie, doch keiner weiß etwas Genaues. Einer spricht von einer Russenbande, ein anderer hat den Mann mit dem Glasauge gesehen. Krankenwagen und Notarzt sind da, und die Polizei läßt keinen durch. Die Kolonisten glauben, daß ich nicht so ohne weiteres in mein Haus kommen werde.

Im Scheinwerferlicht sehe ich Uniformen. Sie laufen umher, sie werfen riesige Schatten an die Wand. Ein Blaulicht kreist, die Haustür meiner Nachbarn steht weit offen. Der Hund bellt und bellt.
Ich bin kein neugieriger Mensch. Wenn etwas passiert ist, werde ich es noch früh genug erfahren. Ich gehe zu

einem Polizisten und stelle mich vor. Ich wohne im Nebenhaus und möchte in meine Wohnung.
Obwohl die Scheinwerfer alles ausleuchten, strahlt mich der Polizist mit einer Taschenlampe an. Dann tritt ein Mann in Zivil zu uns. Er holt einen Ausweis vor, er sagt, Witt, Kriminalpolizei, und dann sagt er: Wir sind uns doch schon einmal begegnet.

Kommissar Witt ist offen. Es wundert ihn schon, daß ich in so kurzer Zeit zwei Mal im Umkreis eines Verbrechens auftauche. Einbruch mit tragischen Folgen bei Familie Finkler und nun Einbruch mit tragischen Folgen bei Ihren Nachbarn, sagt Witt. Und er will von mir wissen, wie ich das erklären kann. Wo ich in den letzten Stunden gewesen bin.
Ich sage ihm, wie es ist. Daß ich spazieren war und später den Tierarzt getroffen habe. Und daß die Finklers alte Freunde sind. Ich sage, daß meine Frau die Patentante von Kristina war und daß meine Frau nicht mehr lebt. Danach habe ich alles aufgegeben und bin hierhergezogen. Ich kenne die Leute in der Kolonie, doch ich habe wenig Kontakt zu ihnen. Und noch weniger zu meinen Nachbarn. Aber ich mag ihren Hund.
Ich weiß nicht, was der Kommissar aus meiner Aussage schließt. Seine Miene bleibt undurchsichtig. Wir mußten den Hund im Garten anleinen. Können Sie sich morgen um ihn kümmern?
Kümmern?
Ihre Nachbarn sind tot.

Die Polizei hält das Grundstück ausgeleuchtet; sie laufen umher, sie rufen. Einige Autos fahren ab, andere kommen an. Wahrscheinlich sind auch Leichenwagen dabei. Der Hund bellt und bellt. Einbruch mit tragischen Folgen, hat der Kommissar gesagt. Erst zum Morgen wird es ruhiger.

Witt hat angekündigt, mich noch einmal zu vernehmen. Als Zeuge, hat er gesagt, obwohl ich von den Geschehnissen überhaupt nichts mitbekommen habe. Aber er wird sicher auch die anderen in der Kolonie befragen, weil jede noch so unscheinbare Beobachtung wichtig werden kann. Und aus den allgemeinen Auskünften wird er dann immer feinere Zusammenhänge herstellen, bis er zuletzt den wahren Sachverhalt rekonstruiert und den Fall aufgeklärt hat.

Die Pappel steht in diesigem Morgenlicht. Die Polizei hat überall Absperrbänder gezogen, und einmal sehe ich zwei weißgekleidete Gestalten mit Kapuze über dem Kopf. Der Hund ist ruhig. Wenn die Polizei mit ihrer Arbeit fertig ist, werde ich ihn zu mir holen.

Als ich das Kaffeewasser aufsetze, beginnt er wieder zu bellen. Und als ich auf der Veranda sitze, zieht er an der Leine, japst und jault. Ich rede ihm durch die Hecke zu. Aber er gibt keine Ruhe.

Vielleicht hat die Polizei die Knochen von seinem Vorgänger gefunden, und vielleicht würde der Hund auch meine Nachbarn noch ausbuddeln und ihre Gebeine verschleppen. Ich weiß nicht, ob er sich bei ihnen wohl gefühlt hat. Ob er sie vermißt.

Kommissar Witt sieht übernächtigt aus.
Ich habe Mokka direkt vom Roten Meer, sage ich.
Er lächelt, ich stelle auch das Gebäck dazu, und eine Zeitlang sitzen wir schweigend unter dem Baum. Er raucht, und die Blätter über uns rascheln in einer Brise. Sie haben es schön hier, sagt er schließlich. Aber nicht friedlich, und ich erfahre, daß aus dem Einbruch mit tragischen Folgen ein Doppelmord geworden ist. An der Todesursache bestehen für uns keine Zweifel, sagt er. Ob der Einbruch fingiert war, wird sich zeigen. Und dann ist der Kommissar wieder erstaunlich offen: Wie weit würden Sie denn gehen, um jemanden loszuwerden?
Ich sehe ihn an.
Der Kommissar zuckt mit den Schultern. Ich muß Fragen stellen, wo andere schweigen. Und dann sagt er: Ihre Frau hat sich das Leben genommen. Warum?
Wer kennt schon die Innenwelt eines anderen.
Da sagen Sie etwas. Er trinkt, er raucht, und dann nimmt er noch etwas Gebäck. Was halten Sie von diesem Burschen mit dem Glasauge?
Ich bin ihm begegnet. Aber ich kenne ihn nicht.
Der Kommissar nickt. Einige halten ihn anscheinend für einen Geheimagenten, andere für verrückt. Unlängst soll er hier mit dem Auge in der Hand herumgelaufen sein. Als würde er alles filmen.
Ja. Aber oft behaupten die Leute umso mehr, je weniger sie wissen.
Er lacht einmal. Und dann: Über Sie scheinen die Leute hier auch nicht viel zu wissen.
Um so mehr Geschichten wird es wohl geben.
Gut möglich. Die Finklers aber, sagt er, halten Sie zuletzt für einen integren Menschen. Kauzig und weltfremd ge-

worden, aber integer. Ähnlich äußern sich auch Ihre anderen Freunde. Und dann habe ich noch mit dem Tierarzt gesprochen; er bestätigt Ihre Aussage, und für uns kommen Sie als Täter kaum noch in Frage. Sie sind quasi aus dem Schneider, sagt der Kommissar. Aber daß ich Ihnen so kurz hintereinander begegne, macht mich trotzdem stutzig.
Ich sehe ihn an. Was soll ich dazu sagen?
Helfen Sie mir. Es könnte eine Verbindung zwischen dem Finkler-Einbruch und dem Doppelmord hier geben. Überlegen Sie, was diese Verbindung sein könnte. Vielleicht ist es etwas, was Sie überhaupt nicht mit den Verbrechen in Zusammenhang bringen. Überlegen Sie genau. Lassen Sie sich Zeit, aber nicht zuviel. Dann nimmt er noch etwas Gebäck. Das Zeug schmeckt gut. Und Ihr Mokka auch. Kommen Sie. Holen wir den Hund.

Das Haus meiner Nachbarn ist verschlossen, an den Türen kleben Siegel. Plastikbänder markieren einen schmalen Weg in den Garten.
Der Hund ist an einem gemauerten Grill festgebunden. Er wedelt mit dem ganzen Hinterteil, er steigt an der Leine hoch, und das Halsband schnürt ihm die Kehle.
Warum mag er Sie so? Die Freude des Hundes scheint auch den Kommissar zu berühren.
Ich weiß es nicht. Meine Nachbarn haben versucht, ihn zu trimmen, wie seinen Vorgänger. Aber dieser Hund hat mich von Anfang an gemocht, und sie konnten es ihm nie austreiben. Dann hocke ich mich hin, löse die Leine und streichele seinen dicken Kopf. Jacko, sage ich. Und zu dem Kommissar: Ob er zugesehen hat?
Es geschah im Haus. Und wir vermuten, daß er im Gar-

ten war. Aber vielleicht haben wir schon morgen ganz neue Anhaltspunkte und müssen davon ausgehen, daß er doch alles mit angesehen hat. Witt sieht mich an. Was wissen Sie über die Grillstube?
So gut wie nichts. Eine Motorradclique trifft sich dort, und meine Nachbarn waren mit ihnen befreundet.
Was sind das für Leute?
Ich weiß es nicht. Manchmal haben sie hier zusammen gefeiert. Auch die Kolonisten waren dabei.
Der Kommissar nickt. Dann zeigt er auf den Hund. Solange wir hier sind, müssen Sie ihn kurz halten.
Jacko schaut mich an; er kläfft. Ich glaube, er weiß, wohin wir gehen. Und vielleicht empfindet er den Tod meiner Nachbarn nicht als Verlust.
Kommissar Witt nimmt Hundekuchen mit. Wir haben den Sack bereits untersucht, sagt er. Wenn Sie trotzdem etwas finden, melden Sie sich.
Was sollte ich finden?
Melden Sie sich einfach. Und denken Sie über eine Verbindung zwischen den beiden Fällen nach.
Vor meinem Haus gibt er mir eine Karte. Also, auf die Tage. Und dann bleibt er doch noch einmal stehen. Wie geht es der Finkler-Tochter?
Schon besser.
Das freut mich.

Jacko pinkelt als erstes gegen die Pappel. Und dann läuft er los. Jagt in Sprüngen und Haken über das Grundstück, jachtert um das Haus. Er ist schnell, er ist geschickt, und das Laufen macht ihm Spaß. Wenn ich ihn rufe, kläfft er, und wenn er an mir vorbeiläuft, sieht er mir in die Augen. Dann springt er auf die Veranda. Stößt die Tür auf und verschwindet im Haus. Ich höre ihn aus der Küche, aus der Diele und auf der Treppe. Als er wieder bei mir ist, hechelt er. Er sucht sich einen Platz in meiner Nähe, legt sich hin und schließt die Augen. Plötzlich habe ich einen Hund.

Alles, was ich tatsächlich über Hunde weiß, weiß ich von ihm. Für meine Nachbarn schien es selbstverständlich, daß er sich ihrem Willen unterwirft. Aber ich glaube nicht, daß ich seinetwegen etwas über Führung oder Macht lernen muß. Ich glaube, wir werden auch so miteinander zurechtkommen. Wir haben uns von Anfang an gemocht, und ich habe nie viele Worte gebraucht.

18

Die Kolonisten stehen in einer Traube. Sie sind erschüttert, sie haben Angst, sie sehen mich an. Wo wir denn leben, fragen sie, und ob ich etwas weiß. Sie klagen den Mann mit dem Glasauge an, sie wollen etwas gegen diese Russenbanden unternehmen. Sie reden über Sicherheit und Waffenscheine.
Ich sage, daß man ein Übel nicht durch ein anderes loswerden kann, und sie schütteln den Kopf. Ich sage, daß nicht plötzlich über der ganzen Kolonie eine Bedrohung liegt, die es vorher nicht gab. Wir müssen nicht mehr Angst haben als sonst, doch sie starren mich nur an und schütteln hartnäckig den Kopf. Immerhin halten sie es mir zugute, daß ich mich um den Hund kümmere.

Ich weiß nicht, ob er die Flußwiesen kennt. Vielleicht hat er sie nur durch die Scheiben des Autos gesehen.
Das Gebiet steht unter Naturschutz, und Hunde müssen angeleint werden. Andererseits gibt es die Fracking-Gerüchte, und ich weiß auch, daß einige Bauern Gift über ihre Felder versprühen oder daß sie ohne weiteres Genehmigungen und Geld bekommen, um den Klärschlamm aus der Stadt unterzupflügen. Ich lasse Jacko von der Leine.
Er freut sich, er läuft voran, und bald erfaßt er mit seiner Nase Welten, die mir fremd und fern sind. Er geht vom Weg ab, er schnürt, er zieht Kreise und wenn ich ihn rufe, dauert es manchmal, bis er reagiert. Vielleicht ist er versunken, so wie Menschen in Bücher versinken. Ich glaube, daß es ihm gefällt, so herumzustromern. Daß es seine Welt bereichern und sein Hundeleben ausfüllen kann. Wenn er aber durchgeht und Wild hetzt, muß ich ihn wohl doch an die Leine nehmen.

Als wir die Holzbrücke erreichen, läuft er gleich zum Ufer hinab. Er säuft, dann springt er in den Fluß. Er steigt wieder heraus, er schüttelt sich. Dann wedelt er mit dem Schwanz und legt sich zu meinen Füßen.

Kraniche ziehen vorüber, die Strophen eines Sumpfrohrsängers steigen auf. Die Blätter der alten Weide glitzern, der Fluß glitzert.
Auf dem Display sehe ich, daß keine Nachrichten eingegangen sind.
Ich öffne die Seite mit den Suchanzeigen, mein Text steht noch da. Wir haben das Große im Kleinen gesehen, doch ich bekomme einfach keine Antwort. Dabei möchte ich

ihr so viel erzählen. Es ist so viel passiert, und mir fallen wieder tausend Gründe ein, warum sie sich nicht meldet.

Zum Abend färbt sich der Himmel rot. Reiher und Krähen sind auf dem Weg in ihre Nachtquartiere, bald steigt Nebel aus den Flußwiesen.
Ein leichter Wind geht durch die Pappel. Jacko liegt bei mir, das Grundstück meiner Nachbarn ist dunkel. Der Kommissar vermutet eine Verbindung zwischen dem Einbruch bei Fredi und Nicole und dem Doppelmord hier. Aber was sollte das für eine Verbindung sein?

19

Der Mann am Telefon sagt, einen Augenblick, bitte, und dann ist Kristina auch schon da. Walter! ruft sie. Und wie schrecklich! ruft sie. Der Kommissar war hier. Er hat mich gefragt, was für ein Mensch du bist. Warum Anna tot ist. Und jetzt Mord, Walter. Geht es dir gut? Ich habe so darauf gewartet, endlich etwas von dir zu hören. Aber warum fragt der Kommissar solche Sachen? Walter, was soll das?
Witt macht nur seine Arbeit. Und mir geht es gut. Ich habe jetzt einen Hund.
Den Hund?
Wir haben uns ja schon immer gemocht.
Dann könnt ihr jetzt gemeinsam unter dem Baum sitzen.
Ja.
Sie lacht. Wie ist er?
Er heißt Jacko, hat kurzes braunes Fell und einen dicken

Kopf. Er kriegt mit, wenn man über ihn spricht, und gerade jetzt schaut er auf und wedelt mit dem Schwanz. Ansonsten ist er jederzeit zu allem bereit; er kann einfach vor sich hin dösen oder auf einem Ast herumbeißen und dann ohne weiteres aufspringen und jachtern. In den Flußwiesen hat er ständig Spuren in der Nase, er markiert irgendwelche Stellen, er gräbt, und wenn ich einen Stock für ihn werfe, bringt er ihn zurück. Er geht auch gerne in das Wasser.
Schlägt er an, wenn jemand zu dir kommt?
Bei meinen Nachbarn hat er es getan.
Aber er hat sie nicht beschützt.
Wahrscheinlich war er gar nicht mit im Haus.
Und dann sagt sie: Hast du gar keine Angst?
Was? Nein.
Deine Nachbarn wurden ermordet.
Ja. Was ihnen geschehen ist, tut mir leid. Und es geschieht überall und jeden Tag wieder. Ich könnte ständig Angst haben. Aber ich kann auch unter der Pappel sitzen und es anders versuchen.
Kristina schweigt.
Nach einer Zeit sage ich: Und bei dir?
Sie antwortet nicht. Und dann sagt sie plötzlich: Kannst du kommen?
Wenn du willst.
Sie gehen nachher essen, mit Marlies und Gerd. Und die Psychologin meint, daß ich mitgehen soll.
Zu Stratos?
Ja. Bringst du Jacko mit?
Klar.
Sie lacht. Ich freue mich, Walter. Bis nachher.

In der Bahn springt der Hund sofort auf den Sitz neben mir. Er ist es gewohnt, so zu fahren. Im Auto meiner Nachbarn hatte er die Rückbank für sich, und wahrscheinlich schaut er genauso gerne aus dem Fenster wie ich. Doch hier muß er unten sitzen. Es dauert zwei Haltestellen, bis er mich versteht. Dann legt er seinen Kopf auf den Sitz. An seinem Blick sehe ich aber, daß es ihm so nicht gefällt.

Wir steigen in der Nähe des Bahnhofs aus. Ich nehme ihn an die Leine, setze meine Sonnenbrille auf, und dann ziehen wir los. Jacko scheint mühelos in der Stadt zurechtzukommen. Er hat die anderen Menschen im Blick, er weicht Fahrrädern aus, und wenn Autos hupen oder Sirenen aufheulen, zuckt er nicht zusammen. Ab und zu bleibt er stehen, schnüffelt oder hebt sein Bein. Und wenn uns ein anderer Hund begegnet, will er ihn meist begrüßen.

Wir gehen in den Park hinter dem Museum. Ich setze mich auf eine Bank und lasse Jacko von der Leine. Er schaut mich einmal an, dann zieht er los, die Nase auf dem Boden.
Ich hole das Smartphone hervor. Nichts, und dann stecke ich es wieder ein.
Die Sonne kommt hinter einer Wolke hervor, eine Taube gurrt, und sobald ich wieder auf das Display schaue, ist es das gleiche. Hätten die Freunde mich an Annas Geburtstag nicht betrunken gemacht, säße ich erst gar nicht mit so einem Ding in den Händen hier. Am Brunnen vor der Linde, haben sie geschrieben, daraufhin hat sich dann Tessa gemeldet und mich zu einer neuen Anzeige überredet. Ich habe geschrieben: Wir haben das Große im

Kleinen gesehen, kurz darauf wurde bei Nicole eingebrochen, und nachdem ich diese Anzeige dann noch einmal über das Smartphone geschaltet habe, wurden meine Nachbarn ermordet. Vielleicht ist ja meine Suchanzeige die Verbindung zwischen den beiden Verbrechen. Wir haben das Große im Kleinen gesehen. Vielleicht hat der Text wie ein Auslöser gewirkt.

Jacko hält seine Nase gegen den Wind. Dann kläfft er einmal und läuft davon.

Der Park ist nicht groß. Zum Museum hin sitzen ein paar Leute auf dem Rasen. Sie sehen aus wie Punks. Sie trinken Bier und haben einen Hund dabei. Jacko ist bereits bei ihm. Die Hunde beschnüffeln einander, und ich sehe, daß Jacko mit seiner Nase immer wieder gegen das Hinterteil des anderen drängt. Dann schnappt der andere plötzlich zu, und Jacko jault.

Einer der Punks steht auf. Seine Stimme ist tief. Reiß ihm die Klöten raus!

Ich gehe zu ihm und sage, daß der Hund zu mir gehört.

Scheiß drauf, sagt er. Die Punks lachen, einer rülpst.

Der andere Hund ist groß, ein ruppiger Bursche, und wenn er schnappt, blitzen seine Fänge.

Vielleicht hat Jacko bei meinen Nachbarn zu wenig Auslauf gehabt, vielleicht ist er ein bißchen zu dick. Aber er ist schnell, er weicht den Zähnen aus, und ich sehe seine Muskeln. Und er ist beharrlich. Immer wieder drängt seine Nase, und schließlich läuft der andere Hund davon. Läßt sich jagen, und wenn er schnappt, scheint es kaum noch ernst gemeint.

Der Punk feuert den großen Burschen an. Die Klöten, ruft er immer wieder, und auch die anderen stehen jetzt

auf und grölen. Sie haben Stacheln auf dem Kopf und tragen Leder und Metall. Ihre Augen leuchten rot, sie haben eine feuchte Aussprache. Sie grölen immer lauter, sie klatschen. Und dann rufen sie: Er fickt sie! Er fickt sie! Auch ich kann es jetzt sehen. Ich habe nicht geglaubt, daß der große Bursche eine Hündin ist.
Die Punks feuern den Rhythmus an. Sie trinken, sie lachen, sie werfen Geld in eine Mütze.
Jacko ist kleiner, er ist steil aufgestiegen. Er kopuliert mit triefenden Lefzen, und es sieht aus, als hätte er bereits Erfahrung.
Einer der Punks kommt zu mir. Jeder setzt einen Fünfer, sagt er.
Ich nehme die Sonnenbrille ab. Worauf?
Ob sie krampft oder nicht krampft.
Krampft?
Scheidenkrampf, Mann. Laika hat einen Hang dazu. Der Punk lacht dreckig. Dann grölt er, go, Laika, go!, und ich setze fünf Euro gegen den Scheidenkrampf.
Hast du so etwas schon gesehen, Mann? Das ist wie eine Stahlfaust, die meisten Kerle werden panisch, und dann brennt Laika irgendwann durch. Und weil sie groß und stark ist, zieht sie die Kerle einfach hinter sich her. Einmal ist einem von denen das Ding abgerissen. Willst du ein Bier?
Nein.
Trocken?
Ich trinke nicht.
Scheiß drauf, und er stößt eine Faust in die Luft und feuert Laika wieder an.
Doch der Akt endet ohne Spektakel, und bald liegen beide Tiere da, und jedes leckt sich das Geschlechtsteil.

Vielleicht beim nächsten Mal, sagt der Punk.
Die anderen verteilen das Geld. Einer sieht zu mir auf. Hast du gewonnen? Ich nicke.
Eine Frau mit roten Stacheln sagt: Scheiße! Der soll zahlen dafür, wenn sein Köter hier rumfickt.
Einer der Punks ruft: Laika, du Hure, und die anderen lachen.
Jacko kommt zu mir zurück. Er zeigt mir die Zähne, und es sieht aus, als würde er grinsen. Ich kraule ihm den Kopf.
Die Frau sagt: Wenn Laika eine Hure ist, muß er erst recht bezahlen. Und zu mir: Wie heißt er?
Jacko.
Jacko?
Er versteht nur Deutsch. Jacko wie Jacke.
Die Punks lachen. Sie rufen, Jacko, du Hurenbock, sie trinken.
Die Frau sagt: Wenn du willst, kann er sie öfter ficken. Ein Zehner die Nummer.
Und wenn sie krampft?
Wenn er gut ist, krampft sie nicht.

Stratos umarmt mich. Dann sieht er auf Jacko. Armer Kerl.
Er hat gerade Sex gehabt.
Was?
Im Park.
Stratos grinst. Dann sagt er: Mußte er den Mord mit ansehen?
Ich weiß es nicht.
Stratos verspricht ihm eine gute Mahlzeit, und Jacko wedelt mit dem Schwanz.

Zuerst der Einbruch, sagt Stratos dann. Und nun so etwas. Er drückt meine Hand, und ich spüre seine Anteilnahme. Ich sage, daß ich keinen Kontakt zu meinen Nachbarn hatte. Daß sie gehässig zu mir waren und ich sie kaum vermissen werde. Aber was ihnen geschehen ist, tut mir leid.
Hast du keine Angst?, sagt er.
Das fragen alle.
Stratos sieht mich an.
Wenn ich aufwachte, weil jemand in mein Haus eingedrungen ist, würde ich wohl Angst bekommen. Und sonst?, sage ich. Anna ist tot. Seitdem sitze ich am liebsten unter dem Baum. Meine Gedanken sind ruhig, ich mache nichts Böses, und was die Leute über mich denken, interessiert mich nicht. Manchmal interessiert mich überhaupt nichts mehr; dann sitze ich einfach nur da, und es geht mir gut. Und dann gibt es auch nichts mehr, wovor ich Angst haben könnte.
Stratos nickt. Er hat vor einigen Jahren seinen Sohn verloren. Seitdem hat die Welt sich auch für ihn verschoben, und ich weiß, daß er in seiner Heimat tagelang auf einem Felsen sitzen und auf das Meer schauen kann.

Er hat einen Tisch auf der Terrasse reserviert. Die Temperaturen sind angenehm, es sieht nicht nach Regen aus. Jacko säuft, als die anderen ankommen. Noch bevor sie am Tisch sind, kriege ich mit, daß Gerd eine Art Erlkönig probefährt. Er lacht, Fredi nickt, und auch Nicole scheint die neue Technik zu begeistern. Walter, sagt sie, was du alles verpaßt. Und dann umarmen wir einander.
Von den Einbruchspuren ist nichts mehr zu sehen. Nach der Renovierung sind die Möbel neu arrangiert, es fehlen

nur noch die letzten Feinheiten. Accessoires, wie Nicole sagt, und Marlies findet, daß es schon jetzt viel schöner ist als vorher.
Kristina sieht ein bißchen aufgeschwemmt aus und teigig im Gesicht. Ihr Haar ist ungewaschen, und sie riecht. Ich weiß nicht, ob es einfach nur Schweiß ist. Vielleicht baut ihr Körper irgendwelche Gifte ab, vielleicht wurden ihr neue Medikamente verordnet. Aber anscheinend fühlt sie sich ganz gut.

Stratos bringt eine Platte mit Ouzo und Bier. Für Kristina und mich Wasser. Wir stoßen an, danach stelle ich ihnen Jacko vor.
Sie machen seltsame Gesichter. Was ich mit einem Hund will? Und ob er nicht besser bei einem der Kolonisten aufgehoben ist? Nur Kristina ist anderer Meinung. Sie streichelt Jacko und meint, daß der Hund gut zu mir passt. Und als Nicole ihrer Tochter schließlich recht gibt, können auch die anderen etwas daran finden. Jacko, sagen sie, und feiner Hund, sagen sie. Kristina und ich tauschen einen Blick.
Während des Essens kommen die Freunde dann auf das Thema. Schöne Scheiße, sagen sie, und Mord, sagen sie. Sie wollen wissen, wie es mir damit geht, und sie sind sich einig, daß ich dort im Grunde nicht mehr wohnen kann; der Tatort, sagen sie, die ewige Angst und daß es für mich wohl am besten sei, wieder zurück in die Stadt zu ziehen. Dann muß einer deiner Türken eben seine große Wohnung räumen, sagen sie; das ist quasi höhere Gewalt, und diese Feststellung scheint für alle richtig zu sein.
Dann wollen sie alles über den Doppelmord wissen; sie fragen dies, und sie fragen das, sie wollen immer mehr

hören, und bald klingt es, als wollten sie auch den grausamsten Augenblick noch nacherleben. Als wollten sie spüren, daß sie selber noch da sind, daß sie eine Zukunft haben, in der alles gut sein wird.
Und so wollen sie allen Schrecken, wollen immer wieder den Anblick des Todes und die sichere Gewißheit, daß es nicht ihr eigener Tod ist. Sie scheinen wie im Rausch, und wo ich längst keine Antworten mehr habe, geben sie einander die Antwort; stellen Bilder auf Bilder auf, gaffen, gruseln sich und stöhnen auf. Es ist wie eine Entfesselung; als würde lang Verdrängtes nun mit aller Kraft hervorkommen.
Erst als Kristina ihre Serviette auf den Tisch wirft, verstummen sie.

Nach dem Essen gibt Fredi ein Zeichen für frisches Bier. Marlies bietet Zigaretten an.
Nicole nimmt gleich zwei, zündet sie an und reicht ihrer Tochter eine.
Nein.
Aber sie haben es dir doch erlaubt.
Weil ihr es erlaubt habt.
Nicole schüttelt den Kopf und lächelt.
Kristina holt ein Päckchen mit Drehtabak hervor.
Ihre Finger sind langsam und ungeschickt, immer wieder zerreißt ihr ein Blättchen. Schließlich hält Nicole ihr eine Schachtel hin. Schatz. Mach es dir doch nicht so schwer.
Kristina schlägt ihr die Schachtel aus der Hand. Und zu mir sagt sie: Ich weiß jetzt, was eine Elektroenzephalographie ist, und als Doktor Frisch meine Hirnströme ausgewertet hat, durfte ich dabei sein. Er hat mir erklärt, daß die Wellen eines gesunden Gehirns geordnet und rhyth-

misch erscheinen, und er glaubt nicht, daß bei mir Nervenzellen und Synapsen geschädigt sind. Kristina zieht ein neues Blättchen hervor und blickt einmal auf. Daß ich verblödet bin oder schizophren.
Und Frau Manninger hat mir erklärt, was ein psychotroper Effekt ist. Sie hat mir auch die Unterschiede zwischen psychischer und physischer Abhängigkeit erklärt; alle Drogen sind ein Suchtmittel, hat sie gesagt, und machen abhängig. Entweder weil sie einen unwiderstehlichen Drang nach Wiederholung auslösen oder weil der Stoffwechsel sich an die Drogen anpasst und sie zu einer Art unentbehrlichem Nährstoff aufwerten kann. Und wenn man dem Körper so einen Stoff plötzlich vorenthält, bricht einiges zusammen, und manchmal glaubt man, nicht mehr weiterleben zu können.
Kristina spricht, als hätte sie jeden Satz auswendig gelernt.
Frau Manninger meint aber, daß man in sich einen Zustand finden kann, der keine Drogen mehr braucht. Aber warum nimmt man überhaupt Drogen? sagt sie. Dann leckt sie das Blättchen an, schaut schließlich auf die Zigarette in ihren Händen und zündet sie an. Warum? Frau Manninger meint, daß beinah jeder Mensch seine Drogen hat und beinah alles zu einer Droge werden kann. Daß es bei jedem eine Ursache für Drogenmißbrauch gibt und daß jeder diese Ursache nur in sich selber finden kann.

Nicole und Fredi lächeln, sie nicken. Auch Marlies und Gerd machen überzeugte Gesichter.
Schließlich räuspert sich Fredi. Dann nimmt er Kristinas Hand. Wenn alles so gut bleibt, sagt er, kann sie das

Krankenhaus schon bald wieder verlassen. Und wir haben auch noch einmal mit ihrer Psychologin gesprochen. Sie wird sich dafür einsetzen, daß Kristina auf ein Segelschiff kommt. Auf einen Schoner. Ein ausgezeichnetes Projekt, sagt Fredi, mit äußerst erfahrenen Begleitern. Sechs Wochen Nordsee. Sechs Wochen, um den Kopf frei zu kriegen und neue Werte zu verankern. Und er drückt Kristinas Hand, und dann nimmt er auch die Hand seiner Frau.

Stratos räumt ab und bringt frisches Bier. Gerd zeigt Bilder, die er auf seinem Smartphone hat, und Kristina setzt sich zu mir. Auch Jacko kommt zu uns. Er legt seinen Kopf auf ihre Beine, und sie streichelt ihn.
Kristinas Haar ist ungewaschen, sie ist nicht geschminkt, und statt der superschicken Kleider trägt sie Jeans und Pulli.
So gefällst du mir besser, sage ich.
Sie lächelt einmal. Und du?
Wie meinst du das?
Kommst du zurück in die Stadt?
Nein.
Sie nickt. Vielleicht besuche ich euch einmal. Aber ich wünschte, ich hätte niemals gehört, was bei dir da draußen passiert ist.
Ja. Und dann: Bist du auf einem guten Weg?
Sie nickt wieder. Doktor Frisch ist nett. Und Frau Manninger auch. Gar nicht, wie man sich so eine Psychotante vorstellt. Und du? Hat sich denn die Frau bei dir gemeldet?
Nein.
Aber du aktualisierst deine Anzeige?
Wie?

Na, es kommen doch ständig neue hinzu. Und kaum jemand liest noch die alten.
Ja, du hast recht. Daran habe ich nicht gedacht. Und dann sage ich: Darf ich dich etwas fragen?
Sie lacht. Alle anderen fragen tausendmal mehr als du.
Hast du dich selber für dieses Schonerprojekt entschieden?
Sie nickt. Meine Eltern hätten mich lieber auf Kur geschickt. In eine Privatklinik.
Wir sitzen bis in den Abend auf der Terrasse.
Später gehe ich in die Stadtwohnung. Jacko bekommt Wasser und Hundekuchen, ich hole das Smartphone hervor. Kristina hat sicher recht, und ich lösche meine alte Anzeige und schreibe sie neu. Vor dem Zubettgehen machen wir noch einen Gang.
Am nächsten Morgen schaue ich als erstes nach einer Antwort. Dann gehe ich mit Jacko hinaus, und beim Frühstück sitze ich wieder über dem Smartphone. Womöglich sollte ich die Anzeige jeden Tag erneuern.

Als ich mit Jacko in die Werkstatt komme, schauen Tarkan und Ergün mich an. Woher hast du den Hund?
Meine Nachbarn wurden ermordet.
Sie machen betrübte Gesichter. Sie haben von dem Verbrechen gelesen, daß es aber meine Nachbarn getroffen hat, wußten sie nicht.
Wir trinken einen Mokka.
Jacko schaut neugierig auf zu den vorüberziehenden Passanten. Auf dem Boden findet er Lederreste, und vielleicht wittert er in den Ecken noch uralte Spuren von mir.
Tarkan und Ergün sagen: Zuerst der Einbruch bei deinen Freunden und jetzt das.

Ja. Das sagen alle, und auch die Polizei wundert sich. Sie vermuten sogar, daß es eine Verbindung zwischen Einbruch und Doppelmord gibt.
Eine Verbindung? Aber was könnte das sein, Walter?
Meine Suchanzeige.
Sagt das die Polizei? Daß du mit deiner Anzeige Einbrecher und Mörder auf den Plan gerufen hast?
Nein. Aber ich weiß nicht, was es sonst sein sollte.
Wenn es denn überhaupt so eine Verbindung gibt, Walter.
Ich zucke mit den Schultern. Dieser Kommissar Witt scheint jedenfalls zu glauben, daß es eine gibt. Mal sehen, was er zu meiner Hypothese sagt.

Die Tür zum Polizeirevier ist verschlossen, im Eingang hängt eine Kamera. Ich muß klingeln; ich sage meinen Namen in eine Gegensprechanlage und daß ich zu Kommissar Witt möchte. Es knackt aus dem Lautsprecher. Hunde haben keinen Zutritt, ich kann ihn aber um die Ecke herum anleinen.
Jacko schaut mich an. Er scheint mir zu vertrauen, und dann klingele ich erneut.
Die Wachstube ist hinter Panzerglas, und Witts Büro liegt im dritten Stock. Am besten, Sie nehmen den Fahrstuhl, sagt der Polizist. Aber ich nehme lieber die Treppen.
Witt erwartet mich bereits. Dann steht der Schreibtisch zwischen uns. Er lächelt. Ihnen ist also etwas eingefallen? Und dann sagt er: Kaffee vorweg?
Bei der Zubereitung geht er sorgfältig vor. Er läßt den Kaffee ziehen, Zucker und Milch serviert er in Porzellan. Er drückt den Steckfilter herunter und stellt die Glaskanne auf einen Untersetzer. Rauchen Sie?

Nein.
Stört es Sie?
Nein.
Gut. Und dann lehnt er sich zurück.
Ich beginne mit Annas Geburtstag. Ich erzähle von der Frau und der Schnapsidee meiner Freunde. Von Tessa, von Nicoles Laptop und schließlich von dem Smartphone. Es funktioniert bei mir nicht, sage ich. Wahrscheinlich wirft der Baum einen Funkschatten, und darum bin ich hinter das Grundstück meiner Nachbarn gegangen.
Der Kommissar sitzt da wie im Urlaub. Raucht, genießt den Kaffee und schaut aus dem Fenster. Doch ich ahne die Polizeiarbeit in seinem Kopf; die Bilder, die meine Worte erzeugen, Bilder von Einbruch und Mord, all die gebündelten Dienstjahre.
Schließlich sagt er: Dann müßte Ihr Text eine Botschaft enthalten, die bei irgendjemandem eine enorme kriminelle Energie freigesetzt hat. Und dieser Jemand müßte zudem die Anzeige vom Schwarzen Brett bis in das Finkler-Laptop und Ihr Smartphone zurückverfolgt und beide Geräte dann auch noch geortet haben. Er macht ein Gesicht. Dann schlägt er einmal auf den Schreibtisch und verschwindet durch eine Zwischentür.
Witts Büro ist nüchtern und aufgeräumt. Außer dem Kaffeegeschirr und einem Kristallascher scheint es nichts Persönliches zu geben. Auf seinem Schreibtisch stehen zwei Bildschirme, hinter dem Fenster sehe ich einen Baum. Es ist eine Kastanie.
Witt kommt mit einem Kollegen zurück. Der Mann begrüßt mich. Murken, sagt er, und im Prinzip, sagt er, kann es durchaus so sein. Und es kann auch durchaus

so funktionieren. Und eigentlich sollte dann die Polizei oder ein Geheimdienst dahinterstecken. Oder auch jemand, der über ihr Wissen und ihre speziellen Möglichkeiten der Informationsbeschaffung verfügt.
Murken sieht mich an und grinst. Eigentlich, sagt er. Aber tatsächlich gibt es eine Menge Leute, Hacker, Crakker oder IT-Gurus, wie auch immer sie sich gerade nennen, die heutzutage so ziemlich alles können.
Ich nicke.
Und Murken sagt: Haben Sie irgendwelche Daten an jemanden weitergegeben?
Nein.
Sitzt Ihnen der Geheimdienst oder sonstjemand im Nakken?
Ich kann es mir nicht vorstellen. Ich wüßte nicht, warum. Aber wie soll ich mir sicher sein?
Murken grinst. Dann sagt er: Und die Finklers? Ihre Nachbarn? Ist jemandem in Ihrem Umfeld etwas komisch vorgekommen?
Ich weiß es nicht.
Ist gut, sagt Murken. Wir werden Ihre Hypothese überprüfen. Wenn Ihre Suchanzeige doch die Verbindung zwischen den beiden Verbrechen sein sollte, kriegen wir das heraus. Dann nickt er und verschwindet durch die Zwischentür.

Witt sitzt mir wieder gegenüber.
Ich sage: Haben Sie etwas über den Einäugigen herausgefunden?
Er lacht. Von wegen Geheimdienst? Vergessen Sie das. Die Leute bei Ihnen haben Angst, und der Einäugige ist ein Fremder, der sich seltsam verhält. Da kocht alles auto-

matisch über. Mich interessiert vielmehr diese Tessa. Was wissen Sie von ihr?
Im Grunde nichts.
Ist sie auf Droge? Ein Flittchen?
Glaube ich nicht.
Geheimdienst? Organisierte Kriminalität? Hackerszene?
Glaube ich auch nicht.
Aber sie wollte Sie mit diesem Code auf ihren Brüsten ködern?
Ja, vielleicht. Vielleicht wollte sie aber auch nur sehen, ob ich in ihr Weltbild passe.
Wie meinen Sie das?
Anscheinend glaubt sie, daß die Menschen allesamt stumpf gemacht und gleichgeschaltet werden. Daß sie von den tatsächlichen Dimensionen in der Welt immer weniger mitkriegen.
Gehört sie zu diesen Verschwörungstheoretikern?
Glaube ich nicht. Nach ihrer Auffassung reiten die Menschen sich selber rein. Sie installieren um sich herum eine Welt, die immer künstlicher und eindimensionaler wird. Und die so auf sie selber zurückwirkt, daß sie außer dieser künstlich hervorgebrachten Welt nichts anderes mehr wahrnehmen.
Das ist ja nichts Neues, sagt Witt.
Vielleicht doch. Wenn Tessa recht hat, sieht man die Dinge nur noch geschrumpft. Die geschrumpfte Wahrnehmung läßt die Wirklichkeit schrumpfen; Weite, Freiheit, uralte Qualität und uralte Werte verschwinden, und niemand bemerkt es.
Witt sieht mich an. Dann grinst er. Sie haben gut reden. Sitzen unter Ihrem Baum, beobachten und ziehen Ihre Schlüsse. Zugegeben, das ist kein schlechter Entwurf.

Aber die Realität ist voller Gegenentwürfe. Und die Wirklichkeit ist nicht geschrumpft, sie explodiert vielmehr. Das sage ich nicht nur aus meiner Berufserfahrung heraus. Und dann: Haben Sie noch Kontakt zu dieser Tessa?
Nein.
Eine Nummer? Adresse, irgendetwas?
Nichts. Und die Nummer funktioniert nicht mehr.
Witt nickt. Und dann: Wenn Ihr Smartphone angepeilt, geortet, trojanisiert oder sonst etwas wurde, finden wir das heraus. Und dann sehen wir weiter. Aber ehrlich gesagt, ich glaube nicht daran. Wenn es tatsächlich eine Verbindung zwischen den beiden Verbrechen gibt, ist es nicht Ihre Anzeige. Darf ich Ihr Smartphone haben?
Was? Jetzt?
Je eher wir es untersuchen, desto schneller wissen wir Bescheid.
Ich schaue ihn an. Ich suche noch immer nach dieser Frau. Gerade heute habe ich meine Anzeige aktualisiert.
Und Witt lacht. Da sitzen Sie unter Ihrem Baum und entwerfen ein Leben gegen die künstliche Welt. Aber kaum sind Sie einmal in Kontakt mit dieser künstlichen Welt, da können Sie schon nicht mehr von ihr lassen. Dann schlägt er einmal mit der Hand auf den Tisch. Ich weiß, wie das ist. Auch in der Polizeiarbeit geht nichts mehr ohne Computer, und ob wir wollen oder nicht, müssen wir endlos Zeit und Energie dafür aufbringen. Ständig checken und gegenchecken, updaten, nachrüsten. Ständig neue Software und neue Schulungen – wir ordnen uns unter, wir sind Computerjunkies, und sobald wir mit einem Betriebssystem einigermaßen vertraut sind, bringt der Hersteller ein neues heraus, und alles geht wieder von

vorne los. Er lacht noch einmal. Vielleicht hat Ihre Tessa ja doch ein bißchen recht: Meine Lebensqualität ist mit diesen Maschinen jedenfalls nicht gestiegen. Und dann sagt er: Wir schalten Ihre Anzeige von hier. Wenn eine Antwort kommt, gebe ich Ihnen Bescheid.

Sommer

1

Die Untersuchungen im Haus meiner Nachbarn sind abgeschlossen. Siegelreste kleben noch an den Türen, und manchmal flattert Absperrband im Wind. Wenn ich etwas entdecke, reiße ich es ab.

Auf der Beerdigung bin ich nicht gewesen. Die meisten Kolonisten halten mich deswegen für ehrlos; sie glauben, daß es überall Bräuche und Regeln geben muß, die das Verhalten lenken. Ich habe mich nicht an der Kollekte beteiligt, nicht am Kranz, und auch die kleine Abschiedsfeier in der Kolonie, bei Grillwurst und Bier, hat mich nicht interessiert.

Einige Tage nach der Beerdigung hält ein Auto vor meinem Haus. Der Hund springt auf, und vorne hört er nicht auf zu bellen.

Es ist der Wagen meiner Nachbarn, und für einen Augenblick glaube ich, daß ihre Mörder zurückgekommen sind. Dann geht die Seitenscheibe herunter. Rauch und ein lautes Radio drängen heraus, und ich sehe eine Frau hinter dem Steuer sitzen. Sie schnickt eine Kippe aus dem Fenster und nickt mir zu.

Jacko bellt und bellt.

Die Frau bleibt im Auto sitzen; Radio und Motor stellt sie nicht ab. Mein Schwager war knauserig, sagt sie, und meine Schwester hat sich immer für etwas besseres gehalten. Sie macht ein spöttisches Gesicht. Jetzt habe ich Haus und Grillstube geerbt, sagt sie, und die Grillstube nennt sie eine saubere Sache. Das Haus aber will sie verkaufen; mit ein bißchen Arbeit kriegt man das Blut und alles schon heraus. Doch in der Kolonie will das Haus niemand haben. So ein Schnäppchen, sagt sie und kann es nicht verstehen. Dann schreibt sie mir den Preis und ihre Telefonnummer auf. Überlegen Sie es sich, sagt sie. Wenn sie in einer Woche nichts von mir gehört hat, will sie einen Makler beauftragen.

Zwei Tage lang ist es kühl und regnet viel. Dem Hund macht es nichts aus; wenn ich einen Stock in den Fluß werfe, springt er ohne weiteres hinterher. Danach schüttelt er sich den Fluß und den Regen einfach aus dem Fell, doch ich habe zuletzt keine trockenen Sachen mehr und muß den Ofen anfeuern.

Warum sollte ich das Haus kaufen? Ich brauche es nicht. Andererseits hätte ich dann meine Ruhe. Keine fremden Stimmen mehr, kein Radio, nichts. Nur Rauschen, Stille und weiten Raum. Wenn ich könnte, würde ich Jacko nach seiner Meinung fragen. Schließlich war es einmal sein Zuhause.

In der Straßenbahn hat er sich daran gewöhnt, daß er unten sitzen muß. Und wenn es voll wird, macht er von alleine Platz und kommt zwischen meine Beine. Ich weiß nicht, ob er die Fähigkeit hat, etwas einzusehen oder zu begreifen. Aber anscheinend kann er erfassen, wenn ich etwas von ihm wünsche, und meistens setzt er die Anforderungen schnell um und erinnert sich beim nächsten Mal wieder daran. Manchmal schaut er mich noch mit fragendem Blick an, doch zuletzt scheint er mir und meinen Erfahrungen unter den Menschen zu vertrauen.

Wir steigen am Bahnhof aus. Ich finde eine Telefonzelle, und bald höre ich Kristinas Stimme. Sie hat noch einen Termin mit der Psychologin, aber danach hat sie Zeit.

Ich leine Jacko vor einer Drogerie an und komme mit einer Dose Hundefutter wieder heraus. Etwas weiter ist ein Spirituosenladen; der Verkäufer hat keine Ahnung, ob die Punks heutzutage etwas Besonderes trinken. Wahrscheinlich alles, sagt er.
Ich kenne mich mit Schnaps nicht aus. Wir haben gelegentlich einen Ouzo getrunken. Anna manchmal Likör.
Der Verkäufer schüttelt den Kopf. Ouzo sollte kalt sein, und Likör nennt er kritisch, wenn man sich betrinken will.
Und Metaxa?
Warum nicht.
In dem kleinen Park lasse ich Jacko von der Leine.
Er kläfft nicht einmal und läuft gleich los. Er findet Laika, und die Punks sitzen da und trinken Bier. Ich glaube nicht, daß sie uns wiedererkennen. Einer von ihnen grölt und wirft eine Büchse nach Jacko. Mich rülpsen sie an und lachen.
Jacko drängt, und Laika schnappt nach ihm; sie knurrt, aber Jacko ist beharrlich.
Ich stelle Hundefutter und Schnaps auf den Rasen. Er hat sich verknallt, sage ich. Es dauert nicht lange, bis sie mich verstehen. Laika, du Hure, rufen sie, und auch die Frau mit den roten Stacheln grölt mit. Dann geht die Mütze herum, jeder setzt einen Fünfer, und wir lachen und feuern den Rhythmus an.
Laika bekommt keinen Scheidenkrampf. Ich lasse meinen Fünfer in der Mütze. Ich weiß nicht, ob ihnen der Metaxa schmeckt.

Das Krankenhauscafé hat einen kleinen Hofgarten. Kristina sitzt bereits an einem Tisch. Sie umarmt mich, sie streichelt Jacko.
Du siehst gut aus, sage ich.
Sie lächelt. Nächste Woche gehe ich an Bord.
Das freut mich für dich.
Frau Manninger bringt mich hin. Wir fahren mit dem Zug.
Ich nicke.
Kristina sieht mich an. Kommst du zum Bahnhof?
Ja, klar.
Es scheint sie zu freuen. Und nach einer Zeit sagt sie: Geht es dir auch gut?
Ich kann das Haus meiner Nachbarn kaufen.
Was?
Ich zucke mit den Schultern. Jedenfalls könnten dann keine gehässigen Menschen mehr einziehen. Ich könnte unter dem Baum bleiben und hätte meine Ruhe.
Sie sieht mich lange an. Was willst du denn mit dem Haus machen?
Nichts. Die Flußwiesen können es sich zurückholen. Alles kann verwildern.
Du würdest es wirklich kaufen?
Ich glaube schon. Was sagst du?
Sie schweigt. Aber nach einer Zeit nickt sie.
Möchtest du Kuchen?
Nur Wasser.
Als ich mit dem Tablett zurückkomme, sagt sie: Du machst es wirklich?
Ich will meine Ruhe.
Sie nickt wieder. Dann sagt sie: Und die Frau?
Ich finde sie nicht.

Versuchst du es noch?
Es ist vorbei.
Sicher?
Ich zucke mit den Schultern. Ich habe die Anzeige wieder und wieder geschaltet. Zuletzt sogar vom Polizeicomputer des Kommissars. Aber sie antwortet einfach nicht.
Hättest du es denn gewollt? Ich meine, so wirklich.
Ich weiß nicht. Und dann: Doch, ich glaube schon.
Und hättest du es auch gekonnt?
Keine Ahnung.
Kristina schaut mich an. Dann lächelt sie. Meine Eltern sagen, daß du seit Annas Tod Angst hast vor Nähe, weil du nicht noch einmal diesen Schmerz erleben willst.
Vielleicht ist es so.
Sie glauben auch, daß du mittlerweile einen Knacks hast. So wie ich.
Ja.
Du redest kaum noch, du bist nicht mehr gesellig, sie kennen dich nicht mehr, sagen sie. Sie finden, daß du gleichgültig geworden bist. So unauffällig, sagen sie. Kristina lächelt wieder. So ähnlich reden sie auch über mich. Aber ich glaube nicht, daß du gleichgültig bist. Oder einen Knacks hast.
Das ist nett von dir.
Ich glaube, daß du etwas kannst, was die meisten nicht können.
Ich schaue sie an.
Die meisten wollen sich durch die Augen der anderen sehen. Sie wollen große, schöne und auffällige Bilder von sich. Sie wollen dies sein, sie wollen das sein, und sie behaupten, daß diese Bilder sie auch von innen erfüllen.

Daß sie tatsächlich erfolgreich, glücklich, was auch immer sind. Aber in Wirklichkeit ist das gar nicht so, und wenn sie mit sich alleine sind, können sie das spüren. Dann zerbrechen nämlich all die Bilder der anderen, dann müssen sie sich plötzlich klein und häßlich und nackt ertragen. Und dann sehen sie, daß sie sich im Grunde selber gar nicht mögen. Oder daß sie nie gelernt haben, sich so zu mögen, wie sie tatsächlich sind. Aber du, sagt sie. Du kannst dich selber ertragen.
Ich komme mit mir zurecht. Und du?
Sie lacht wieder. Nicht so gut wie du. Aber Frau Manninger hilft mir. Und wenn ich von dem Schoner zurück bin, komme ich dich besuchen.
Ich nicke. Und dann sage ich: Auf dem Schoner kannst du dich wie Kolumbus fühlen. Wie Magellan und La Salle.
Sie lächelt. Ja, ich kann mich fühlen wie in deinen Abenteuergeschichten. Und vielleicht kann ich auch eine ganz neue Welt für mich entdecken. Dann holt sie eine Blechschachtel hervor mit selbstgedrehten Zigaretten.
Hast du es gelernt?
Sie schüttelt den Kopf. Ein Pfleger hat sie mir gedreht. Aber irgendwann möchte ich damit aufhören. Kein Tabak, keine Tabletten mehr, nichts. Einfach spüren, daß ich da bin. Einfach mit mir zufrieden sein. Das wäre schön.
Gib dir Zeit.
Das sagt Frau Manninger auch. Dann zündet sie eine Zigarette an. Und daß ich nicht zu streng sein soll mit mir.
Ich nicke.
Kristina raucht. Zu Hause oder in der Schule konnte ich nie so sein, wie ich wollte. Eigentlich nur mit Anna. Anna hat nichts von mir erwartet; außer vielleicht, daß ich ehr-

lich bin. Und plötzlich lacht sie wieder. Weißt du noch? Wenn ich am Wochenende bei euch war, wollte ich Cat Stevens hören. Simon and Garfunkel, und immer wieder die Beatles. Ich mochte Morning Has Broken so gerne. The Sound Of Silence. Blackbird und Norwegian Wood. Und mit Revolution 9 konnte ich meine Mutter verrückt machen: Number nine, number nine, number nine. Als Anna mir das Weiße Album geschenkt hat, war sie nicht begeistert.
Ich erinnere mich. Dann sage ich: Hast du unsere Musiksammlung noch?
Nein. Meine Mutter wußte schon immer besser, was gut ist für mich.
Ich sage nichts dazu.
Kristina lacht. Revolution 9 war out. Céline Dion oder Pink waren angesagt. Ich sollte hübsch sein, meine Mutter wußte, welche Jungs in der Klasse cool waren und welche Mädchen zu mir paßten. Sie hat mich auf Konzerte geschleppt, sie hat ständig diese Pics gemacht. Einmal sind wir sogar nach London geflogen, um Shakira zu sehen, und meine Mutter – du glaubst es nicht, Walter: Sie ist zum Tier geworden, und zuletzt hat sie es tatsächlich geschafft, so ein verdammtes Pic von Shakira und mir zu machen. Was glaubst du, was mir das für Likes gebracht hat. Ich hatte Freunde ohne Ende; in der Klasse, in der Schule und auf der ganzen Welt. Scheiß auf Blackbird oder Norwegian Wood. Scheiß auf Revolution 9, und meine Mutter fand das alles supercool, superschick, supersuper. Doch mir kamen diese Pics und Likes sonstwo wieder heraus. Diese ganze Soziale-Netzwerk-Scheiße, diese Freunde ohne Ende. Diese ganze Super-Scheiße hat mich so super angekotzt. Und als ich meiner Mutter das

erzählte, hielt sie mich für verrückt; sie glaubte mir nicht, sie nahm mich nicht ernst, was auch immer. Und in den nächsten großen Ferien mußte es dann supermäßig weitergehen. Wir flogen nach Kalifornien, ich stand auf der Golden Gate, ich bin auf dem Walk of Fame gegangen und habe im Spago gesessen, wo auch Madonna schon saß. Aber ich war noch geiler zurechtgemacht, super Pics, Likes ohne Ende, und nach den Ferien schmissen meine Eltern eine fette BBQ-Party. Mein Vater in Stars and Stripes am Grill, meine Mutter als D-Jane, mit der ganzen Knallermusik rauf und runter. Die Jungs waren scharf auf mich, die Mädchen rückten mir nicht von der Pelle, und alle, die nicht eingeladen waren, fühlten sich angepißt.
Kristina grinst. Wo Likes ohne Ende sind, ist ein Shitstorm nicht weit.
Ich schaue sie an. Shitstorm?
Das ist der Daumen runter. Und zwar das volle Programm. Sie lacht. Wie auch immer, das eine ist so billig wie das andere, und auf der Party habe mich zum ersten Mal vollaufen lassen.
Na ja. Und später brachte ich meine eigenen Pics ins Netz. Zuerst waren es nur Fakes; Knutschbilder mit irgendwelchen Pennern, denen ich dafür Schnaps spendiert hatte. Ein Punk, der mich schlug und mir an die Wäsche ging. So etwas. Einmal auch etwas mit einem Hund, und was soll ich sagen, Walter: Den Shitstormern nahm ich damit den Wind aus den Segeln, und außer meiner Mutter fanden alle anderen diese Pics megacool. Sie machten Revolution und Kunst daraus, all diesen Abklatsch und billigen Mist, und bald mußte jeder irgendetwas Schräges von sich parat haben, wenn er noch mithalten wollte. Und als ich dann so etwas wie ein Trendsetter in der

Schule war, fand meine Mutter die Bilder gar nicht mehr so schrecklich. Sie interessierte sich plötzlich für Videoinstallationen und moderne Kunst, sie schleppte mich auf Matineen und Vernissagen, und ich ließ mich regelmäßig vollaufen. Machte Selfies beim Kotzen und Selfies beim Kotzen. Ich ritzte mir die Haut, alles nichts Neues, aber es tat mir gut. Ich hing mit Asis und Prolls ab, ich fand es geil, versifft zu sein. Ich kiffte, aber Dope war mir viel zu weich. Ecstasy machte mich zu glücklich, und dann probierte ich Deo. Es hat weh getan, ich dachte, ich muß ersticken, und das war genau richtig. Der Kick danach hat mich nicht interessiert, ich war nur heiß auf den Krampf. Und gesoffen habe ich, weil es weh tut, sich den Magen aus dem Leib zu kotzen. Und mit Crack konnte ich gegen Wände laufen, immer wieder. Sie schaut mich an. Ist echt scheiße gelaufen, was? Aber dann lächelt sie. Wenn ich zurück bin, hören wir uns zusammen die Beatles an. Und The Sound Of Silence.
Gerne.
Und plötzlich sagt sie: Ich glaube, Anna war der einzige Mensch, dem ich je vertraut habe. Warum hat sie bloß so eine krasse Nummer gebracht?

2

Tarkan und Ergün haben einen großen Strauß mit Blumen dabei. Auf das neue Haus, sagen sie. Sie haben auch Hundekuchen mitgebracht, gleich ein paar Säcke voll. Und getrocknete Schweineohren, die Jacko in kurzer Zeit zerkaut. Ich sage, daß ihm ordentliche Knüppel

gefallen. Und daß es für ihn mit starken Gefühlen verbunden ist, wenn er das Holz beharrlich bearbeitet und schließlich jeden Widerstand überwindet. Er kann stundenlang so daliegen. Die beiden nicken.
Ich bereite einen Kaffee zu. Wir sitzen unter dem Baum. Man kann es wieder flottmachen, sagen sie. Über ihre Vettern können sie alles besorgen, ihre Vettern verstehen auch etwas vom Bau. Ein bißchen außen, ein bißchen innen, und nachher erinnert nichts mehr an die Tragödie, sagen sie. Ich kann das Haus vermieten oder wieder verkaufen.
Ich werde nichts mit dem Haus machen. Es kann stehenbleiben und verfallen.
So etwas bringt nur Ärger mit Nachbarn und Behörden. Und warum soll es verfallen? Sie schlagen vor, das Haus komplett abzubauen. Ihre Vettern nehmen alles mit. Nichts bleibt mehr übrig.

Die Sommernächte halten das Land nur für kurze Zeit verschluckt. Mit den ersten Vögeln wird die Dunkelheit bereits körnig, Linien und Umrisse erscheinen, bald treten die Erlenreihen hervor, und in der Röte dehnt sich der Raum wieder bis an den Horizont. Dann wird alles klar und scharf, auf den Flußwiesen glitzert der Tau, und eine Amsel singt. Blackbird.

Wenn ich in die Küche herunterkomme, liegt Jacko noch auf seinem Lager. Er blinzelt, er schlägt mit dem Schwanz und rollt sich auf den Rücken. Ich streichele seinen Bauch, dann bereite ich den Kaffee zu, und er trottet nach draußen. Er pinkelt gegen den Stamm, er kläfft und läuft umher. Er hat immer gute Laune. Er nimmt die

Dinge einfach an; er läßt sie geschehen und kann jederzeit etwas Spannendes in der Welt entdecken. Ich glaube, daß er sich wohl fühlt mit mir. Aber wahrscheinlich hat er sich auch mit meinen Nachbarn wohl gefühlt.

Wir gehen in den Farben des Morgens. Die Mondsichel ist noch nicht untergegangen und scheint die Stille über dem Land zu bewahren. Der Wind ist leicht und warm; wenn er durch die Wiesen streicht, treiben Gerüche auf. Schwalben segeln, Libellen wärmen sich in den Sonnenstrahlen, und die Rispen der Schilfgräser wogen wie ein rotes Meer.

Hinter der Holzbrücke entdecken wir ein Auto im Gelände. Es ist der Landrover, und bald hat Jacko den Tierarzt gewittert. Ich nehme ihn an die Leine, und er führt mich hinter die Erlenreihen. Wir gehen auf einem schmalen Pfad; der Fluß hat sich in das weiche Land geschnitten, die Bäume halten das Ufer. Die Schilfblätter klingen weich und seidig, zwei Enten fliegen auf. Dann schlägt der andere Hund an, und bald sehe ich den Tierarzt, wie er Jacko und mich mit einem Feldstecher beobachtet.

Wir treffen uns in einer sandigen Ausbuchtung. Der Tierarzt grinst. Das ist also Ihr Bursche, sagt er. Und zu Jakko: Von dir habe ich schon gehört.

Die Hunde beschnüffeln einander, sie sind friedlich.

Dann macht der Tierarzt ein ernstes Gesicht. Üble Sache. Weiß die Polizei schon etwas?

Ich zucke mit den Schultern.

Kommen Sie zurecht?

Ja.

Und in der Kolonie?

Haben sie Angst.

Der Tierarzt nickt. Und dann zeigt er mir die Wolfsspuren im Uferschlamm. Sie sind groß; zwischen den dreieckigen Hauptballen haben sich Haarspuren in den Boden gedrückt. Sie sind noch nicht alt; wahrscheinlich war er in der Morgendämmerung hier, meint der Tierarzt.

Zum Nachmittag ziehen lose Wolken durch. An den Rändern sind sie aufgequollen; manchmal erscheinen sie weiß im Sonnenlicht, manchmal kann ich graue und bläuliche Schichten sehen. Ich sitze auf der Veranda; ich schaue zu, wie die Wolken ziehen.

Hoch in der Krone leuchtet die Pappel noch, unten sikkert schon das Dämmerlicht. Manchmal rascheln ihre Blätter, es bleibt warm. Grillen zirpen, und ich höre ihren Rhythmus, bis die ersten Sternbilder aufsteigen.

Nach zwei Tagen kommen Tarkan und Ergün mit ihren Vettern wieder. Die Vettern sind laut, aber sie sind mir auf Anhieb sympathisch. Sie haben Humor und lachen über sich selbst.
Im Haus meiner Nachbarn sind noch die Spuren der Polizeiarbeit zu sehen, aber kein Blut mehr. Die Vettern machen Stichproben; sie schlagen Putz ab und sehen sich das Mauerwerk an. Sie brechen den Teppich auf und schauen sich die Dielen an; sie steigen auf den Boden, prüfen Gebälk und Dachpfannen. Sie schauen sich die Einrichtung an, sie sprechen über den Geschmack meiner Nachbarn und vom Sondermüllzeitalter, und dann sagen sie, kein Problem. Poly und Asbest, wir nehmen alles mit. Nichts wird mehr übrigbleiben, und wenn ich will, sagen sie, legen sie mir später auch einen schönen Rasen

hin. Ein sauber getrimmtes Paradies, und wir stellen auch Zwerge für dich auf oder Buddhas.

Jacko ist kaum durch sein altes Revier gestromert, und in das Haus ist er erst gar nicht mit hineingekommen. Vielleicht empfindet er doch keine Verbundenheit mehr, oder er hat seine Erlebnisse hier vergessen. Vielleicht hat er seine Vergangenheit aber auch ganz einfach aufgelöst.

3

Sie stehen bereits am Bahnsteig. Kristina sieht mich zuerst. Sie lächelt und umarmt mich. Dann streichelt sie Jacko.

Nicole guckt mich erstaunt an: Davon wußte ich ja gar nichts. Und dann: Trotzdem schön, daß du dir Zeit nehmen konntest.

Fredi stellt mich der Psychologin vor. Sie ist eine kleine Frau und hat einen festen Händedruck. Herr von Quant, sagt sie. Und daß sie sich freut, mich einmal kennenzulernen.

Fredi sieht mich an. Dann lacht er und schlägt mir auf die Schulter. Na, Kristina wird hoffentlich nur Gutes von dir erzählt haben.

Ich mache ein überraschtes Gesicht. Gibt es denn auch Schlechtes?

Kristina trägt Jeans und Wetterjacke. Sie hat einen großen Rucksack dabei; sie ist aufgeregt, sie raucht.

Nicole hat einen Arm um ihre Tochter gelegt. Fredi unterhält sich mit der Psychologin.

Ich habe dir etwas mitgebracht.
Kristina schaut neugierig auf das kleine Päckchen. Dann lächelt sie. Ist es das, was ich glaube?
Ich nicke. Vielleicht gibt es an Bord ja einen CD-Spieler.
Du hast ihr Musik mitgebracht?, sagt Nicole.
Ja.
Was für Musik?
Das ist unser Geheimnis, sagt Kristina. Dann umarmt sie mich noch einmal.

Wir winken dem Zug hinterher. Jacko kläfft.
Vor dem Bahnhof sagt Nicole: Was ist das plötzlich zwischen dir und Kristina?
Ich sehe sie an.
Fredi schaut auf die Uhr. Nicole.
Nicole sagt: Was erzählt sie dir, Walter? Und was sind das für CDs?
Kristina ist erwachsen.
Plötzlich sticht sie mit einem Finger gegen meine Brust. Aber bevor sie etwas sagen kann, zieht Fredi sie von mir weg. Nicht jetzt.
Und zu mir sagt er: Wir sehen uns, Walter.
Nicole schüttelt den Kopf. Dann verschwinden sie in der Menge.

Vom Bahnhof zum Museum ist es nicht weit. In dem kleinen Park setze ich mich auf eine Bank. Die Sonne scheint, die Bäume werfen schattige Muster. Ein Mann sitzt über einem Laptop, zwei Frauen unterhalten sich. Die Punks sind nicht zu sehen, und ich lasse Jacko von der Leine. Er schnüffelt, er verspritzt ein bißchen Urin. Ich freue mich für Kristina und stelle mir vor, daß die

Zugfahrt für sie wie ein Aufbruch ist in die Freiheit. Ob aber Nicole und Fredi das auch so sehen, scheint mir fraglich. Sie hätten Kristina lieber in eine Privatklinik gesteckt, sie haben schon immer gewußt, was gut ist für ihre Tochter. Daß aber Kristina gerade deswegen einen Knacks haben könnte, würden sie niemals in Betracht ziehen. Wahrscheinlich sind sie überzeugt davon, alles immer richtig zu beurteilen. Und wahrscheinlich sind sie auch überzeugt davon, daß ich mittlerweile einen Knacks habe und daß ich gleichgültig geworden bin. Aber ist es tatsächlich so? Bin ich unter der Pappel gleichgültig geworden? Habe ich keine Meinung mehr? Kann ich mich für nichts mehr begeistern?

Als wir vor einigen Jahren mit den Freunden auf Kreta waren, wollte ich unbedingt Knossos sehen und auch das Ida-Gebirge. Ich habe mich für beides eingesetzt, doch die Freunde hat es nicht interessiert. Aber dann erzählte ich ihnen von den legendären Doppelhörnern oder den weiblichen Gottheiten, ich machte die minoische Kultur zu einer Wiege des Abendlandes, ich konnte die Freunde begeistern, und sie kamen prompt mit nach Knossos.

Die Strapazen des Gebirges jedoch wollten sie nicht auf sich nehmen, und Anna und ich wanderten dort alleine. In der zerklüfteten Landschaft begegnete uns kein Mensch, und einen halben Tag lang waren wir ganz allein in der Welt; Anna entdeckte immergrüne Felsenblümchen oder Sonnenröschen, wir sahen einen Steinbock und zwei Lämmergeier, und abends in der Taverna habe ich eine flammende Rede über die Schönheit des Ida-Gebirges gehalten. Aber bin ich tatsächlich gleichgültig geworden, nur weil ich keine flammenden Reden mehr halte? Nur weil ich niemanden mehr von meiner Meinung überzeugen will?

Plötzlich höre ich ein Kichern, und als ich aufschaue, steht Tessa vor mir.
Der Mann, der glücklich ist, sagt sie. Und dann: Hey, du bist ja richtig versunken.
Ich lache. Tessa, sage ich.
Meinen Namen hat sie vergessen.
Walter.
Walter, sagt sie, na klar! Und dann: Was machst du hier?
Die Tochter meiner Freunde. Wir haben sie zum Zug gebracht.
Tessa kichert. Ich dachte schon, du wartest auf jemanden.
Nein.
Und die Frau mit den schönen Füßen. Hast du sie gefunden?
Sie hat nicht auf meine Anzeige geantwortet.
Schade. Du warst so verknallt!
Ich zucke mit den Schultern. Und du? Geht es dir gut?
Sie nickt. Fünf Minuten habe ich, und dann setzt sie sich zu mir. Sie trägt ein grünes Kostüm, dunkelblaue Strümpfe und Schuhe. Ihr Haar ist frisiert, sie hat Make-up aufgetragen und Parfüm.
Du siehst gut aus.
Sie kichert.
Hast du auf eine Anzeige geantwortet?
Sie stupst mich in die Seite. Was denkst du von mir, Walter.
Ich weiß es nicht.
Dann flüstert sie. Ich bin verabredet. Aber du mußt nicht alles wissen.

Ist Rico auch hier?
Sie lacht. Kannst du ihn irgendwo sehen? Und als der Hund zurückkommt, sagt sie: Wer ist das denn?
Das ist Jacko.
Du hast einen Hund?
Meine Nachbarn wurden ermordet.
Ehrlich?
Ja.
Sie streichelt Jacko. Warum wurden sie ermordet?
Die Polizei ermittelt in alle Richtungen.
Mochtest du sie?
Nein.
Aber du hast den Hund adoptiert.
Ja.
Dann streicht sie mir über die Wange.
Ich sage: Ich habe versucht, dich anzurufen.
Ehrlich?
Es ging um die Anzeige. Ich brauchte Hilfe.
Sorry. Sie lacht. Ich muß mich ab und zu von einem Telefon trennen. Aber ich hätte dir geholfen. Und dann: Du hast also wirklich noch einmal annonciert?
Wir haben das Große im Kleinen gesehen. Das war meine Schlagzeile.
Sie stupst mich wieder an. Du bist ja romantisch, Walter.
Ich lache. Romantisch ist gut. Besser, als gleichgültig zu sein oder einen Knacks zu haben.
Du glaubst, ich habe einen Knacks?
Quatsch. Aber so reden meine Freunde über mich. Und dann sage ich: Du hast mehr Glück mit den Anzeigen als ich. Oder nicht?
Ach, Walter. Und dann kichert sie wieder. Ich habe es dir gesagt. Sie ziehen sich ihren Junk rein, sie sind irre.

Sie können nicht mehr lieben, und sie können sich nicht mehr spüren. Einige decken jeden Morgen den Tisch für zwei, und abends schlagen sie zwei Betten auf. Dabei haben sie niemanden. Beim Frühstück sitzt ihnen dann ein Kopf mit einer Perücke gegenüber, und abends liegt sonst etwas neben ihnen. Wie eine Freundin. Und sie kaufen auch Sachen; Handtaschen, Kosmetikspiegel, Haarnadeln, alles. Sie gestalten kleine Szenen, filmen, schneiden, und im Netz sieht es dann total echt aus. Als hätten sie tatsächlich eine Freundin. Sie kichert wieder. Und andere mieten sich eben eine. Gehen mit ihr ins Kino, spendieren Popcorn und danach einen Luxusburger in der Passage. Sie gehen mit ihr in eine Austellung oder ein Museum, und dort erklären sie dann die Welt. Zwei Stunden, manchmal drei, und viele legen den Ablauf vorher genau fest. Einige schreiben sogar die Dialoge dazu auf. Aber es sind nicht nur Typen. Auch Frauen, die sich eine Nichte oder Enkelin mieten. Es gibt alles. Auf den Psychozid, Walter, und dann steht sie auf. Ich muß los.
Du läßt dich mieten?
Sie kichert. Wie sehe ich aus?
Super.
Ehrlich?
Ja.
Du bist nett. Dein Hund auch.
Ich habe dir ein Paar Schuhe versprochen.
Und sie lacht. Stehst du also doch auf meine Füße. Dann holt sie einen Block aus ihrer Tasche und schreibt mir eine Nummer auf.
Paßt Rico auf dich auf?
Sie küßt mich auf die Wange. Ihr Gang ist aufrecht, die Absätze schlagen einen Takt.

4

Einige Tage später kommt Kommissar Witt zu mir, und er gibt gleich zu, daß er sich auf den Besuch gefreut hat. Unter Ihrem Baum sitzen und plaudern, sagt er. Käffchen dazu und ein Weilchen heraus sein aus dem Getriebe. Er hat das Smartphone dabei und legt es vor sich auf den Tisch.
Als ich mit dem Tablett wiederkomme, streichelt er Jakkos Kopf und schaut in den Baum. Zum Kaffee holt er Zigaretten vor. Dann will er wissen, wie hoch der Baum ist.
Vielleicht dreißig Meter, sage ich. Und ich erzähle ihm, daß die Kätzchen dieses Jahr erst spät ausgetrieben haben. Daß auch das Laub spät kam, weiche, rötliche Blättchen zuerst, sage ich.
Der Kommissar fragt, wie die Kätzchen bestäubt werden. Wahrscheinlich durch den Wind. Ich habe nie beobachtet, daß Insekten sich für die Kätzchen interessieren.
Und nachts?
Ich glaube es nicht. Falter hätte ich bemerkt, und dann wären auch mehr Fledermäuse hier.
Witt lacht. Ein Mann sitzt unter seinem Baum. Beobachtet die Welt und kombiniert. Und dann fragt er, ob ich immer so aufmerksam bin.
Ich weiß es nicht. Aber wahrscheinlich gibt es Bereiche, in denen ich aufmerksamer bin als in anderen.
So? In welchen denn?
In der Stille, zum Beispiel. Oder im Schweigen.
Aha.
Ich grinse. Schweigen kommt Ihrer Arbeit nicht gerade entgegen, was.

Er sagt nichts dazu. Dann zeigt er in den Baum und über die Flußwiesen. Da schauen Sie jeden Tag aufs neue in die Welt, sehen die Jahreszeiten kommen und gehen und können sich an all dem erfreuen.
Ja.
Er nickt. Seit dem Verlust Ihrer Frau haben Sie Ihr Leben wohl ganz neu ausgerichtet, was?
Ja.
Er nickt wieder. Dann zeigt er noch einmal in den Baum. Die Kätzchen werden also vom Wind bestäubt. Und was geschieht dann?
Ich sage, daß dort kleine Kapseln entstehen, aus denen am Ende massenweise die Flugsamen hervorquellen. Endlos und wie Schnee. Ein Spektakel, sage ich, und Witt schaut, als hätte es bereits begonnen.
Der Kaffee schmeckt ihm gut. Und wenn eine Brise die Blätter erfaßt, lauscht er.
Ich sage, daß die Kolonisten mich für ehrlos halten. Und daß die Schwester meiner Nachbarin bei mir war. Ich habe das Haus gekauft.
Witt nickt. Und dann sagt er: Was halten Sie von der Schwester?
Ich kenne sie kaum.
Sie werden sich aber doch eine Meinung gebildet haben.
Ich glaube, ich habe es aufgegeben, ständig abzuwägen, Vergleiche anzustellen und zu urteilen. Meine Freunde halten mich mittlerweile für gleichgültig. Aber wenn Sie es wissen wollen: Richtig sympathisch war sie mir nicht.
Der Kommissar schweigt eine Zeit. Dann zeigt er auf das Grundstück nebenan. Und nun?
Habe ich meine Ruhe.
Er lacht einmal. Natürlich könnte dieses Ruhebedürf-

nis ein Motiv sein. So etwas hat er in seiner Polizeiarbeit schon erlebt.
Ich nicke einfach.
Und was haben Sie nun mit dem Haus vor?
Mal sehen.

Das Smartphone liegt auf dem Tisch.
Mein Kollege Murken hat es gründlich untersucht. Es ist sauber, sagt Witt. Kein Virus, kein Trojaner, nichts. Und wir sind uns sicher, daß Ihre Suchanzeige nach der Frau weder etwas mit dem Doppelmord hier zu tun hat noch mit dem Einbruch bei Ihren Freunden. Und auch, daß hinter beiden Verbrechen weder Geheimdienst noch organisierte Kriminalität stecken.
Ich schaue ihn an. Und wenn die Geräte bereits bei der Herstellung manipuliert wurden?
Chinesen oder Amerikaner jubeln uns gejunkte Ware unter. Er lacht wieder. Seit Edward Snowden weiß ja nun jeder, daß das gar nicht so unwahrscheinlich ist. Aber wir hätten das herausgefunden. Und dann sagt er: Wir haben Ihr Smartphone identifiziert. Es ist eines von diesen Dingern ohne Vertrag und mit Prepaidkarte. Es stammt aus einer Charge, die über einen deutschen Seehafen ordnungsgemäß eingeführt und über die Schiene ebenso ordnungsgemäß an einen Großhandel weitergeliefert wurde. Wir haben herausgefunden, sagt er, daß ein Verwandter Ihrer Bekannten in dem betreffenden Großhandel arbeitet. Es ist ein Vetter der Männer, denen Sie Ihr Haus und Ihre Werkstatt vermieten.
Der Kommissar sieht meinen Blick und lächelt. Er erzählt mir diese Geschichte nicht, um irgendjemanden reinzureiten; zumal die Polizei nichts Illegales daran finden

kann, wie das Gerät in meine Hände gelangt ist. Nein, sagt Witt. Diese Geschichte soll mir zeigen, daß die Polizei sich in alle Richtungen bemüht. Und natürlich haben sie diesen Vetter durchleuchtet; er ist ein unbescholtener Bürger, sagt Witt. Auch gegen Tarkan und Ergün liegt nichts vor. Marlies und Gerd sind unbescholten, ebenso ihre Söhne. Auch im Leben von Fredi und Nicole sind sie auf nichts gestoßen. Wer uns allerdings noch etwas Kopfzerbrechen macht, sagt er, ist die junge Frau Finkler.
Kristina?
Er sieht mich an.
Ich sage nichts.
Kennen Sie jemanden aus ihrer alten Drogenclique?
Nein.
Hat Kristina noch Kontakt zu diesen Leuten?
Ich glaube nicht. Nein.
Das sagen ihre Eltern auch. Aber was wissen die Finklers tatsächlich über ihre Tochter?
Ich zucke mit den Schultern. Wer kennt schon die Innenwelt eines anderen.
Das gleiche haben Sie mir schon einmal geantwortet.
Ja. Als Sie mich gefragt haben, warum Anna sich das Leben genommen hat.
Er sieht mir in die Augen. Und dann sagt er: Komasaufen. Crack oder Deo. Es muß doch einen Grund dafür geben.
Kristina hat mir ein bißchen erzählt. Aber im Vertrauen.
Witt nickt.
Ich sage: Hat sie etwas mit dem Einbruch zu tun?
Wissen wir nicht. Bislang deutet aber nichts darauf hin. Und dann: Sie macht jetzt eine Therapie, oder?
Ja. So etwas.

Er nickt wieder. Zündet sich noch eine Zigarette an und lehnt sich zurück. Sie haben es wirklich nett hier.
Aber nicht friedlich, haben Sie gesagt.
Das wird schon wieder. Und den Mord an Ihren Nachbarn werden wir auch aufklären. Ich bin da ganz zuversichtlich.
Tatsächlich?
Er hebt einmal seine Hände. Sagen kann ich natürlich nichts.
Natürlich nicht.
Na ja. Vielleicht doch etwas: Wir haben bislang keine Anhaltspunkte für irgendeine Bande gefunden. Und der Mann mit dem Glasauge hat mit der Tat nichts zu tun.
Ich nicke. Und dann sage ich: Wissen Sie, ob er womöglich für einen Energiekonzern arbeitet?
Der Kommissar lacht. Was glauben Sie wohl, wieviele Leute hier versuchen, mich über einen anderen auszufragen?
Ich wollte Sie nicht ausfragen. Es geht um das Fracking-Gerücht.
Es geht immer um irgendetwas.
Ja. Wahrscheinlich.
Bei Ihnen nicht, was? Er lacht wieder. Wenn Sie hier unter dem Baum sitzen, dann geht es um nichts mehr.
Ich lache mit ihm.
Und plötzlich sagt er: Was ist eigentlich mit dieser Tessa?
Tessa? Da kann ich Ihnen nicht weiterhelfen.
Ist es ihr richtiger Name?
Keine Ahnung.
Bewegt sie sich vielleicht doch in einer Hackerszene?
Ich weiß es nicht.
Schade. Wir wüßten gerne mehr über sie.

Ich sage nichts.
Wir bringen die junge Frau nicht in Zusammenhang mit den beiden Verbrechen. Aber ein Kollege von mir interessiert sich für sie. Vor allem für diesen QR-Code. Es gibt da Gerüchte.
Ich kann Ihnen da wirklich nicht weiterhelfen.
Auch nicht, wenn ich Ihnen etwas von diesen Gerüchten erzähle?
Tut mir leid.
Er schaut mich an. Aber ich kann aus seinem Ausdruck keine Rückschlüsse ziehen. Dann schlägt er einmal auf den Tisch. Danke für den Kaffee.
Ich bringe ihn nach vorne. Im Heckenbogen streichelt er den Hund. Danach drückt er meine Hand. Daß ich Sie unlängst so unverblümt wegen Ihrer Frau gefragt habe, tut mir leid.
Ich bin Ihnen nicht böse.
Das ist gut. Und wenn es Ihnen paßt, rufen Sie mich an, sobald der Baum seine Samen austreibt und das Spektakel hier losgeht. Ich würde es mir gerne einmal anschauen.

Nach einem Schauer am Morgen ziehen die Wolken weiter, und es klart von Osten her auf. Die Blätter der Pappel hängen schwer; an ihren Spitzen sammeln sich Tropfen und glitzern bald im Sonnenlicht.
Doch schon zum Mittag ist der Himmel wieder tief; die Luft kühlt ab, und bald setzt ein Nieselregen ein, der nicht mehr aufhört. Die Feuchtigkeit drängt bis in das Haus, und abends feuere ich den Ofen an. Es wird warm, es knistert, und ich sehe, wie die Flammen in Jackos Augen spiegeln. Er liegt da, als würde er aus dem Feuer etwas Absolutes erfahren.

Zwei Tage nieselt es ohne Unterlaß. Dann reißt die Wolkendecke in der Nacht auf, und am nächsten Morgen weht ein warmer Wind aus dem blauen Himmel. Vögel singen, die Flußwiesen leuchten, und der Horizont ist eine klare Linie. Nach dem Frühstück höre ich das laute Sirren eines fliegenden Schwans, dann springt Jacko plötzlich auf, kläfft und läuft nach vorne. Bald knirschen Reifen auf dem Weg, bald schlagen Türen, und dann stehen Tarkan und Ergün vor mir. Es ist so weit, sagen sie, und ich kann die Freude auf ihren Gesichtern sehen. Ihre Vettern sind auch unterwegs, und sie wollen gleich loslegen. Ich gebe ihnen den Schlüssel.

Einige Kolonisten schauen über ihren Gartenzaun, andere stehen bereits um die Lieferwagen herum. Walter, sagen sie. Und wer diese Menschen sind, wollen sie wissen, und was mit diesen Autos ist. Die können hier nicht bleiben, sagen sie.
Einer der Vettern lacht. Die Autos, sagt er, sind kein Problem. Die müssen sowieso weg, weil der Container noch kommt.
Container? Die Kolonisten sehen mich an.
Der Vetter sagt: Wir nehmen alles mit. Nichts bleibt mehr übrig. Wenn ihr gucken wollt, kommt ihr gucken. Und wenn ihr mit uns feiern wollt, kommt ihr zum Feiern. Oder nicht, Walter?
Klar, sage ich.

5

Ich versuche es auf dem ersten Spaziergang. Es tutet zweimal, dann nimmt Tessa ab. Sie erkennt mich sofort, sie lacht. Hast du dich nun in meine Füße verliebt oder nicht?
Die Polizei sucht nach dir.
Was?
Es geht um diesen QR-Code.
Sie kichert einmal. Aber dann klingt sie ernst. Woher weißt du das?
Können wir uns sehen?
Vielleicht morgen. Ich rufe dich an. Und dann sagt sie: Warte, vielleicht komme ich auch vorbei. Wo wohnst du?
Ich sage es ihr.
Dann kichert sie wieder. Die Polizei hat keinen Schimmer, Walter.

Schnittlauch und Kartoffeln blühen, in den Rabatten stehen die Sommerblumen, und die Kolonie glänzt im frischen Licht. Die Früchte an den Obstbäumen sind noch grün. Ein Star gleitet dahin, manchmal steigt ein Duft auf von geschnittenem Gras, und gleich der erste Kolonist hält mich an. Walter, sagt er, dieser schreckliche Mann war wieder hier, und ich kann seine Angst spüren. Bald kommen weitere Kolonisten dazu; auch sie haben den Einäugigen gesehen, und in den Flußwiesen, sagen sie, treiben sich Gestalten herum. Sie glauben noch immer an die Russenbande, und die Polizei, sagen sie, macht nichts. Die Kolonisten stehen da, sie schütteln den Kopf.
Ich sage: Die Polizei glaubt, daß der Einäugige nichts mit

dem Mord zu tun hat. Und für eine Bande hat sie keine Anhaltspunkte gefunden. Aber sie sind zuversichtlich, den Mord aufzuklären.
Doch die Kolonisten scheinen in einem Dauerrausch aus bedrohlichen Weltbildern zu stecken. Sie scheinen mit Schläuchen an eine ständige Angst angeschlossen zu sein.
Schließlich sage ich: Wir könnten eine Schutztruppe engagieren.
Sie sehen mich erwartungsvoll an.
Ich zeige zum Haus der ermordeten Nachbarn. Diese Abrißfirma da, das sind die Vettern meiner Freunde Tarkan und Ergün. Ich wette, daß die Vettern uns gegen den Einäugigen und die Russenbande ein paar solide Tschetschenen organisieren können. Libanesen, Marokkaner, Hauptsache, eine solide Truppe. Wir bezahlen sie, und sie halten hier Wache.
Walter!
Nein? Dann vielleicht besser einen Mönch. Er wird seine Mantras sprechen und für Liebe und Frieden beten. Und wenn es ein Bettelmönch ist, braucht er täglich nur eine Schale Reis.
Walter!
Keinen Mönch? Na ja. Dann gibt es natürlich noch die Möglichkeit, daß ihr euch einfach entschließt, keine Angst mehr zu haben. Im Grunde ist es ganz einfach. Wenn ihr wollt, zeige ich euch unter meinem Baum, wie es geht. Dann pfeife ich einmal nach Jacko, und die Kolonisten sehen uns hinterher.

Wir ziehen gegen die aufsteigende Sonne und gegen einen warmen Wind.
Eine alte Weide schwankt in den Böen, ihre Blätter ste-

hen silberfarben in der Luft. Das Land ist ein grünes Meer; Wellen steigen aus dem Horizont, sie rollen auf uns zu und lösen alles andere auf. Der Hund jachtert, er kläfft, und je weiter er in die Wiesen hineinläuft, desto größer wird der Raum.

Gegen Mittag rasten wir an einer kleinen Stromschnelle. Vor dem Gefälle verengen zwei Findlinge das Bett; das Wasser rauscht, es strudelt, und mit der Gischt treiben Regenbogen auf. Der Fluß hat sich in die Wiesen geschnitten, die Ufer sind lehmig und steil. Wir sitzen im Windschatten, wir essen. Das Wasser strömt, es zieht noch den blauen Himmel mit sich. Nach dem Essen findet der Hund eine seichte Stelle und säuft. Dann hält er plötzlich inne; richtet seine Sinne aus und beginnt zu knurren. Vielleicht hat er den Wolf gewittert.
Doch dann erscheint über uns ein Mann.
Jacko bellt, darauf knurrt er.
Der Mann blickt zu uns hinab; seine Augen sind blau, er hat keine Haare auf dem Kopf. Seine Hände sind blutig.
Auf ein Zeichen gibt Jacko Ruhe.
Ich nicke dem Mann zu, und er nickt zurück. Dann springt er die Kante herunter. Er ist groß und kräftig, seine Schuhe sind robust. Es sind russische Arbeiterstiefel, nach der Wende habe ich so ein Modell einmal aufgebessert.
Der Mann stellt einen Rucksack in den Sand. Er hockt sich an das Wasser und wäscht sich das Blut ab. Ich sehe, daß er einen Ehering trägt. Dann wischt er sich die Hände an der Hose ab und tritt auf mich zu. Er lächelt, und als wir uns die Hand geben, spüre ich seine Kraft.
Viktor, sagt er. Sein Tonfall klingt fremd und schwer.

Vielleicht ist er tatsächlich Russe. Er hat noch immer etwas Blut an den Händen.
Walter, sage ich. Und das ist Jacko. Der Hund wedelt mit dem Schwanz.
Der Mann zeigt auf die Stromschnellen. Ein guter Platz, sagt er.
Ja.
Sind Sie oft hier?
Nur gelegentlich.
Er nickt. Dann zieht er zwei Wildkaninchen aus seinem Rucksack hervor; sie sehen noch warm aus, ihre Halsschlagadern sind geöffnet. Er geht zu einem Erlenstamm und nagelt die Kaninchen mit einem schweren Messer fest. Sie hängen an den Hinterläufen. Er schneidet ihnen den Bauch auf, er schneidet die Geschlechtsteile heraus. Er preßt die Blase leer, holt den Darm heraus und dann Herz und Lunge. Ich sehe die Farben der Eingeweide; Gefäße und Stränge, aber kaum noch Blut.
Dann dreht er sich zu mir. Walter, sagt er. Ihr seid eingeladen. Und er hockt sich hin, Herzen und Lungen auf seiner Hand, und Jacko geht zu ihm. Er schmatzt, und Viktor spricht zu dem Hund; es klingt Russisch, es klingt warm. Dann steht er auf, zieht das Messer aus der Erle und macht sich wieder an die Arbeit. Die Klinge ist scharf und spitz, er führt sie sicher. Er hat die toten Tiere in bequemer Höhe aufgehängt, jeder Schnitt erscheint zweckmäßig. Er schneidet das Fell um die Hinterpfoten ein und zieht an den Läufen entlang bis an den geöffneten Leib. Er treibt die Klinge unter das Fell, lockert es gegen den Rücken, und dann zieht er es mit dem Stummelschwanz bis über die Ohren. Es sieht ganz einfach aus, und unter dem Wind kann ich das zarte Geräusch nur ahnen.

Wie Früchte hängen die Körper am Baum. Die nackten Köpfe mit den großen Augen erscheinen wie aus einer anderen Welt, und Viktor stopft ihre Bälge in seinen Rucksack.

Ich halte ein Feuerchen in Gang. Das Holz ist trocken, der Wind treibt den Rauch und löst ihn auf im Raum.
Viktor hat Köpfe und Vorderläufe abgeschlagen und die Braten aufgespießt. Er hat eine Vorrichtung gebaut, wir drehen die Spieße und rösten das Fleisch. Er hat einen Topf mit Schmalz dabei und einen Pinsel; wenn das Fleisch zu trocken wird, müssen wir nachfetten. Die Glut leuchtet, manchmal zischt es, und Flammen oder weißer Rauch steigen auf.
Viktor reicht mir eine Flasche mit abgegriffenem Etikett. Die Flüssigkeit sieht aus wie Wasser; das Gefühl ist mild, nur ein leichter Brand, der unaufdringlich abgeht. Trotzdem muß ich mich schütteln und spüre den Glimmer sofort.
Viktor trinkt wie aus einer Wasserflasche.
Der Himmel ist klar und tief, der Wind hat nachgelassen. Der Fluß strömt, der Fluß rauscht. Wir sitzen am Feuer und braten das frisch erlegte Wildfleisch. Ich höre Viktors Stimme. Den bald schweren, bald singenden Klang seiner Worte. Daß er gestern einem Landvermesser begegnet ist, sagt er; einem Mann mit Glasauge, und daß der Mann sein Auge herausgenommen hat und irgendwelche Daten direkt an einen Satelliten weitergegeben hat. Viktor kann sich nicht vorstellen, wie so etwas funktioniert. Der Mann hat es ihm erklärt, doch Viktor hat nichts verstanden. Nur, daß hier in der Gegend gebohrt werden soll. Nach Öl, nach Gas, Viktor weiß es nicht. In

seiner Heimat, sagt er, wird das Land anders vermessen, und wenn die Ingenieure unterwegs sind, haben sie ihre Ausrüstung dabei. Nicht nur ein Glasauge, sagt er. Und wenn sie ihre Messungen festgelegt haben, errichten sie kleine Steinpfeiler.
Er reicht mir die Flasche.
Ich nehme nur einen kleinen Schluck.
Er sieht mich an; dann zuckt er mit den Schultern.

Der Fluß strömt, der Fluß rauscht, und Schmalztropfen zischen in der Glut. Vielleicht ist der Mann mit dem Glasauge tatsächlich ein Landvermesser, und der Spion, für den er sich ausgibt, ist nur eine Tarnung. Vielleicht ist er inkognito unterwegs und steht unter dem Schutz von Fredis Konzern oder sonst einem großen Energieunternehmen. Aber wenn er insgeheim das Land vermißt, warum sollte er sich dann ausgerechnet einem Russen offenbaren? Ich kann keinen Sinn in Viktors Worten finden. Vielleicht bin ich auch schon betrunken, vielleicht ist der Mann mit dem Glasauge wirklich einfach nur verrückt. Einer von Tessas seelenlosen Irren.

Als ich ein Junge war, sagt Viktor, kamen die Landvermesser in unser Dorf. Sie waren Mitglieder der Akademie, sie kamen aus Kiew, einige sogar aus Moskau, und wir waren alle stolz darauf, daß diese Männer bei uns waren. Sie sollten den Weg bereiten für ein großes und stolzes Projekt, sie sollten uns die Zukunft bringen. In unserem Dorf hatte es nie große Aussichten gegeben, wir waren Bauern, Jäger oder Fischer, und Fortschritt ist immer etwas gewesen, was in einer anderen Welt stattgefunden hat. Und plötzlich waren die Landvermesser da. Mo-

dern, gebildet und mit Geräten, die den Grundstein für unsere Zukunft legen sollten.
Damals begannen sie mit dem Bau des großen Kraftwerks, und wir waren alle stolz darauf. Wir haben Wasser und Wald und Sümpfe bei uns, die Biber bauen ihre Burgen, und man kann tagelang laufen, ohne auf eine Straße oder ein Dorf zu stoßen. Wir haben Bären und Wölfe, wir haben Wisente und Przewalski-Pferde, aber eine Zukunft hatten wir nie.
Einmal haben mich die Landvermesser mitgenommen. Sie gaben mir Pistazien, und ich durfte auch durch ihre Zielfernrohre schauen. Sie haben mir gezeigt, wo die Blöcke errichtet werden sollten, wo der Kühlsee angelegt würde und wo die neue Stadt entstand. Es war wie Zauberei. Die Welt stellte sich in ihren Fernrohren auf den Kopf, die Sümpfe und Wälder hingen dort vom Himmel, und mit ihren Worten brachten sie eine wunderbare Zukunft hervor. Unser Lenin-Kraftwerk, sagt er.

So sitzen Viktor und ich; die Glut leuchtet, manchmal züngeln Flammen. Wir drehen den Braten, wir pinseln Schmalz auf.
Ich weiß nicht, wo das Lenin-Kraftwerk steht.
In der Ukraine, sagt er.
Ich nicke.
Ich habe überlebt.
Was?
Er zuckt mit den Schultern. Tschernobyl.
Ich schaue ihn an. Sehe das Strahlen seiner Augen, seine Glatze. Ich erinnere mich an jenen Tag. Es war sonniger April, und Anna und ich waren frisch verliebt. Wir hatten von der Katastrophe im Radio gehört, wir hatten

Angst. In unserem Weltatlas war Tschernobyl nicht eingezeichnet, doch dann war es überall. Und ein paar Jahre lang aßen wir keine Pilze mehr; keine Preiselbeeren, kein Wildfleisch.
Er zuckt wieder mit den Schultern. Es wird nicht besser in meinem Land, und dann sieht er mich mit traurigen Augen an.
Ich schäme mich. Ich weiß nichts Genaues über die Zustände in der Ukraine, und dann sage ich Viktor, wie es ist. Daß ich nach Annas Tod kaum noch etwas vom Weltgeschehen mitbekomme, und wenn ich bei meinem Frisör dann doch etwas lese, überfordert es mich oftmals. Eine endlose Kette bedrückender Ereignisse, sage ich, und nichts Gutes scheint mehr zu geschehen. Immerhin habe ich davon gehört, daß die Russen sich die Krim einverleibt haben; was aber daraus entstanden ist, weiß ich wirklich nicht.
Viktor legt mir eine Hand auf die Schulter und nickt. Dann reicht er mir die Flasche.

Als Junge, sagt er, hatte er sich auf die Zukunft gefreut, die ihm in den Zielfernrohren der Landvermesser so wunderbar erschienen war. Und als er seine Frau heiratete, war diese Zukunft da. Vor seinem Dorf stand nun eine neue Stadt und vor der Stadt das Kernkraftwerk.
Die Stadt war eine Vorzeigestadt; die Straßen waren sauber, die Regale in den Läden voll. Es gab schöne Spielplätze für die Akademikerkinder und einen Vergnügungspark für alle. Und das Kraftwerk, sagt er, stand da wie ein glänzendes Symbol. Mitten in der Wildnis, als ob für den Sowjetmenschen nichts unmöglich ist; als könnte er die ganze Welt steuern und seinem Willen unterwerfen. Als

sei noch die Atomenergie nur ein Spielzeug, und in ihrer Überheblichkeit geriet diesen Sowjetmenschen alles außer Kontrolle. Alles überhitzte und explodierte, und die giftige Wolke trieb um die ganze Welt.
Er sieht mich an. Dann hebt er die Arme und läßt sie wieder fallen. Diese Art von Sowjetmenschen, sagt er, stirbt nicht aus. Diese Menschen sind besessen, sie glauben, daß ihnen nichts unmöglich ist. Heute führen sie Krieg, morgen installieren sie eine wunderbare Zukunft, und übermorgen jagen sie das Sonnensystem in die Luft. Sie sind überall, sagt er. Und sie werden erst dann nichts mehr tun, wenn sie sich und die gesamte Menschheit ausgerottet haben.
Hier, sagt er. Das haben sie uns gegeben.
Es sieht aus wie eine Brosche oder ein Anhänger.
Aber Viktor sagt, daß es die Medaille der Liquidatoren ist.
Er nimmt die Flasche. Wir haben ihnen geglaubt, sagt er. Wir haben uns freiwillig gemeldet, wir wollten unserer Heimat helfen. Wir wollten eine Zukunft.
Er ist zu den Jägern gegangen, um die verstrahlten Tiere zu erlegen. Seine Frau war in der Säuberungsbrigade; die Gärten mit den Apfelbäumen, die Holzkirchen und Dorfplätze, sagt er. Ein halbes Jahr später ist sie an der Strahlenkrankheit gestorben. Zuerst Durchfall, dann Blasen und Geschwüre, und die Ärzte haben ihr Pillen gegeben. Als sie innere Blutungen bekam, sagten die Ärzte, das gehe vorüber. Zuletzt löste sich ihr Knochenmark auf, und mit ihr, sagt Viktor, starb unser Kind. Vielleicht wäre es ein Junge geworden. Vielleicht auch ein Mädchen. Die Ärzte wollten sich nicht festlegen.
Ich schaue dem Mann neben mir in die Augen. Er lä-

chelt, dann nickt er mit dem Kinn auf die Spießbraten. Der Rücken ist zuerst fertig.

Ich habe noch nie Wildkaninchen gegessen; das Fleisch ist dunkel und zart, und ich bin erstaunt, wie gut ich mit dem Jagdmesser umgehen kann. Für mich ist es ein abenteuerliches Gefühl, auf diese Art vom Feuer zu essen. Viktor hat es wahrscheinlich als Kind schon so gemacht. Und nun ist seine Heimat ein Geisterland, nun kann er nicht einmal mehr seine Toten besuchen.
Ein Geisterland, sage ich. Und weiß sofort, daß ich so etwas eigentlich nie sagen würde. Daß ich aus Mitgefühl und tiefem Respekt geschwiegen hätte. Doch mein Maß an Rücksicht ist dramatisch gesunken. Ich schneide Fleisch aus dem Rücken, ich nehme noch einen Schluck. Dann sage ich, wie ich mir so ein Geisterland vorstelle. Nur noch schwarze Zacken, sage ich. Alles tot und erstarrt; wie Hiroshima.
Viktor ist überrascht und lacht sogar. Guckst du kein Fernsehen? Und dann muß ich wieder einmal einsehen, daß ich veraltete und falsche Vorstellungen von der Realität habe.
Viktors Heimat ist grün. Grasige Ebenen, Wälder und Sümpfe, sagt er, und in den Flüssen werden die Fische so groß, daß die Seeadler sie nicht mehr greifen können. Seit es keine Menschen mehr in seiner Heimat gibt, können die Fische wachsen, bis sie sterben. Daß sie verstrahlt sind, scheint ihnen nichts auszumachen. Auch den Seeadlern nicht, und nicht den Bären und Wölfen. Alles ist verstrahlt, sagt er, und doch wächst und vermehrt es sich. Die Wälder sehen aus wie Wälder, die Sümpfe wie Sümpfe. Biber bauen ihre Dämme, und Wisente und Przewals-

kis ziehen über die Ebenen. Niemand weiß, warum das so ist. Ein Mensch aber, sagt er, hätte dort keine Chance. Steine liegen um die Feuerstelle, und in der Glut entstehen aus Viktors Worten Bilder. Ein Geisterland, das in Wirklichkeit gar kein Geisterland ist.
Viktor sagt, daß die Tiere alles übernommen haben. Sie benutzen die alten Straßen, sie leben in den Dörfern. Brombeeren dringen in die Holzhäuser, ranken sich um Betten und Tische, und die Photographien an den Wänden sind vergilbt. Aus den Friedhöfen und Plätzen, sagt Viktor, sprießen Wälder, und auch in der sowjetischen Vorzeigestadt sieht es kaum anders aus. Wildschweine sind in die Plattenbauten der Akademiker eingebrochen, und die Wölfe überwintern in der Brauerei. Das Riesenrad steht noch über dem Vergnügungspark, und wir haben immer davon geträumt, sagt Viktor, einmal mit unserem Kind eine Fahrt zu machen. Doch nun nisten die Vögel in den Gondeln.

Nur noch die Glut wabert aus dem Steinkreis. Wenn wir einen Knochen hineinwerfen, flammt er bald auf; erscheint noch einmal wie sein Schatten, und dann ist er verschwunden.
Ich trinke.
Und dann sage ich, daß in seiner Heimat offenbar eine Art umgekehrter Fortschritt stattfindet. Daß sich dort nichts mehr auf die Art entwickeln kann wie hierzulande. In deiner Heimat gibt es keine Handys, kein Internet, nichts. Keine Geheimdienste oder Fracking-Konzerne. Keine Finanzkapitalisten, keine Mörder. Nicht einmal der Krieg kommt mehr dorthin. Die Bäume rauschen einfach, und deine Heimat, sage ich, kann man sich auch

als eine Art Paradies vorstellen. Der Supergau zur Weltrettung.
Viktor sieht mich an. Walter, sagt er schließlich. Du bist betrunken.

Von den Wildkaninchen ist nichts mehr zu sehen. Das Feuer ist erloschen, die Welt leuchtet im Nachmittag. Unsere Rucksäcke stehen bereit, und ich verspüre das Bedürfnis, Viktor zum Abschied zu umarmen. Zum Herbst hin bin ich wieder hier, sagt er, und wir klopfen einander auf den Rücken. Dann sieht er mich an. Kommst du alleine klar?
Vielleicht hat er recht, und ich bin viel betrunkener, als ich meine. Doch ich winke ab. Ich kenne das Land, und Jacko ist bei mir.
Er zuckt mit den Schultern. Dann steigt er die Kante hoch, wirft den Rucksack über und zieht davon. Vielleicht ist er ein Wanderarbeiter; geht auf die Felder oder heuert auf den Inseln an. Vielleicht ist aber auch der Weg sein Ziel; seine Heimat ist zum Geisterland geworden, und in der Ukraine ist womöglich Krieg. Vielleicht kann Viktor jetzt überall zu Hause sein.
Die Sonne strahlt von seiner Glatze zurück, er macht große Schritte. Der Mann ist mir sympathisch. Er gehört zu keiner Russenbande, die mordet. Und auch seine Schuhe gefallen mir. Sie sind robust, und wahrscheinlich dauert es ein Jahr, bis sie richtig eingelaufen sind. Sie lassen sich mühelos besohlen, und man kann sie endlos oft aufbessern. Wenn alle Menschen solche Schuhe tragen würden, hätte mein alter Beruf goldenen Boden. Im Herbst, hat Viktor gesagt, kommt er wieder. Wenn ich ihn dann treffe, werde ich ihm seine Schuhe aufarbeiten.

Die Gedanken an Viktors Schuhe machen mich glücklich. Ich stehe da, ich lache, und Jacko sieht mich an. Und ich lache noch, als ich die Kante wieder herunterfalle.
Später auf dem Heimweg singe ich.

Unter dem Sommermond erscheint die Kolonie so friedlich. Ein Ort vielleicht wie Tschernobyl, und über den Gärten sehe ich Fledermäuse und Leuchtkäfer. Vielleicht sind es auch Funken aus einem Holzkohlegrill. Es ist egal; ich sehe die Lichtspuren gegen die Nacht, sehe, wie sie sich von Schatten gejagt bis in den Mond flüchten.
Die Männer kommen aus dem Nichts. Auf halbem Weg zu meinem Haus stehen sie plötzlich da. Sie blenden mich mit ihren Taschenlampen, sie überrumpeln mich. Jacko knurrt. Ich weiß nicht, was die Männer von mir wollen. Vielleicht sind es die Mörder meiner Nachbarn.
Dann erkenne ich ihre Stimmen. Walter, sagen sie und senken den Strahl ihrer Lampen.
Auch Jacko hat die Kolonisten erkannt.
Die Männer wollen wissen, was ich hier mache.
Ich verstehe sie nicht, ich wohne hier.
Walter, sagen sie noch einmal. Und daß ich betrunken bin, sagen sie, und es klingt, als könnten sie es nicht glauben. Was für ein Mensch du bist, sagen sie.
Ich lache, ich torkele.
Als sie davongehen, sehe ich, daß einer von ihnen einen Hammer dabeihat. Der andere trägt eine Mistgabel auf der Schulter, und die Zinken leuchten im Mondlicht.

6

Am Morgen komme ich nicht aus dem Bett. Die Schatten, die sonst so weich auf der Wand erscheinen, sind hart. Die Vögel klingen laut und schrill. Ich höre den Hund auf der Treppe; dann rieche ich seinen Atem, spüre seine Zunge.
Der Kaffee schmeckt nicht, das Essen fällt mir schwer. Wenn eine Brise in den Baum stößt, tut mir das Rauschen weh. Auch der klare Himmel und die frische Luft tun mir weh. Ich weiß nicht, warum Viktor mit einer Schnapsflasche umherzieht. Warum Kristina und so viele andere sonst etwas in sich hineintreiben, wenn der Rausch zuletzt doch alles überzieht. Wenn er die Nervenzellen und Synapsen zersetzt, die ganze Beziehung, die man zu sich selber hat, und wenn man am Ende nicht mehr weiß, was für ein Mensch man ist. Wenn der Rausch alle Lebenskraft überzieht und noch das Wesen der Dinge.
Immerhin kann ich wieder etwas Freude verspüren, als Jacko durch den Vormittag springt.

Ich habe den Zettel einfach übersehen. Er ist an einen Fensterladen geheftet, und an jedem anderen Tag wäre er mir sofort aufgefallen. Ich habe keine Ahnung, wer mir eine Nachricht hinterlassen sollte. Vielleicht beschweren sich die Kolonisten wieder, weil ich nicht an ihrer Nachtwache teilnehme.
Stare ziehen über die Flußwiesen hinweg, die Pappel steht gegen einen wolkenlosen Himmel. Jacko liegt im Halbschatten und bearbeitet einen Knüppel.
Der Zettel wird von zwei Heftzwecken gehalten. Eine ist rot, die andere gelb. Ich kenne niemanden, der mit

Heftzwecken herumläuft. Ich bin nicht neugierig auf die Nachricht, ich möchte einfach nur auf der Veranda sitzen und dösen.

Beim Frisör habe ich einmal einen schönen Satz gelesen: Quäle nicht deinen Geist. Doch der Zettel ist da. Und er bleibt da, auch wenn ich die Augen verschließe.

Er ist klein, aus einem Spiralblock gerissen, und ich kenne die Schrift nicht. Oben steht: Mittwoch. Ich glaube, daß gestern Mittwoch war. Darunter steht: Komm morgen zum Thai. 13 Uhr. Die Nachricht ist nicht unterschrieben. Aber mit Kugelschreiber wurde ein QR-Code gemalt und daneben steht ein lachendes Gesicht. Ich weiß nicht, wie spät es ist.

Ich hole das Handy, dann rufe ich in der Taxizentrale an. Die Frau in der Leitung lacht. Sicher ist es gleich 12 Uhr, und natürlich ist heute Donnerstag. In zwanzig Minuten kann der Wagen hier sein.

Jacko läuft nach vorne und kläfft. Ich höre eine Hupe, der Motor wird nicht abgestellt. Ich verschließe die Tür und rüttele an den Fensterläden.
Jacko darf zu mir in den Fußraum. Der Fahrer hat nichts gegen Hunde. Aber die Menschen, sagt er, sind eine Pest. Er hat einen grauen Bart. Auf dem Handschuhfach klebt ein Nichtraucherzeichen, am Kabinendach eine Überwachungskamera. Er zündet sich eine Zigarette an. Wenn es Sie stört, müssen Sie sich beschweren. Oder Sie steigen gleich wieder aus.
Und die Kamera, sage ich.

Ach, zum Teufel damit.
Ich stoße auf. Ich bin verkatert, unrasiert und schon wieder auf dem Weg in die Stadt.
Auf der Landstraße höre ich, daß der Fahrer seinen Journalistenberuf aufgegeben hat. Es ist immer schlimmer geworden, sagt er. Früher habe ich mir meine Themen noch selber gesucht; ich hatte Zeit für meine Recherchen, und sobald ich alles zusammen hatte, saß ich an der Schreibmaschine. Wenn der Artikel fertig war, hat ein Bote die Manuskripte in die Setzerei gebracht, der Setzer hat sie ins System getippt, und der Metteur hat dann den Umbruch besorgt. Artikel und Photos wurden damals noch mit Wachs auf eine Seite geklebt, bevor sie in die Repro gingen und auf die Druckplatte umkopiert wurden. Das ist alles vorbei. Boten, Setzer, Metteure, alle gefeuert; alle arbeitslos und ohne Aussicht. Der Computer hat ihre Berufe nutzlos gemacht, und heutzutage sitzt der Journalist am Bildschirm und erledigt alles alleine: Artikel, Photos, Umbruch, er macht ganze Seiten fertig, und auf einen Tastenklick hin fängt es in der Druckerei an zu rattern. Daß er dadurch weniger Zeit für Recherchen hat, ist klar. Aber das ist nicht das schlimmste, sagt der Fahrer. Viel schlimmer sind diese Burschen, die heutzutage überall auftauchen. Sie werden immer jünger, und überall wollen sie alles aus einem Guß und massentauglich. Sie werfen mit Statistiken und Demoskopie um sich, sie fordern ein weiches Profil und einen Identifikationsraum für alle. Sie schreien nach Wachstum, sie drohen mit Rausschmiß und treten den journalistischen Grundsatz mit Füßen.
Aber ein Journalist, sagt er, ist immer auch ein Skeptiker. Er muß skeptisch sein, wenn er aufdecken will, was verborgen bleiben soll. Ein Journalist kann nicht massen-

tauglich denken und Artikel aus einem Guß servieren. Ein Journalist hat es mit Getriebenheit und Wahnsinn zu tun; mit glänzenden Lügen, mit Elend und Niedrigkeit.
Der Fahrer zündet sich eine neue Zigarette an. Für einen Journalisten, sagt er, ist nichts erregender als die Wahrheit. Doch für diese Burschen heutzutage ist es genau umgekehrt: sie machen aus jeder Erregung eine Wahrheit; sie werfen mit Wahrheiten nur so um sich, und die tiefen Zusammenhänge von Ursache und Wirkung werden zugunsten reißerischer Leichtigkeit verworfen.
Die Landstraße ist einspurig. Wir ziehen durch Dörfer und über grünes Land.
Früher, sagt der Mann, habe ich altgediente Kirchenmänner als Kinderschänder entlarvt, habe mich reingehängt in den lokalen Schmutz und aufgedeckt, wie Kommunen und Wirtschaft über Leichen gehen. Heute gibt es Frakking-Felder und vergiftetes Grundwasser in der Region, doch darüber durfte ich nicht mehr schreiben. Ich mußte mir meine Themen aus dem Ticker besorgen: Altbundeskanzler findet neue Partnerin in sozialem Netzwerk, Männer brauchen nach Schönheitsoperation weniger Viagra, oder US-Schauspielerin läßt sich Brüste aushöhlen. So etwas erregt die Leute, so etwas wollen sie jeden Tag, und zuletzt hat mein Chef von mir gefordert, zu den Gynäkologen zu gehen. Mich in die Wartezimmer zu setzen und zu recherchieren, was die Frauen dort von einer Brustaushöhlung halten. Ich habe diesem Burschen geantwortet, daß ich lieber über Hirnaushöhlung recherchieren würde, und dann habe ich einen Antrag auf Stundenreduzierung gestellt. Und wissen Sie, was der Bursche gemacht hat? Na sicher, hat er gesagt; bei uns werden die Wünsche unserer Mitarbeiter respektiert. Und er hat

mich auf einen Lokalposten am Arsch der Welt versetzt. Ich verdiente nur noch halb so viel, und die gewonnene Zeit ging für das Fahren drauf. Für meine Kollegen war das ein Lehrstück. Die haben alle Haus und Familie, die schreiben weiter über ausgehöhlte Brüste, und aus ihren Recherchen in den Wartezimmern basteln sie den Traum vom künstlichen Menschen und von Unsterblichkeit. Alles mit reißerischer Leichtigkeit. Und was sage ich Ihnen: alle Welt will alles nur noch digital, die Auflagen sinken, und diese Burschen peitschen den ganzen Wahnsinn nur noch mehr an.

Manchmal stößt eine Wiese bis in den Horizont, manchmal steht eine Eiche. Der Mann mit dem grauen Bart sagt, daß auch sein neuer Chef so ein Bursche ist. Er hat rund um die Uhr den Wagen laufen, und wer seine Zwölfstundenschicht nicht abreißt, den feuert er.

Wir fahren über eine Brücke. Schilf und Erlen säumen den Fluß, in der Ferne steht die Stadt. Ich frage den Fahrer, was er über QR-Codes weiß, und er macht eine wegwerfende Handbewegung. Da kann man praktisch alles reinpacken, sagt er. Und in paar Jahren kriegen die Neugeborenen diese Dinger gleich in das Hirn gepflanzt. Und er lacht zum ersten Mal. Wer dann nicht funktioniert, sagt er, wird einfach aufgelöst und im künstlichen System wieder nutzbar gemacht. Aber mit oder ohne Gehirncode werden sie uns in ein paar Jahren alle am Arsch haben. Unsere Daten werden weiter gesammelt, Finanzdiktatur, Industrie, Forschung und Politik verschmelzen immer mehr, und zugleich vervielfältigen sich die digitalen Möglichkeiten zur Steuerung der Massen noch dramatisch. Bald werden Computer unsere Gedanken und unsere seelische Verfassung beschreiben, und es wird Gesetze geben, die alles und jeden kontrollieren. Schon heute ist beinah jeder überall aufzuspüren, aber es wird noch schlimmer kommen. Wir werden alle aus einem Guß sein und massentauglich programmiert. Und der Fahrer lacht noch einmal.

Stadteinwärts verdichtet sich der Verkehr. Der Fahrer schimpft, er raucht, er hupt.

Eine Straße vor dem Thailänder lasse ich anhalten. Ich bitte ihn darum, den Motor abzuschalten.

Ach, zum Teufel mit Ihnen. Er sagt den Preis an, kassiert und grummelt, als ich ordentlich aufrunde. Schließlich stellt er den Motor doch ab. Er reicht mir die Hand und gibt seine Verbitterung zu.

Ich habe nie die großen Träume gehabt. Ich bin auf dem Land groß geworden, ich bin da verwurzelt. Ich wollte immer an der Basis bleiben und meinen Teil dazu beitragen, daß es bei uns sauber bleibt.

Er steckt sich wieder eine Zigarette an.

Verstehen Sie. Wir haben wie Sie unser Haus im Grünen, und seit ein paar Jahren wird bei uns gefrackt. Die Konzerne kommen, treiben ihre Gifte in den Boden, lösen in der Tiefe das Schiefergestein auf, saugen das Gas heraus und verschwinden wieder. Niemand weiß, welche chemischen Verbindungen sie uns unterjubeln, und die Konzerne stehen anscheinend in keinerlei Verpflichtung gegenüber Umwelt oder Mensch. Sie behaupten einfach, daß nach der Ausbeutung der Lagerstätte alles genauso ist wie vor der Ausbeutung, und daß sie nichts mit lokalen Erdbeben, mit Grundwasserverseuchung und plötzlich auftretenden Erkrankungen zu tun haben. Ihnen das Gegenteil zu beweisen, ist kaum möglich; es scheint keine Gesetze gegen dieses Vorgehen zu geben, und in allen

wichtigen Instanzen scheinen diese Unternehmen Verbündete zu haben. Natürlich schaffen sie Arbeitsplätze. Der Mann lacht wieder. Seit sie bei uns sind, kommen Ärzte und Bestattungsunternehmer nicht mehr zur Ruhe, und sobald das Freihandelsabkommen mit den USA dingfest ist, wird sich dieser Irrsinn vervielfältigen. Wir werden es in allen Lebensbereichen mit noch brutaleren Methoden und radikaler Zerstörung zu tun bekommen.
Und ich, sagt er. Ich wollte als Journalist einfach meinen Teil dazu beitragen, daß so etwas bei uns nicht passiert. Daß es bei uns sauber bleibt, doch anstatt über das Frakking zu recherchieren, sollte ich über die ausgehöhlten Brüste einer Schauspielerin schreiben. Darüber, wie genetische Diagnostik und plastische Chirurgie eine schöne neue Welt erzeugen.
Der Mann lacht wieder.
Ich fahre jetzt seit einem halben Jahr Taxi. Und seit einem halben Jahr stelle ich mir vor, eine Bordkanone dabeizuhaben. Durch diese schöne neue Welt zu rasen und auf Dauerfeuer zu stellen.
Er zieht den Rauch ein, er hustet.
Zuletzt erfahre ich, daß er auf seine Art doch glücklich ist. Wir haben keine Kinder, sagt er. Und er lacht und hustet.

Ich schaue dem Taxi hinterher. Ich weiß nicht, ob der Mann tatsächlich einfach nur verbittert ist oder ob er bereits eine Wirklichkeit sehen kann, die nicht mehr rückgängig zu machen und die so schrecklich ist, daß sich nach der Verbitterung die Hilflosigkeit automatisch einstellen muß.

Jacko kläfft einmal und sieht mich an. Ich kenne diesen Blick. Auf der anderen Straßenseite steht ein Baum. Wir gehen hinüber, und ich warte, bis er fertig ist.
Menschen kommen uns entgegen. Sie haben ein Smartphone in der Hand, sie kriegen nicht mehr mit, was um sie herum geschieht. Vielleicht haben sie sogar schon einen Chip im Hirn, und so sickert die Wirklichkeit des Taxifahrers ein in die Wirklichkeit der Stadt. Wir sind wieder im Getriebe, ringsherum ist es schnell und laut. Ich spüre noch immer Viktors Schnaps, ich fühle mich überfordert.

Jacko bleibt gelassen. Er findet sich zurecht zwischen den endlosen Beinen, und wenn wir an einer Fußgängerampel stehenbleiben, hat er einen Blick dafür, was dort passiert. Ich glaube, daß er die Zusammenhänge verstehen kann. Als uns ein Blindenhund begegnet, dreht er sich trotzdem erstaunt nach ihm um. Dann kläfft er, doch der Blindenhund marschiert ohne weiteres voran. Er muß Jakko wie aus einer anderen Welt erscheinen; eine Maschine vielleicht oder ein Wesen mit programmiertem Gehirn.

Es ist Mittagszeit. Vor dem schmalen Haus des Thailänders gibt es Gedränge, und Viktors Schnaps treibt den Schweiß durch meine Poren. Dichte Menschengruppen haben mir noch nie behagt; ich hoffe, daß Tessa einen Tisch reserviert hat.
Plötzlich steht sie bei mir. Sie ist elegant gekleidet. Ein cremefarbener Hosenanzug, dazu eine Art Baskenmütze und eine große Sonnenbrille. Sie kichert einmal und sagt: Wir essen woanders. Komm. Dann nimmt sie meinen Arm und zieht mich in den Takt ihrer Schritte.

Als wir aus der Menge sind, sagt sie: Was will die Polizei denn von mir?
Es geht um den QR-Code. Mehr weiß ich nicht.
Wie kommen sie auf mich? Und woher weißt du davon?
Ich sage ihr, wie es ist. Daß die Polizei im Fall meiner ermordeten Nachbarn recherchiert. Daß bei meinen Freunden eingebrochen wurde und daß die Polizei einen Zusammenhang zwischen meiner Anzeige und den Verbrechen nicht ausschließen konnte. Sie wußten, daß jemand auf die erste Anzeige meiner Freunde geantwortet hat. Und daß ich mich am Museum mit jemandem getroffen habe.
Tessa beißt sich auf die Lippen. Aber dann lächelt sie. Was hast du ihnen erzählt?
Daß ich dich getroffen habe. Daß ich diesen QR-Code gesehen habe, aber nichts von dir weiß. Was ist mit dem Code, Tessa?
Es ist ein Code.
Die Polizei vermutet, daß du zu einer Hackerszene gehörst.
Und sie kichert wieder. Die Polizei hat keinen Schimmer. Schau. Da vorne steht mein Auto.
Es ist klein und rot. Tessa klappt den Sitz um, Jacko springt hinein, und bald ziehen wir im Stadtverkehr dahin.
Hast du deine Sonnenbrille vergessen?
Ich habe deinen Zettel spät entdeckt. Ich mußte mich beeilen.
Sie will wissen, wo ich gestern war.
In den Flußwiesen.
Ich dachte, du trinkst nicht.
Ich hebe die Schultern. Dann erzähle ich von Viktor.

Von seinen blutigen Händen, den Kaninchen und seinen Schuhen.
Ein Mann aus Tschernobyl? Auf der Flucht vor dem Krieg?
Es wird wohl immer dramatischer in der Welt.
Walter. Der Mann kann sonst jemand gewesen sein. Und eine Medaille der Liquidatoren kann man auf jedem Flohmarkt kaufen.
Am Ende kann sich jeder als sonstjemand herausstellen.
Sie kichert. Dann biegt sie von einer Allee ab in eine Seitenstraße und parkt schließlich zwischen zwei Bäumen.
Ich frage sie nach den Heftzwecken.
Hier im Auto kannst du alles finden.
Ich sehe mich um, und wahrscheinlich hat sie recht. Sie steigt aus, klappt den Sitz vor, und Jacko markiert einen der Bäume. Es ist eine Kastanie. Die meisten ihrer Blüten sind bereits welk, doch in der Höhe leuchten noch einige im Sonnenlicht.

Die Straße ist ruhig. Anna und ich sind ab und zu durch dieses Viertel spaziert; wir haben uns die Häuser angeschaut mit ihren barocken oder griechisch-römischen Elementen, und wir entdeckten immer wieder Winkel, in denen sich die Grundstimmung längst vergangener Zeiten bis heute erhalten hatte.
Tessa stößt mich an. Worauf wartest du?
Jacko ist bereits bei ihr, sie bietet mir ihren Arm, und ich hake mich unter. Wir schlendern beinah so, wie Anna und ich geschlendert sind. An ein Restaurant in dieser Gegend kann ich mich nicht erinnern.
Plötzlich sagt Tessa: Du bist anders.
Wie?

Und sie kichert wieder.
Zum Fußweg stehen Hecken oder geschmiedete Zäune; die meisten Häuser haben einen großen Garten, und es gibt viele alte Bäume.
Wir gehen nicht weit. Tessa bleibt vor einer weißen Steinmauer stehen. Das Haus dahinter hat klare, kubische Formen und große Fensterfronten. Es wirkt funktionsgerecht, ohne antike Elemente und im internationalen Stil. Es macht einen gepflegten Eindruck. Im Vorgarten liegen große Kiesel, dazwischen stehen Büschel von Ziergräsern.
Was machen wir hier, Tessa?
Rico kocht.
Wohnt ihr hier?
Unsere Eltern haben hier gewohnt. Dann schließt sie auf.
Das Haus erscheint offen und von Licht durchzogen; auch die Möbel haben klare Formen, und an den gekalkten Wänden hängen große Bilder.
Rico hat eine Schürze umgebunden. Auf der Arbeitsplatte liegt buntes Gemüse. Er hockt sich neben Jacko und streichelt ihn. Dann begrüßt er mich.
Tessa kichert. Walter ist verkatert.
Und Rico lächelt.

Er hat eine Kokossuppe mit Huhn zubereitet. Nicht zu scharf, sagt er, und mit ein bißchen Zitronengras. Dazu gibt es einen Salat mit Austernpilzen und Sesam.
Tessa hat im Garten gedeckt.
Die Luft ist angenehm. Lose Wolken ziehen dahin, manchmal eine seichte Brise. Wir gehen durch eine Reihe von Bambusgräsern. Ihre Stengel sind grün. Der Boden ist weiß, die Flußkiesel knirschen.

Der Tisch steht in einem Pavillon. Ich blicke auf drei große Wasserbecken; sie sind rechteckig, wirken schlicht und randlos und liegen abgestuft hintereinander. Ich kann hören, wie das Wasser aus einem Becken in das andere plätschert. Manchmal raschelt der Bambus dazu, und auf den Kieseln erscheinen Lichtspiele.
Das Essen schmeckt mir gut. Tessa sagt, daß ihr Bruder gerne kocht.
Jacko hat einen Napf bekommen. Er schmatzt.
Ich frage, ob ihre Eltern den Garten angelegt haben.
Tessa lacht. Unsere Eltern waren schon tot, bevor sie starben. Rico hat die Anlage gebaut.
Es ist ein schöner Ort, sage ich.
Jacko frißt schnell. Als der Napf leer ist, geht er zu den Wasserbecken. Über das mittlere führt eine kleine Holzbrücke; er bleibt auf der Brücke stehen und schaut hinab. Der Himmel spiegelt sich, weiße Wolken ziehen, und auch Jackos Kopf erscheint dort. Er kläfft den Kopf an. Er sieht, wie der Kopf zurückkläfft, und dann wedelt er mit dem Schwanz. Schließlich springt er in das Wasser; Wellen schlagen auf, schwappen über den Rand, und die Seerosen schwanken.

Nach dem Essen spüre ich, wie die Schlichtheit des Gartens auf mich wirkt. Das Plätschern, das Rascheln und die Lichtspiele bringen Räume und Stille hervor wie unter der Pappel. Die Geschwister räumen in der Küche auf, sie bereiten einen Kaffee zu. Ich kann einfach dasitzen.

Später liegt Jacko zu Tessas Füßen, er hat die Augen geschlossen. Auch die Geschwister sehen zufrieden aus. Das Wasser plätschert, der Bambus raschelt.

Ich sage: Warum bin ich hier?
Rico lacht.
Tessa streift mit den Füßen ihre Schuhe ab.
Ich schaue Rico an. Anscheinend ist die Polizei auf euren QR-Code gestoßen. Sie vermuten wohl, daß ihr Hacker seid.
Rico lacht wieder.
Was ist mit dem Code?
Tessa kichert. Der Code ist ein Code, Walter. Sie krault Jacko mit ihren Füßen.
Rico sagt: Es ist ein Experiment.
Ein Experiment?
Es geht darum, etwas zu tun. Wir leisten Widerstand.
Ich sehe ihn an. Ich verstehe nicht, was er mir sagen will.
Tessa kichert wieder. Dann sagt sie: Walter. Die Digitalisierung der Welt. Die virtuelle Realität. Wir wehren uns dagegen, bis in die Seele hinein erfaßt, ausgewertet und verbogen zu werden. Wir wollen keinen Psychozid. Wir wollen keine digitale Diktatur.
Rico lächelt. Alles und beinah jeder ist heutzutage vernetzt. Und wenn man weiß, wie es geht, kann man in jedes System eindringen.
Ihr seid tatsächlich Hacker?
Tessa hält eines von Jackos Ohren zwischen ihren Zehen.
Rico sagt: Die weltweite Vernetzung hat eine Eigendynamik angenommen, die sich auf unser aller Leben auswirkt. Aber man kann Widerstand leisten. Und mit den QR-Codes sammeln wir Erfahrungen.
Tessa sagt: Wir kommen in fremde Computer. Wir spionieren sie aus, wir benutzen sie.
Ich sehe die beiden an. Aber man kann doch viel einfa-

cher Widerstand leisten, indem man diesen ganzen Mist gar nicht erst mitmacht.
Tessa sagt: Walter! Die Welt ist voller Junkies!
Ich zucke mit den Schultern. Macht ihr damit Geld?
Sie bewegt Jackos Ohr zwischen ihren Zehen. Geld. Aber darum geht es doch nicht. Und mit deiner Art Widerstand kriegst du das Gift nicht aus der Welt.
Rico sagt: Es geht darum, etwas zu tun.
Ich nicke. Dann schüttele ich den Kopf. Woher wißt ihr, daß ihr das Richtige tut?
Wir wissen es nicht.
Jacko seufzt laut, und Tessa klatscht in die Hände. Ich habe es euch gesagt: Ich kann Sachen mit meinen Füßen machen. Und sie klatscht noch einmal.
Rico sagt: Tust du das Richtige, wenn du unter deinem Baum sitzt?
Ich weiß es nicht. Aber warum erzählt ihr mir das alles?
Tessa kichert. Vielleicht mögen wir dich, weil du anders bist. Weil du noch nicht bis in die Seele hinein verbogen bist.
Und Rico sagt: Aber zuletzt macht es keinen Unterschied, ob wir es dir erzählen oder nicht. Mit unseren Codes haben wir eine Situation erzeugt, wir haben die Möglichkeiten und ihre Wirkungen studiert und unsere Hypothese von einem Supervirus überprüft. Selbst wenn alle Welt von diesem Virus wüßte, würde es keinen Unterschied machen.
Ich schaue ihn an. Ich verstehe nicht, was er mir sagen will.
Er hebt einmal die Arme und lächelt. Solange ein Virus noch nicht im System ist, kann er auch nicht abgewehrt werden.

Und später? Ihr entwickelt einen Supervirus doch nicht für die Schublade.
Tessa kichert wieder. Später kann er auch nicht abgewehrt werden. Und dann springt sie plötzlich auf. Komm, Walter. Ich zeige dir mein Lieblingsbild.
Dein Lieblingsbild? Hat es etwas mit dem Virus zu tun?
Was du immer denkst. Komm. Und sie nimmt mich bei der Hand.

Das Haus ist groß, und fast überall an den Wänden hängen Bilder. Es sind ein paar grelle Sachen dabei, wahrscheinlich Pop-Art, auch Photomontagen und Akte, aber die meisten stellen seltsam schöne Landschaften dar. Die vertrauten Formen sind verzerrt, die Farben entsprechen nicht dem Naturvorbild, sind kräftig und heben sich deutlich gegeneinander ab. Ich kann mir vorstellen, daß die Bilder morgens anders aussehen als abends und im Frühling anders als im Herbst. Wenn Menschen sich so ein Haus bauen, überlassen sie wahrscheinlich nichts dem Zufall.
Tessas Lieblingsbild hängt im Arbeitszimmer.
Es scheint mit dem Stil der anderen Bilder kaum etwas zu tun zu haben; in seiner Gestaltung wirkt es äußerst klar und lebensnah, und auch die Farben sind vertraut und weich.
Sie zieht einen Stuhl heran, und wir setzen uns gemeinsam vor das Bild.
Es zeigt eine flache Landschaft mit Windmühlen; im Vordergrund ist ein Dorf zu sehen, und die Menschen dort gehen ihrem Gewerbe nach. Ich sehe den Bäcker, den Hufschmied oder die Waschfrau, und das Bild strahlt Ruhe und Ordnung aus. Noch in den kleinsten Ausschnitten lassen sich wunderbare Dinge entdecken.

Tessa sagt, daß sie manchmal mit ihrer Mutter vor diesem Bild gesessen hat. Und daß ihre Mutter dann eine Geschichte zu diesem Bild erzählte. Die Geschichte heißt: Der verschwundene Knabe, und Tessa zeigt mir einen fröhlichen Jungen, der mit dem Hufschmied bei der Esse steht. Dieser Junge, sagt sie, ist vor vielen, vielen Jahren einfach aus der Welt verschwunden, und hier im Bild ist er wiederaufgetaucht.
Der Vater des Jungen war ein wohlhabender Mann, und das Bild hing in seinem Salon. Und der Junge konnte Stunde um Stunde davorsitzen. Er freute sich an den Windmühlen, an dem fernen Horizont und ganz besonders an dem Schmied. Wie die feurige Esse den Mann im Lederschurz bestrahlte, wie er den Hammer ausholte, um auf den Amboß zu schlagen.
Der Vater erzählte im Spaß davon, daß sein Sohn in diesem Bild spazieren könne. Und eines Tages spazierte der Junge dann tatsächlich in dem Bild herum. Er wußte selber nicht, wie er dort hineingeraten war. Doch es war eine Lust für ihn, plötzlich mittendrin zu sein und zu erleben, wie alles, was vorher starr gewesen war, sich nun bewegte. Die Sensen zischten im Korn, die Bauernmädchen lachten, über die Brücken zogen Pferde, und die Flügel der Windmühlen rauschten. Alles war dem Jungen plötzlich greifbar; Menschen, von denen er bisher nur den Rücken gesehen hatte, zeigten ihm ihr Gesicht, und bald gelang es dem Jungen mühelos, in das Bild hinein- und auch wieder herauszuspringen. Doch eines Tages kam er nicht mehr zurück.
Der Vater suchte verzweifelt nach seinem Sohn, und was er auch unternahm, er fand in der Welt keine Spur mehr von ihm. Er trauerte sehr, und er saß oft vor dem Bild

und weinte. Doch dann entdeckte er, daß neben dem Hufschmied ein Lehrjunge stand. Er war sich sicher, daß es in dem Bild nie jemanden neben dem Hufschmied gegeben hatte, und als er näher heranging, erkannte er, daß der Junge dort Ähnlichkeit hatte mit seinem Sohn. Der Vater bestellte einen Freund ein. Er war ein ungemein kluger alter Herr, und der Vater vertraute sich ihm an und erzählte, was ihn insgeheim bewegte. Der alte Herr hörte sich in aller Ruhe an, was der Vater berichtete und welche Vermutungen er daranknüpfte. Dann stellte er sich vor das Bild, nahm eine Lupe zur Hand und betrachtete es eingehend. Schließlich gab der Freund die Ähnlichkeit mit dem verschwundenen Knaben zu. Doch er bestand darauf, daß sich auf dem Bild, seit es die Werkstatt des Künstlers verlassen hatte, nichts geändert habe. Und der Lehrjunge, den der Vater als spätere Hinzufügung sah, war für ihn der Kernpunkt des ganzen Bildes. Ja, der alte Herr behauptete sogar, daß gerade der fröhliche Lehrjunge zu Anfang erdacht und hingesetzt worden sei. Und daß rund um ihn herum alles andere überhaupt erst entstanden sei.

Tessa sieht mich an. Man kann sich in dem Bild verlieren. Oder nicht, Walter?
Man kann sich auch in einer weißen Wand verlieren.
Gefällt es dir nicht?
Doch.
Dann kichert sie wieder. Steht auf und zeigt auf ein Photo an der Wand. Unsere Eltern. Und diese beiden Nägel hier, sagt sie, waren für Photos von Rico und mir gedacht. Aber unsere Eltern haben es nie geschafft, Bilder ihrer Kinder aufzuhängen.

Rico trägt einen Strohhut. Er sammelt Stöckchen und Blätter von den weißen Kieseln. In einem Wasserbecken steht die Sonne, in den anderen ziehen die Wolken; es plätschert, und manchmal, wenn eine Brise den Bambus erfaßt, steigt helles Rascheln auf. Wie aus dem Schilf in den Flußwiesen.

Vielleicht kann ich jetzt ein bißchen verstehen, was Rico beim Thailänder zu mir gesagt hat: Wir schöpfen Wasser. Wir brechen den Boden auf und setzen Keimlinge in die Furchen. Wir sind hier. Wir sind im Netz. Wir wissen, wie man Energien aus der einen in die andere Dimension bringen kann.

Er hockt da, er sammelt die Stöckchen und Blätter in einen Weidenkorb. Er hockt in dem Meer aus Licht und Schatten, und vielleicht bastelt er an einem Supervirus.

Es war nett bei euch, sage ich.

Er verabschiedet mich herzlich. Vielleicht bastelt er tatsächlich an einem Supervirus.

7

Morgens bin ich noch voll mit den Spuren der Nacht. Ferne und Stille umgeben mich wie ein Kokon, und beim ersten Kaffee trinke, löst sich die eine Welt behutsam auf, und die andere dringt ebenso behutsam ein.

Auf der Veranda sehe ich noch einmal die flache Landschaft aus Tessas Lieblingsbild. Die Windmühlen, das Dorf, und ich überlege, ob es nicht vielmehr Tessa gewesen ist, die als kleines Mädchen in dem Bild verschwunden ist. Oder noch immer in ihm verschwindet.

Nach dem Frühstück sehe ich, daß nun die Kapseln der Pappel endlich aufbrechen. Flocken gegen den Sommerhimmel, und bald erscheint der Garten weich und wellig, und sobald ein Wind einfällt, läuft Jacko den Flokken hinterher. Ich sitze einen ganzen Tag lang unter dem Baum, und noch in der Dämmerung quellen die Samen hervor. Zur Nacht steht die Krone bauschig, wird silberfarben, und dann sind nur noch wir drei unter dem vollen Mond.

Am nächsten Morgen rufe ich Kommissar Witt an. Ich sage ihm, daß die Pappel ihre Flugsamen austreibt. Das Spektakel hat begonnen.
Der Kommissar weiß sofort, wovon ich spreche. Sie sitzen also noch immer unter Ihrem Baum und beobachten die Welt. Er lacht.
Mein Garten ist weiß, sage ich. Und dazwischen leuchten die Sommerblüten. Vielleicht wird es noch eine Woche so bleiben. Wenn Sie in der Gegend sind, schauen Sie vorbei. Und wenn ich nicht zu Hause bin, setzen Sie sich einfach in den Garten.
Er lacht wieder, weiß aber nicht, ob er es schaffen wird. Und dann kommen ihm Zweifel; er fragt, ob ich in Wirklichkeit nicht etwas ganz anderes auf dem Herzen habe. Ob mir vielleicht doch noch etwas eingefallen ist, was die beiden Verbrechen miteinander verbinden könnte. Oder ob ich neue Hinweise zu dieser Tessa und ihrem QR-Code hätte.
Ich habe nur angerufen, um Sie auf das Spektakel hinzuweisen.
Mehr nicht?
Wie?

Wollen Sie von mir gar nicht wissen, ob es Neuigkeiten gibt?
Wenn die Zeit dafür da ist, werden Sie mir von den Neuigkeiten schon erzählen.
Wahrscheinlich kann Witt es sich aus seinem Beruf heraus nicht leisten, an arglose Absichten zu glauben. Ich höre, wie er am anderen Ende zögert. Und wie er schließlich mit der flachen Hand auf den Schreibtisch schlägt. Wir sehen uns, sagt er.

Aus den Gärten der Kolonie treibt der Sommer. An Pflaumen- und Kirschbäumen wachsen grüne Früchte, die Laubblätter stehen in kräftiger Farbe. Tomate und Kürbis bringen ihre Blüten hervor, und über einem Beet mit Blauem Eisenhut sehe ich Hummeln.
Die Kolonisten stehen um den Container herum. Der Schuppen meiner Nachbarn ist bereits zerlegt; auch einige Möbel liegen dort. Die Kolonisten schauen mich an, als sei das Haus meiner Nachbarn nach der schrecklichen Tat unberührbar geworden. Als hätte ich dieses Tabu gebrochen. Doch zuletzt überwiegt bei ihnen wieder die Angst. Walter, sagen sie und schütteln den Kopf, weil ich es den Alten überlasse, nachts die Kolonie zu bewachen. Und keine Angst zu haben, erscheint ihnen fast krankhaft; die Russenbande, sagen sie, der Einäugige, sagen sie, und ich ahne, wie sie überall räuberische Absichten vermuten und den unerwarteten Griff aus dem Dunkel. Wie für sie überall das Fremde lauert, wie sie längst gemeinsam Stellung dagegen bezogen und auch ihr Denken und ihren Blick auf die Welt endgültig festgesetzt haben. Und wie auch ich ein Fremder für sie bin; jemand, von dem sie kaum etwas wissen, den sie kaum einschätzen

können und bei dem sie sich nur einig darüber sind, daß er ehrlos ist. Und so sehen sie mir nach.

Der Himmel leuchtet bis an seine Ränder, die Flußwiesen werfen das klare Licht zurück. Es ist beinah windstill, nur manchmal schaukeln die hohen Gräser, und dann glitzert es. Die Schwalben fliegen tief; die Erlen stehen eingeschnitten in den Tag und markieren die Schleifen des Flusses. Wir nehmen einen Pfad durch die Wiesen. Insekten verwischen in der flimmernden Luft, in der Ferne rüttelt ein Falke. Einmal steigt ein Ruf auf, lang und quecksilbrig, und ich nehme Jacko an die Leine. Zugvögel brüten in den Flußwiesen, und vielleicht hat auch der Wolf ein Lager hier.
Auf dem Geestrücken stößt uns der Duft der Waldkiefern entgegen, in der Höhe schimmern ihre Stämme. Der Weg hat sich verändert; im letzten Regen hat ein Bauer seine Herde hier entlanggetrieben, und nun liegen die Fußtritte wie versteinert vor uns.
Jacko entdeckt einen Haufen mit frischen Pferdeäpfeln und schnappt nach den Fliegen. Bei den Künstlerhäusern bellt ein Hund; nach einer Biegung tritt der Wald zurück, hier und da liegen noch ein paar Heideflecken, dann stößt eine Kuhweide an den Weg, dann ein Roggenfeld. Die ersten Höfe erscheinen, Gerüche von Heu und Mist, und voran zieht der Fluß auf das Dorf zu.

An der Tür ist ein Aufkleber: Leistet Widerstand, und als die Klingel ertönt, sehe ich im Spiegel drei Männergesichter. Sie nicken mir zu. Der Frisör hat den Tierarzt im Stuhl, hinter den beiden sitzt der Pastor. Er hat den Bildschirm vor sich und klickt mit der Maus.

Jacko geht in die Ecke und säuft.
Schönes Tier, sagt der Pastor.
Ja.
Der Tierarzt sagt: Der fühlt sich richtig wohl bei Ihnen, was.
Ich glaube, ja.
Hat er schon einmal Dünnschiß gehabt? sagt der Pastor.
Nicht bei mir.
Er klickt wieder. Gestern hat es meine erwischt. Sie hat mich angeschaut, einmal gejapst, und dann kam es schon heraus. Und jetzt hat es auch seinen erwischt. Er nickt hinüber zum Tierarzt und lacht. Ein Segen ist es nicht gerade.
Ach was, sagt der Tierarzt. So etwas passiert. Und dein Gotteshaus kann ja nicht ewig unbesudelt bleiben.
Du bist ein Atheist.
Was soll ich machen?
Du sollst glauben.
Wenn du deine Hündin zu mir bringst, soll ich aber zuerst eine vernünftige Betrachtung anstellen.
Natürlich. Ich hänge an ihr.
Der Tierarzt lacht, dann schäumt der Frisör seinen Kopf ein.
Der Pastor sieht auf den Bildschirm. Zu mir sagt er: Ich habe gehört, was bei Ihnen da draußen los ist. Schlimme Sache.
Ja.
Dann sagt er: Gerade in schlimmen Zeiten braucht man Gottes Beistand. Aber Sie sind wohl auch Atheist, was?
Ich sage nichts dazu.
Der Pastor sagt: Woran glauben Sie?
An die Stille.

An die Stille? Und dann nickt er. Stimmt, das haben Sie mir schon einmal gesagt. Er nimmt die Hand von der Maus und sieht mich an. Gott führt uns auch in der Stille. Der Tierarzt lacht. Aus dem Spiegel blitzt sein weißer Kopf.
Schließlich sage ich: Religionen, Konfessionen und ihre Unterschiede interessieren mich nicht. Ich glaube nicht an die Existenz irgendeines Gottes. Ich glaube viel eher, daß es falsch ist, sich für einen Gott oder einen Glauben einzusetzen. Und daß Religionen immer etwas mit Macht zu tun haben; mit Angst, mit Enge und uferlosen Katastrophen.
Der Tierarzt lacht wieder. Dann zieht der Frisör eine Klinge durch den Schaum und legt blanke Streifen frei.
Der Pastor sagt: Für einen Einsiedler ziemlich radikal. Und dann: So eine Einstellung mündet schnell in Gleichgültigkeit.
Das ist mir egal.
Der Pastor sieht mich an und grinst. Sie sind ja auch noch ein Kauz.
Ich zucke mit den Schultern. Dann sage ich: Meine Freunde behaupten ebenfalls, ich sei gleichgültig geworden. Aber nicht, weil ich an keinen Gott glaube, sondern weil ich nicht mehr mit ihnen trinke und feiere.
Da sehen Sie es, sagt der Pastor. Gemeinsame Anschauungen und Ziele verbinden. Und dann: Wir stellen uns gegen das Fracking.
Ich nicke.
Machen Sie doch mit.
Ich schüttele den Kopf.
Sie wollen nichts dagegen tun?
Was soll ich gegen den Irrsinn tun? Er ist überall, und

sobald man ihm einen Kopf abhackt, wachsen ihm zwei neue.
Nichts tun ist eine schlechte Haltung, sagt der Pastor.
Vielleicht kommt es darauf an, was man nicht tut.
Vielleicht, sagt der Pastor. Dann sieht er den Tierarzt im Spiegel an.
Der Tierarzt sagt: Man kann nicht alles geschehen lassen. Man muß sich auch wehren. Und wenn Sie uns jetzt sagen, daß Sie noch andere Sorgen haben: Die haben wir alle. Und wir werden noch viel mehr davon haben, wenn unser Land erst ausgesaugt wird. Wenn alles aus dem Gleichgewicht gerät, wenn alles vergiftet ist. Andererseits, sagt er und lacht plötzlich. Andererseits hätten Sie dann natürlich Ihre Ruhe hier.
Aber absolut, sagt der Pastor. Requiescat in pace.
Wie in Tschernobyl, sage ich.
Sie haben ja Humor, sagt der Tierarzt. Er hat jetzt nur noch einen Schaumstreifen auf dem Kopf. Aber mit Humor halten Sie diese Verbrecher nicht auf.
Auch ohne Humor nicht. Und auch nicht mit etwas anderem.
Der Pastor sieht wieder auf in den Spiegel.
Der Tierarzt grinst. Herr von Quant glaubt tatsächlich daran, daß man nichts mehr ändern kann. Daß der Untergang bevorsteht. Daß die Menschheit in ihrem Wahnsinn sich und alles andere in den Abgrund reißen wird.
Aber man kann etwas ändern, sagt der Pastor.
Kann man, sage ich.
Kann man?
Warum nicht. Solange man bei sich ist.
Das ist gut, sagt der Pastor. Das ist sehr gut. Hören Sie, wenn Sie schon nicht in die Bürgerinitiative wollen, kom-

men Sie doch einmal zu mir. Atheist hin oder her. Ganz unverbindlich. Mein Haus ist immer offen.
Gehen Sie da bloß nicht hin, sagt der Tierarzt. Der Pfaffe wird Ihnen sonst etwas verkünden, nur damit Sie wiederkommen.
Der Pastor blickt erneut auf den Bildschirm und bedient die Maus. Was soll ich machen? Die Alten sterben mir weg, und von unten kommt nichts mehr nach. Gott hat sich im Netz aufgelöst. Die neue Schöpfung besteht aus Einsen und Nullen.
So ist es, sagt der Tierarzt. Gott ist eine Null geworden.
Der Frisör wischt den letzten Schaum in ein Handtuch. Dann poliert er den Schädel, und bald steht der Glanz im Spiegel.
Der Tierarzt zeigt mit einem Finger in den Spiegel. Andererseits könntest du gerade aus dem Netz mehr Hoffnung ziehen.
Ach. Das will ich gar nicht hören.
Natürlich nicht. Weil dich eine neue Frisur im Grunde mehr interessiert als die Transzendenz. Weil du willst, daß die jungen Dinger dich interessant finden.
Na klar. Ich lebe im Jetzt. Und hier muß ich diese jungen Dinger schließlich auf das Jenseits vorbereiten.
Der Tierarzt zieht im Spiegel eine Grimasse. Dein ganzes Hier und Jetzt ist längst digital geworden. Aber gerade daraus solltest du deine Hoffnung ziehen. Verstehst du? Schau dir nur mal eines dieser Propagandavideos an. Wo selbsternannte Gotteskrieger sich dabei filmen, wie sie einer ganzen Schulklasse die Köpfe abhacken. Darauf solltest du aufbauen; stell dein eigenes Video in das Netz und verwandele die Angst vor diesen Irren in Glauben. Hol deinen Gott aus der Null zurück.

Ja, ja, sagt der Pastor. Die modernen Zeiten. Sehen wir uns später im Krug?
Na klar. Aber laß deinen Köter zu Hause.
Der Frisierstuhl knarzt, als der Tierarzt aufsteht. Zu mir sagt er: Nichts tun ist wirklich keine Lösung. Wenn hier gefrackt wird, werden die auch Ihnen auf den Pelz rükken. Und dann wird nichts mehr so sein, wie es war. Auch nicht Ihre Pappel. Er grinst und tippt sich mit einem Finger gegen die Stirn. Wir sehen uns.
Der Pastor sagt: Bring mir neue Tropfen mit. Die schleppt mir den Dünnschiß sonstwohin.
Der Tierarzt nickt. Dann verschwindet er mit dem Klingeln der Türglocke.
Der Pastor sitzt noch immer vor dem Bildschirm. Ich kann mich für keinen Schnitt entscheiden, sagt er. Vielleicht sollte ich sie auch noch länger wachsen lassen. Dann sieht er mich an. Wollten Sie das nicht auch tun? Sich wieder eine Rudi-Dutschke-Frisur zulegen? Und dann zuckt er mit den Schultern und setzt sich in den Frisierstuhl. Nur die Barthaare ein wenig stutzen, sagt er zu dem Frisör. Und zu mir: Wir müssen uns gemeinsam gegen diesen Schweinekapitalismus stellen. Der Kampf geht weiter. Und ich sehe sein Grinsen und seine Faust im Spiegel.
Als ich dann mit dem Umhang im Stuhl sitze, sagt der Frisör: Wie immer?
Nur die Spitzen, sage ich.
Hört sich gut an.
Zum Abschied zeigt er auf den Tresen. Dort liegt ein ganzer Stapel mit Aufklebern. Leistet Widerstand!, doch ich stecke mir keinen davon in die Tasche.

Auch beim Schlachter liegen die Aufkleber aus. Ich lasse mir zwei ordentliche Koteletts für Jacko einpacken, und der Schlachter schimpft gegen das Fracking und gegen die Politiker. Er spricht von Finsternis und Habgier, von Boshaftigkeit und Dummheit, er zeigt mit dem Daumen gegen die Dorfkirche und sagt, daß es schon seit Anbeginn so war: Eva verfiel der Sünde, Kain erschlug Abel, und seitdem, sagt der Schlachter, ist es nur noch schlimmer geworden. Er verflucht die Macht der Konzerne, und er glaubt, daß der Einäugige mit diesen Leuten unter einer Decke steckt. Egal, ob er irre ist oder nicht, sagt der Schlachter. Wir wollen diesen Burschen hier nicht; er stiftet Unruhe und verbreitet Angst. Wir wollen niemanden hier, der mit bösen Absichten kommt. Er selber, sagt er, führt das Geschäft nun schon in der vierten Generation, und einige der Bauern, die ihm sein Fleisch liefern, sind bereits in der siebten oder achten Generation. Wenn hier wirklich gefrackt wird, sagt er, gibt es für uns alle keine Lebensgrundlage mehr.

Die Aufkleber sind überall im Dorf angebracht. An den Ständern der Bauernhäuser, an Laternenmasten und auf den Autos. Sie kleben an der Friedhofsmauer und in den Fenstern des Dorfkrugs. Auf dem Vorhof einer Galerie sind leuchtende Neonschriften installiert: Kapitalismus macht frei. Und darunter, wie weiße Rosen, stoßen Schilder aus dem Boden: Leistet Widerstand! Jacko und ich machen uns auf den Heimweg.

Die Wiesen spannen sich bis gegen den Horizont und vergrößern die Welt. Zwei Schmetterlinge umkreisen einander, ein Habicht ruft.

Jacko und ich pinkeln gegen eine alte Eiche. Ihr Stamm erscheint mächtig, zwischen den zackigen Ästen leuchtet die grüne Krone. Aus der Höhe fallen einzelne Sonnenstrahlen ein, Blütenstaub zerstreut das Licht, und manchmal ziehen Insekten hindurch.

Wir rasten an einer abgeschnittenen Flußwindung. Sie liegt wie ein Wurm in den Gräsern und krümmt sich um eine dreistämmige Erle, die auf einer sandigen Terrasse steht. Baumwurzeln liegen frei, aus einem Schilfgürtel steigt Gesang. Jacko säuft, dann bekommt er die Koteletts.

Der Gesang ist angenehm und wechselreich; auch Strophen und Triller sind dabei, und nun ist es schon das zweite Mal, daß jemand mich gleichgültig nennt. Vielleicht bin ich seit Annas Tod tatsächlich zu sehr von mir ausgegangen. Vielleicht bin ich auch im allgemeinen zu sehr damit beschäftigt, was in mir vorgeht; wie das Rauschen unter der Pappel klingt.

Strophen und Triller steigen in die Sommerluft; Jacko hat die Koteletts gefressen und zerbeißt nun die Knochen. Der Hund ist mit sich im Reinen. Und ich? Ich habe keine Frau, keine Kinder, keine Familie. Ich habe keine Kollegen, keine Vorgesetzten, keine Termine oder irgendwelche Anforderungen, die mich unter Druck setzen könnten. Wenn ich mich im Wochentag oder der Tageszeit irre, hat es keine Auswirkungen. Wenn ich eine Bahn verpasse, muß ich mich vor niemandem rechtfertigen. Es gibt nur wenig Fremdbestimmung in meinem Leben, ich muß mich kaum unterordnen. Ich kann mich selber gut ertragen, ich brauche keinen Fernseher und kein Handy.

Ich kann da sein, ohne mich abzulenken. Ich kann Räume und Stille in mir spüren und auch die Feinheiten, die mich selber so einmalig machen. Bin ich trotzdem gleichgültig, wie sie alle sagen?

Mit der absteigenden Sonne ziehen zwei Krähen vorüber. Sie werfen ihre Schatten voraus; ihre Stimmen sind milde, gluckend und hoch, und manchmal fliegen sie fein abgestimmte Manöver. Und wenn hier gefrackt würde?

Über dem Horizont scheint die Sonne noch einmal anzuschwellen. Glut tritt hervor, läuft aus der Scheibe heraus und färbt die Linie zwischen Himmel und Erde. Auch die Flußwiesen lodern auf, und einmal noch kann ich den ganzen Feuerball sehen. Diese Sonne, die auch Anna so erfreuen konnte. Diese Sonne, die Kristina vielleicht in diesem Augenblick über der Nordsee sieht, die alle Menschen sehen und je gesehen haben. Und so schwillt sie ein letztes Mal an: als würde sie alles aus allen Zeiten heraus miteinander verbinden.

Im Westen schwankt der Himmel noch in zarten Tönen. Fließt in Rosa und Violett, und nach Osten ziehen Vögel hinein in die körnige Dämmerung.
Ich bin nicht gleichgültig.

Der Horizont hat sich unter die letzten Farben geschoben, die Nacht drängt hervor. Aus dem Schilfgürtel sind nun dumpfe Rufe zu hören, und Jacko spitzt die Ohren. Die Rufe wiederholen sich, werden immer zahlreicher, schwellen an und ab zu einem einzigen Gesang, und wir können die Frösche den ganzen Rückweg über hören.

Bis in mein Bett hinein sitzen sie unter den Sternen und quaken.

8

Die Vettern haben das Haus leergeräumt. Der erste Container wurde bereits abgeholt, auch der zweite ist schon wieder gut gefüllt, und jeden Tag beladen sie ihre Lieferwagen. Es ist viel Scheißmist dabei, wie sie sagen, aber das Haus selber hat eine gute Substanz. Altes Eichenholz und alte Vollziegel, und auch mit Türen und Fenstern können sie etwas anfangen. Die Arbeit scheint ihnen Spaß zu machen; wenn die Kolonisten ihnen dabei zuschauen wollen, haben sie nichts dagegen. Das Wetter ist gut.

Tarkan und Ergün haben eine Ansichtskarte dabei. Das Bild zeigt eine Dünenlandschaft im Sturm und dahinter die See. Kristina hat an meine Stadtadresse geschrieben; es sind nur wenige Zeilen, doch ich kann hinter einem herausfordernden Schonerleben auf glückliche Gefühle schließen. Ich freue mich für sie. Und zu Tarkan und Ergün sage ich, daß das Mädchen wohl allen Grund dazu hat, stolz auf sich zu sein.

Einige Tage später steht Kommissar Witt an der Hausecke und winkt.
Kommen Sie, sage ich.
Er hat einen Blouson über die Schulter geworfen, unter dem Arm trägt er eine Aktentasche.

Kaffee?
Ehrlich gesagt, darauf habe ich gesetzt. Er schlägt einmal mit der flachen Hand auf den Tisch und grinst. Daß ich mit Ihnen unter Ihrem schönen Baum sitzen kann; daß wir ein bißchen plaudern und dabei einen Kaffee trinken. Dann zeigt er in die Höhe und macht eine Geste. Ich bin ein bißchen zu spät, was.
Ja.
Vielleicht schaffe ich es im nächsten Jahr. Rufen Sie mich ruhig an, wenn das Spektakel wieder losgeht. Einen weißen Garten im Sommer möchte ich gerne einmal sehen.
Während ich den Kaffee zubereite, versinkt Witt im Stuhl und betrachtet die Pappel. Mit einer Hand krault er Jakkos Kopf.
Ich bringe ein paar Kekse mit. Witt seufzt einmal. Dann setzt er sich wieder aufrecht hin. Ehrlich gesagt, manchmal träume ich auch davon, fünfe gerade sein zu lassen. Einfach machen, wozu ich lustig bin.
Wieviele Jahre müssen Sie noch?
Er winkt ab. Meine Frau will nichts vom Vorruhestand wissen. Sie ist davon überzeugt, daß mir die Decke auf den Kopf fallen würde. Und es ist ganz egal, was ich dagegen vorbringe: daß ich angeln oder mir einen Hund zulegen könnte. Meine Frau traut mir einfach nicht zu, daß ich mit freier Zeit etwas anfangen kann. Er lacht. Und dann sagt er plötzlich: Aber Sie. Sie sitzen einfach nur unter Ihrem Baum, was.
Wie es gerade kommt, sage ich.
Und Witt lacht noch einmal. Recht so!
Dann holt er Zigaretten vor. Es ist windstill, der Rauch steigt in einem senkrechten Faden. Über den Flußwiesen steht die Sonne.

Wir haben den Einbruch bei den Finklers aufgeklärt. Und auch den Mord an Ihren Nachbarn.
Witt überrascht mich damit.
Ja. Einbrecher und Mörder sind in Haft, für uns sind beide Fälle erledigt. Und er schlägt mit der Hand auf den Tisch. Es stecken weder Geheimdienste dahinter noch irgendwelche organisierten Banden. Es gibt keine Verbindung zwischen den beiden Fällen, und es gibt auch keine Verbindung zwischen Ihrer Kontaktanzeige und einem der Fälle.
Ich spüre die Wirkung aus den Worten des Kommissars. Witt sitzt da und nickt. Wenn so etwas wirklich zu Ende ist, ist die Erleichterung groß.
Ich nicke mit ihm. Dann sage ich, daß es mich freut. Für Kristina. Natürlich auch für ihre Eltern und die Kolonisten. Aber vor allem für Kristina, sage ich.
Sie mögen das Mädchen, was.
Anna hatte immer einen guten Draht zu ihr; Kristina hat ihr vertraut. Aber nach Annas Tod habe ich sie kaum noch gesehen. Erst jetzt kommen wir uns ein bißchen näher.
Witt sieht mich an. Wußten Sie, daß das Mädchen schon ein paarmal abgehauen ist?
Nein.
Und daß sie sich geritzt hat?
Ich nicke. Sie hat mir die Narben gezeigt.
Witt hat plötzlich tiefe Falten auf der Stirn. Tja, sagt er. Das ist eines der vielen Ergebnisse unserer Nachforschungen. Dann zuckt er mit den Schultern. Manchmal bleibt uns nichts erspart. Wir decken Hintergründe auf, die nichts mit einem Fall zu tun haben, und dringen bis in die intimen Bereiche unschuldiger Menschen vor. Dabei

sind wir nicht da, um massenhaft Informationen abzusaugen und Profile und Muster abzuspeichern. Wir sind die Polizei in einem Rechtsstaat und konstruieren keine Metaebenen, um die Grundrechte des einzelnen oder der Gesellschaft zu unseren Gunsten auszuhebeln. Wir sind keine Spitzel und keine Spanner, wir belügen nicht den einzelnen und auch nicht die ganze Welt, und ich sage Ihnen das, weil ich mir wünsche, daß Sie nicht etwas Falsches denken über mich oder meine Kollegen. Ich sage Ihnen das, weil ich fest daran glaube, daß meine Kollegen und ich trotz, nein: gerade wegen unseres Berufes eine Moral in uns haben, die persönliche Rechte und Werte allem anderen voranstellt. Und ich sage Ihnen das, weil es mir gefällt, mit Ihnen unter Ihrer Pappel zu sitzen; weil ich mit gutem Gewissen wiederkommen möchte.
Ich sehe ihn an, ich nicke.

Nachdem nun beide Fälle gelöst sind, sagt Witt, erscheinen sie aus unserer Sicht nachgerade klassisch. Die Täter kommen jeweils aus dem Umfeld der Opfer, sie konnten Zeit und Gelegenheit planen, und sie handelten jeweils – ganz egal, ob sie bei der Tat zurechnungsfähig waren oder nicht – aus einem uralten Motiv heraus.
Aber nicht jeder neue Fall löst sich am Ende so klassisch auf, und darum sind wir anfangs vorgegangen, wie wir oft vorgehen. Wie gesagt, wir haben in viele Richtungen gestochert und nachgehakt; wir haben konstruiert, Hypothesen aufgestellt und wieder eingerissen, und natürlich sind wir auch den Gerüchten nachgegangen. Wir haben zwei Banden unter die Lupe genommen, wir haben mit V-Männern gesprochen, wir haben beim LKA und beim BND nachgefragt, und Kollege Murken hat sich sogar

Ratschläge von Hackern und speedsüchtigen IT-Gurus geholt.
Und wir haben uns auch mit dem Einäugigen beschäftigt. Aber ehrlich gesagt, ganz schlau sind wir aus ihm nicht geworden. Eine Zeitlang hielten wir den Burschen für durchgeknallt, jetzt sind wir uns jedoch nicht mehr so sicher. Er tickt auf jeden Fall anders. Aber er hat mit keinem der beiden Fälle etwas zu tun.
Witt lacht plötzlich. Wissen Sie, was der Bursche beruflich macht?
Er ist Landvermesser.
Und Witt ist tatsächlich überrascht.
Dann sage ich: Sind Sie an sein Auge herangekommen?
Wären wir gerne. Vor allem Kollege Murken, der sich ja recht viel vorstellen kann. Prinzipiell, meint Murken, wäre so ein Computerauge wohl möglich. Aber der Einäugige hat uns nur ausgelacht. Anscheinend arbeitet er für die Amerikaner, irgendein richtig großes Unternehmen mit eigener Satellitenflotte, und Kollege Murken bekam einen Anruf von einem der Anwälte. Witt sieht mich an und macht eine hilflose Geste. Und dann sagt er: Woher wußten Sie, daß er Landvermesser ist?
Der Einäugige hat es einem Russen erzählt. Das heißt einem Ukrainer, und der hat es mir erzählt.
Sie haben Kontakt zu Ukrainern?
Ich bin einem begegnet.
Witt sieht mich an. Dann schlägt er mit der Hand auf den Tisch. Wie auch immer.
Er zündet sich eine Zigarette an, und durch den Rauch sagt er: Was den Mord an Ihren Nachbarn betrifft, so ist der Tatbestand eindeutig, die Täter sind gefaßt und geständig. Trotzdem gilt bis zur Verurteilung natürlich die

Unschuldsvermutung, und alles, was ich Ihnen jetzt sage, ist unter Vorbehalt. Auch wenn die hiesige Presse bereits ohne Einschränkung darüber berichtet. Witt sieht mich an.
Ich sage nichts.
Die Schwester Ihrer Nachbarin war es. Das heißt, sie war die treibende Kraft. Sie hat ihren Saufkumpan und Bettgenossen geschickt, angeblich, um verstecktes Geld aus dem Haus zu holen, das in Wirklichkeit ihr zustand. Angeblich ist die Situation aus dem Ruder gelaufen, als Ihre Nachbarn unverhofft von einer Feier zurückkehrten. Angeblich haben Ihre Nachbarn den Saufkumpan sofort angegriffen, und er mußte Angst um sein Leben haben. Aber wir wissen, daß er nicht ohne ist. Wie auch immer. Vor Gericht wird über den Mann entschieden. Und auch über die Frau.
Witt lacht. Die Frau kann übrigens ein ganz erstaunliches Selbstmitleid entwickeln. Sie ist von der Sorte, die noch das Allerletzte rechtfertigen. Und meist ist diese Sorte krankhaft egoistisch und hinterhältig. Aber machen Sie sich keine Sorgen.
Warum soll ich mir Sorgen machen?
Die Frau hat Ihnen etwas verkauft, was sie sich selber durch ein Verbrechen angeeignet hat.
Ich sehe den Kommissar an. Ich mache mir keine Sorgen.
Das Haus ist ja auch so gut wie weg, sagt er. Ihr Abrißkommando macht gute Arbeit.

Der Einbruch bei den Finklers, sagt Witt. Ebenso klassisch, und wir haben die Täter schließlich im Umfeld der Tochter ausgemacht. Zwei Burschen aus ihrer ehemaligen Clique mit einer lupenreinen Drogenkarriere. Stän-

dig drauf, ständig auf der Suche nach mehr, und niemand weiß, was in ihren Köpfen vorgeht. Sie haben das Finkler-Mädchen auf dem Schulhof heimlich wieder angefixt; ihr den Stoff in der Zigarette oder der Limo untergejubelt. Richtige Teufel, und dann haben sie einfach gewartet, bis das Mädchen mehr brauchte. Sie haben ihr mehr besorgt, sie haben ihr alles besorgt, und dann war es kein Problem mehr. Das Mädchen hat sie selber in das Haus gelassen, die Teufel haben sie mit Drogen vollgepumpt und die Bude auseinandergenommen. Daß sie am Ende nur ein paar Uhren, ein Laptop und jede Menge Nippes mitgehen ließen, erscheint aus polizeilicher Sicht zuerst rätselhaft. Aber wenn man einen Neurologen dazu befragt, sieht die Sache schon anders aus, und Kollege Murken und ich haben etwas gelernt über die Gehirne von Multikonsumenten: Viele Regionen so eines Gehirns sind schwer geschädigt, einige Bereiche sogar aufgelöst, und Verarbeitung und Koordination der Informationen, die ständig von außen kommen, funktionieren nur noch eingeschränkt oder gar nicht mehr. Bei vielen Multikonsumenten lösen sich Geist und Persönlichkeit auf, und die Reaktionen so eines Gehirns auf Anforderungen von außen werden unberechenbar. Und jenseits dessen, sagt Witt, was die Neurologen messen können, löst sich in einem Multikonsumenten wahrscheinlich noch viel mehr auf.
Die Seele, sage ich.
Ja, wahrscheinlich auch die Seele. Wenn diese Teufel denn je eine hatten. Nun, es ist, wie es ist, und am Ende fehlte wohl auch nicht viel, bis bei dem Finkler-Mädchen so einiges nicht mehr umkehrbar gewesen wäre. Aber ihr geht es inzwischen ganz gut, oder?
Ich glaube, sie ist auf einem guten Weg.

Witt nickt. Das wünsche ich ihr. Dann grinst er. Am Ende hat meine Frau recht: Wenn ich mich in keine Fälle mehr verbeißen kann, werde ich ihr den letzten Nerv rauben. Und dann sagt er plötzlich: Haben Sie noch etwas von dieser Tessa gehört?
Ich schweige.
Und Witt nickt wieder. Zündet sich noch eine Zigarette an und schaut hoch in den Baum. Erst nach einer Zeit sagt er: Wir Polizisten können uns ja nie auf das Zutrauen der anderen verlassen. Wir müssen zwischen einer unbeabsichtigten Wirkung harmloser Worte oder ihrem berechneten Mißbrauch unterscheiden. Wir müssen zwischen Lüge und Nichtgesagtem unterscheiden, wir müssen Räume und Schweigen ausloten und wissen dabei immer, daß hinter allem auch etwas stecken kann, was einem höheren Wert dient.
Er raucht und schaut wieder hoch in den Baum. Und dann sagt er: Verstehen Sie mich nicht falsch. Ich möchte Ihnen weder Lügen unterstellen, noch Sie zum Lügen anstiften. Und nach einer Zeit fragt er erneut: Haben Sie noch etwas von dieser Tessa gehört?
Sie sagen mir doch auch nicht alles.
Er lacht. Ich bin ja auch Polizist.

9

Das Haus ist entkernt, nur noch Fenster und Dielenboden sind da. Die Pfannen sind abgedeckt, die Dachhaut ist verschwunden, und nun stehen die Dreiecke der Sparren gegen den blauen Himmel.

Es ist ein Anlaß zum Feiern, sagen die Vettern und berufen sich auf die Zeremonien der deutschen Zünfte. Wenn es ein Aufrichtfest gibt, muß es auch ein Abrißfest geben. Walter, ruf deine Freunde an. Jeder ist willkommen, sagen sie, und am nächsten Tag höre ich, wie die Autos ihrer Familien vorfahren.

Abends feuern die Frauen den Grill an, und bald ziehen Bratgerüche über die Kolonie. Musik spielt, Flaschen klirren, und auf meiner Veranda klingt es, als würden die ehemaligen Nachbarn noch einmal feiern. Gespräche steigen auf, und als Jacko und ich schließlich hinübergehen, sind auch die Kolonisten da. Sie lachen, als hätten sie niemals getuschelt. Sie begutachten die Baustelle, sie nikken. Sie geben sich vertraut, sie klopfen den Vettern auf die Schulter oder zwacken eines der Kinder. Und mich empfangen sie, als wäre ich einer von ihnen. Als wäre ich ihnen niemals ehrlos, irre oder sonstwie erschienen.
Vielleicht haben die Kolonisten ihre Meinung aber auch tatsächlich geändert. Vielleicht sind sie mir sogar dankbar dafür, daß ich den Klan in die Kolonie gebracht habe. Daß plötzlich Lärm und Leben hier aufsteigen.

Tarkan und Ergün stellen mir ihren Onkel vor. Er sitzt im Rollstuhl; die Syphillis hat ihm das Rückenmark zerfressen, und nach dem letzten Schlaganfall leidet er unter einer spastischen Lähmung. Der Onkel zuckt, und es dauert, bis er mir seine Hand reichen kann. Aber er lacht, und seine Augen glänzen.
Auch die Söhne von Tarkan und Ergün sind da. Sie stehen nach vorne gebeugt über einer Musikanlage, sie schnippen mit den Fingern, sie haben Kopfhörer aufgesetzt. Jungs,

sage ich, doch sie hören mich nicht. Erst als ich winke, grinsen sie. Und dann schlagen sie ein in meine Hand.

Tessa hat nicht abgenommen; ich konnte aber eine Nachricht hinterlassen. Meine Freunde haben abgesagt. Im Urlaub vielleicht, haben sie gesagt, aber im Alltag sind sie nicht mehr so spontan.
Als dann plötzlich Nicole vor mir steht, bin ich überrascht. Sie lächelt, ihr Körper ist warm, und sie riecht gut. Sie ist nur auf einen Sprung hier; sie hat Kristina gebracht. Und tatsächlich steht nun auch Kristina vor mir. Sie hat sich das lange Haar abschneiden lassen, und es wirkt wild, als steckte noch das Schonerleben darin. Sie trägt Jeans und einen geringelten Pulli. Ihre Haut ist braun, ihr Körper verströmt frische Kraft und Weiblichkeit. Auch Jacko scheint sich zu freuen. Er steht bei ihr, läßt sich streicheln und wedelt mit dem Schwanz.
Nicole verabschiedet sich so plötzlich, wie sie gekommen ist. Sorry, sagt sie, und daß sie die Fahrt hierher dazwischengeschoben hat, weil Kristina unbedingt kommen wollte. Du kümmerst dich um sie, Walter. Und später setzt du sie in ein Taxi, und Kristina ruft mich an, sobald sie losfährt.
Kristina ist erwachsen.
Walter. Ich möchte, daß ihr es so macht, wie ich sage.
Ich grinse. Zum Abschied nehme ich sie in den Arm. Grüß Fredi.
Sie sticht mir einen Finger in die Brust. Und du paßt auf, daß sie später anruft.

Kristina sieht ihrer Mutter hinterher. Dann bietet sie mir Häppchen von ihrem Teller an.

Du siehst gut aus. Beinah wie ein anderer Mensch.
Sie lächelt. Die Zeit auf dem Schoner hat etwas in mir bewirkt. Und dann sagt sie: Bullshit! Das war die beste Zeit in meinem Leben. Ich habe etwas über Ziele gelernt, und sie spricht über Struktur und Disziplin und darüber, daß die Verantwortung im Alltag immer mit der Verantwortung für sich selber beginnt. Und weißt du, was der Superbringer für mich war? Daß ich mich selbst gespürt habe. Auf einem Schiff, sagt sie, kann man sich keine Achtlosigkeit erlauben, und sie erzählt mir, wie sie in der endlosen Weite zwischen Himmel und Meer zum ersten Mal erfahren hat, tatsächlich bei sich zu sein: ein tiefer Kontakt, sagt sie, und eine Verbindung zu der ganzen Welt. Etwas Ursprüngliches, sagt sie, und dabei hat sich ihr offenbart, daß sie selbst Bestandteil dieser ursprünglichen Welt ist. Daß sie daraus Vertrauen schöpfen kann, und sie hat nun auch eine Vorstellung davon, wie ich mich unter meinem Baum fühle. Wie du in der Welt sitzt, sagt sie, und wie nichts und niemand dir diese Welt nehmen kann. Egal, wie scheiße es um dich herum ist.

Ich lege einen Arm um sie, und wir essen gemeinsam den Teller leer. Dann zieht sie mit Jacko unter die Leute. Ich habe nicht das Gefühl, daß ich mich um sie kümmern muß.

Ich stehe mit Tarkan und Ergün am Grill. Einer von ihnen wendet Auberginen, der andere bereitet diskret ein Haschpfeifchen zu. Ich schaue sie fragend an.
Sie grinsen. Keine Sorge, Walter. Dann nicken sie hin zu ihrem Onkel. Er hat nie Alkohol getrunken, doch nun raten ihm die deutschen Ärzte dazu. Sie behaupten, daß

Alkohol seine Muskeln weicher macht, daß Alkohol ihn entspannt, und wenn er ab und zu ein bißchen Kontrolle haben will, soll er sich einen Schwips antrinken.
Wir sind mit dem Onkel zu einem Landsmann gefahren. Er hat einen guten Ruf, und es war nicht leicht, einen Termin zu bekommen. Und dieser Arzt hat bestätigt, was die deutschen Ärzte gesagt haben. Aber noch besser als Alkohol, hat der Landsmann gesagt, ist für den Onkel Haschisch.
Sie grinsen wieder. Später will der Onkel mit dir tanzen.

Kristina steht bei den Jungs. Sie flippen durch die CDs, sie setzen abwechselnd einen Kopfhörer auf, sie lachen. Ich kann wieder sehen, wie die Zeit auf dem Schoner Kristina verändert hat. Sie ist eine Frau geworden, auch ihr neuer Haarschnitt läßt sie reifer erscheinen.
Die Musik klingt ziemlich modern.
Die Vettern tanzen mit ihren Frauen, die Kolonisten trinken Bier und Schnaps, einige klatschen zu den elektronischen Tönen. Ich stelle mich zu ihnen. Später kommt Kristina zu mir. Tanzen wir? sagt sie, und auf ein Zeichen von ihr wechselt die Musik und Morning Has Broken erklingt.

Wir hören Simon and Garfunkel, die Beatles. Ich habe seit Annas Tod nicht mehr getanzt, und nun fühle ich mich fast wie damals. Wir lassen die Musik in uns hinein, wir verwandeln sie. Wir sind da, und das Leben ist schön. Um uns herum tanzen die Vettern und ihre Frauen, der Mond geht auf, ich spüre den Schweiß unter meinen Kleidern. Ich spüre Kristina, ich sehe ihr Lachen. Die Jungs fahren ein Lied herunter und das nächste hoch,

Billie-Jean, Rock It, schnelle Beats und elektronisch verzerrte Stimmen, die Jungs fahren mit der Musik durch die Epochen, und im Tanz löst sich alle Zeit auf. Kristinas Zähne blitzen, der Onkel wiegt sich, er zuckt und sabbert, und seine Augen leuchten. Die Vettern schwitzen, ihre Frauen schwitzen, und dann ist plötzlich Tessa da. Sie lacht und sie tanzt, als wäre sie schon den ganzen Abend hier. Und ich lache mit ihr: der Mann, der glücklich ist. Die Musik steigt auf, sie fällt aus dem weiten Raum wieder herab. Der Mond leuchtet, und die Jungs stehen über der Anlage.

Die Nacht ist mild, die Vettern haben Fackeln aufgestellt. Wir schwitzen, wir plaudern; der Onkel schnalzt, manchmal ziehen wir Schleifen und Pirouetten mit ihm. Und mit den ausgelassenen Gesichtern steigert sich jeder Augenblick; so wie damals, wenn Anna und ich auf einer Feier waren.

Kristina und Tessa bleiben bis zum Schluß. Ich beziehe mein Bett für sie. Ich frage Kristina nicht, ob sie ihrer Mutter Bescheid gegeben hat.
Jacko rollt sich neben mir zusammen, wir schlafen unter der Pappel. Zwischen den Blättern glitzert die Milchstraße, eine Sternschnuppe fällt in den Horizont. Noch in der Dunkelheit beginnt eine Lerche zu singen. Jacko bewegt sich im Traum, manchmal japst er und winselt. Ich ziehe die Decke höher. Ich rieche die Feuchtigkeit aus den Flußwiesen.

Am Morgen kommen Wolken auf. Sie erscheinen weich und fließen wie graue Wellen dahin. Wir frühstücken auf

der Veranda. Ein Reiher fliegt vorbei, Enten quaken. Keiner von uns spricht viel. In den Augen der Frauen sehe ich, wie sich nächtliche Stille und Fernsein langsam auflösen und die Tageswelt behutsam in sie eindringt.
Nach dem Frühstück holt Kristina ein Paket mit Tabak hervor und dreht sich mühelos eine Zigarette. Anscheinend hat sie es auf dem Schoner gelernt.

Es war noch nie so lebhaft und laut in meinem Haus. Beim Abwasch reden die Frauen ohne Unterlaß, sie lachen und kichern, und aus ihren Erzählungen kann ich heraushören, daß sie einander bereits viel von sich erzählt haben. Kristina zeigt uns, wie ihre Mutter hüftschwingend über den Walk of Fame spaziert ist oder wie sie auf dem Shakira-Konzert zum Tier geworden ist. Sie erzählt davon, wie ihr eigenes Leben schon von Anfang an so supergut in den Köpfen ihrer Eltern festgelegt war, und obwohl sie in Wirklichkeit darunter gelitten hat, klingen ihre Worte nun leicht und lustig.
Auch Tessas Worte klingen so. Unsere Eltern waren tot, bevor sie gestorben sind, sagt sie. Unsere Eltern waren selbstverliebte Arschlöcher, und wenn sie jemals mit uns in ein Konzert gegangen wären, hätten sie uns dort einfach vergessen. Aber sie waren tierlieb, sagt Tessa. Na ja, auf ihre selbstverliebte Art, und so legten sie sich dann zwei Katzen zu. Sie nannten sie Demokrit und Einstein, und das war der einzige Grund, warum sie die Katzen hatten: damit sie jederzeit Demokrit und Einstein rufen konnten.
Aber es ging nach hinten los, Demokrit und Einstein hörten nicht auf ihre Namen und stritten sich ständig. Sie jagten einander, sie kämpften und nahmen keine Rück-

sicht auf die Wohnung. Anstatt sie aber zu trennen oder wegzugeben, versuchten meine Eltern es mit anderen Namen. Die Katzen hießen plötzlich Buddha und Jesus, doch auch darauf hörten sie nicht, und die neuen Namen machten sie auch nicht friedlicher. Im Gegenteil, Buddha und Jesus wurden rollig und boshaft. Sie zerkratzten alles, sie pissten überall hin, und unsere Eltern bestellten regelmäßig die Handwerker.
Eines Tages trieben die Katzen es so toll, daß einer der Handwerker von der Leiter stürzte. Er tat sich nichts, aber er verfluchte Buddha und Jesus; er rief, daß sie besser Stalin und Hitler heißen sollten, und die anderen Handwerker lachten. Sie riefen Stalin, sie riefen Hitler, und die Katzen kamen und schnurrten.
Unsere Eltern waren entsetzt.
Doch es gab nichts daran zu rütteln: Sobald man sie Stalin und Hitler rief, waren die Katzen friedlich und sanft. Unsere Eltern brachten sie in ein Tierheim und kamen mit einem Aquarium zurück. Und wenn sie Besuch empfingen, stellten sie den Gästen zuerst die Fische vor. Das ist Kepler, das ist Sokrates, und weil sie sich kaum um die Fische kümmerten, mußten sie immer wieder neue kaufen; und so nahmen die großen Namen in unserem Haus kein Ende.
Das Lachen erfüllt mein ganzes Haus.
Nach dem Abwasch fegen wir, Kristina legt eine frische Tischdecke auf, und später kommen die beiden mit einem leuchtenden Strauß aus den Flußwiesen zurück.

Wir sitzen auf der Veranda. Es ist windstill, der Himmel ist weiterhin gewellt, weich und grau. Manchmal fällt ein Sonnenstrahl durch, und Mücken tanzen in dem Licht.

Als ihr Handy klingelt, zuckt Kristina einmal zusammen. Dann holt sie den Tabak hervor.
Ich sehe ihr dabei zu. Hast du es auf dem Schoner gelernt?
Sie nickt. Und dann sagt sie, daß der Schoner in Wirklichkeit eine Zweimastschonerbrigg war. Und daß man Schoner, Brigg oder Bark anhand ihrer verschiedenen Takelung unterscheidet. Ihr Schiff war vollgetakelt, es hatte ein Bugspriet mit Klüversegeln und einen Fockmast mit Rahsegeln. Über die Wanten konnte man auf die Rahen hochklettern, und im Auf und Ab des Bugspriets, in der Gischt stand man wie auf dem Gipfel der Welt.
Ich sehe sie an. Wie geht es denn jetzt mit deinen Eltern?
Kristina zuckt mit den Schultern. Wie gesagt, diese sechs Wochen haben etwas mit mir gemacht. Vielleicht sollten die beiden auch einmal auf so einen Schoner.
Ich nicke. Dann sage ich: Machen sie dir Vorwürfe wegen des Einbruchs?
Bislang nicht.
Und was willst du jetzt machen?
Keine Ahnung. Sie lacht. Aber auf keinen Fall Pläne für die Zukunft. Davon hatte ich in meinem Leben genug.
Vielleicht brauchst du erst einmal Zeit für dich.
Sie nickt.
Auch bei mir hat es gedauert. Aber irgendwann kannst du umsetzen, was du auf dem Schoner für dich gelernt hast.
Sie lächelt. Ich wünschte, meine Eltern würden so denken. Aber sie haben noch immer ihre festen Vorstellungen.
Tessa kichert. Sie haben Angst um dich.
Bullshit. Die haben Angst um sich selber. Um all die superguten Entwürfe, die sie für mich aufgestellt haben.

Und Tessa kichert wieder. Ein Leben ohne Angst ist kein Leben mehr. Angst ist Treibstoff, kriecht in alle Ritzen, steigt wie ein Hauch empor und liegt wie eine Wolke über der Welt. Und dann springt sie plötzlich auf. Hejo! ruft sie. Und: O Himmel blau, o strahlendes Azur! Enormer Wind die Segel bläh!

Das Handy schlägt erneut an. Kristina schaut einmal auf das Display, drückt den Anruf weg und dreht sich eine Zigarette.
Wir haben so viel auf der Brigg gelernt, sagt sie. Jeder etwas für sich und alle zusammen. Keiner ist so von Bord gegangen, wie er gekommen ist. Sie versucht zu lächeln. Mal sehen, was ich daraus machen kann.
Ich sage: Wahrscheinlich macht sich deine Mutter Sorgen. Warum sagst du ihr nicht, wie es ist? Daß du hier bist, daß es dir gut geht?
Sie verdreht einmal die Augen. Raucht, schaut Tessa an und verschickt schließlich eine Nachricht. Zufrieden? sagt sie.
Es geht nicht um mich.
Sie raucht, und schließlich nickt sie. Und dann sagt sie: Einer war dabei, der hieß Benny. Ein lustiger Dikker, und zuerst konnten wir es gar nicht glauben, daß er wegen seiner Depressionen an Bord war. Scheiße, aber dann sprang er eines Tages, und wenn der Bootsmann es nicht zufällig mitgekriegt hätte, wäre Bennys Plan voll aufgegangen. Und was glaubt ihr wohl, wie verdammt klein ein Mensch plötzlich wird, wenn er da ganz alleine im Meer ist. Doch der Bootsmann war auf Zack; er hat eine Boje geworfen, das Dingi klargemacht, den Matrosen draufgesetzt, und dann rief er zu uns: Klar zum Wen-

den! Aber wir hatten doch von Tuten und Blasen keine Ahnung, wir waren Landratten, und jeder von uns hatte sein Päckchen mit an Bord gebracht. Doch daran dachten wir nicht mehr und taten, was der Bootsmann uns sagte. Jeder wußte plötzlich, was auf dem Spiel stand, und bald spürten wir, wie die Brigg Fahrt aufnahm.
Der Bootsmann rief: Hart über das Ruder!, und wir legten das Ruder nach Luv, warfen die Klüverschoten los, holten den Besan zum Anluven und brachten die Brigg mit dem Bug voran in den Wind. Der Wind in den Vorsegeln hat uns zurückgedrückt, und die Brigg ist abgefallen, bis sich die Großmastsegel wieder füllten. Dann rief der Bootsmann, Vortopp rund!, und wir trimmten die Segel am Wind, nahmen wieder Fahrt auf, und als wir das Dingi erreichten, hatte der Matrose den dicken Benny schon am Kanthaken. Das war so ein verdammtes Gefühl, versteht ihr. Als hätten wir alles Glück dieser Erde gefressen, und erst später haben wir die Blasen und den Schmerz gespürt. Und dann begriffen wir auch langsam, was wir da eigentlich geleistet hatten. Was es bedeutet, daß sich einer auf den anderen verlassen muß, was Verantwortung bedeutet. Sie sieht uns an. Schließlich hat ein Rettungskreuzer den dicken Benny übernommen. Aber es hat nichts genutzt. Vor einigen Tagen habe ich erfahren, daß er aus dem Krankenhaus abgehauen ist und sich vor einen Zug geworfen hat.
Scheiße, sagt Tessa.
Benny war nett. Wir mochten ihn alle. Sie macht eine hilflose Bewegung mit den Händen. Er ließ sich nichts anmerken. Doch gerade das war wohl eine zu große Anstrengung für ihn. Dann schaut sie mich an. Ob Anna auch Depressionen hatte?

Was?
Warum hat sie es denn sonst getan, Walter?
Anna hatte keine Depressionen.
Das hätte ich über Benny auch gesagt. Er schien so lustig, mit ihm war alles so einfach und unbeschwert.

Tessa hat das rote Auto vor meinem Haus geparkt. Als sie die Tür öffnet, stößt Jacko zu ihr. Er kläfft und wartet anscheinend darauf, daß sie den Sitz vorklappt. Sie nimmt seinen dicken Kopf in ihre Hände.

Kristina sagt: Es ist schön bei dir. Und ich kann jetzt gut verstehen, warum du keinen anderen Baum willst.
Ich nicke. Der Mord ist ja nun auch aufgeklärt, und eine Zeitlang wird es hier wohl wieder friedlich sein. Aber keine Ahnung, was passiert, wenn in den Flußwiesen gefrackt wird.
Warum verbündest du dich nicht mit den Leuten aus dem Dorf?
Ich zucke mit den Schultern.
Auf der Brigg hatten wir auch Ziele. Jeder für sich und alle zusammen.
Ich nehme sie in den Arm. Besuchst du mich wieder?
Was denkst du denn!, und dann spüre ich noch einmal ihre frische Kraft.
Die Türen schlagen zu, der Motor startet. Das rote Auto wendet auf dem Schotter. Es knirscht, die Frauen winken und werfen mir einen Kuß zu. Jacko läuft ihnen kläffend hinterher.

10

Bislang schien die Zerlegung beinah wie eine Sommerfrische. Wenn die Vettern morgens den Grill anfeuerten, stieg der Rauch in einer schlanken Säule, beim Frühstück stand die Sonne bereits über den Flußwiesen, und Stimmen und Arbeitsgeräusche dehnten sich aus in der warmen Luft.

In der neuen Woche aber scheint alles Sommergefühl wie abgeschnitten; es ist plötzlich kühl geworden, der Himmel hängt tief, und ständig nieselt es. Die Vettern haben eine Plane über den Grillplatz gespannt, und wenn der Rauch aufsteigt, ist er dicht und schwer und unterzieht bald die ganze Kolonie. Überall tropft es, alles scheint aufzuweichen, doch die Vettern arbeiten weiter. Sie bauen den Dachstuhl ab und laden Balken und Sparren in die Transporter, sie tragen den Schornstein ab, und wenn ich ihnen begegne, grinsen sie. Was, Walter. Das Wetter könnte schlechter sein.

Tarkan und Ergün bringen regelmäßig große Schalen mit Essen, und manchmal sind auch ihre Jungs dabei. Die Jungs zeigen mir schließlich, warum es so naß und kühl ist. Sie haben ein Satellitenbild auf ihrem Smartphone und sagen, daß wir zwischen einem Atlantiktief und einem Rußlandhoch liegen. Sie animieren den kleinen Bildschirm, und ich kann sehen, wie Tief- und Hochdrucklinien sich verschieben. Wie das eine Gebiet sich gegen das andere bläht, wie Keile austreiben und Buchten entstehen, und die Jungs ziehen mit ihren Fingern über den Bildschirm. Als würden sie über der ganzen Welt sitzen, und so lassen sie den Atlantik und Rußland verschwin-

den. Fahren mühelos aus der Höhe hinab, stehen über Skandinavien, stehen über Großbritannien, und irgendwo dazwischen ahne ich die Flußwiesen. Dann sehe ich, wie Dänemark verschwindet, wie Holland verschwindet und wie die neuen Umrisse immer schärfer werden. Der Nordwesten erscheint, ich erkenne die Inseln, die Küstenlinie und sogar das Watt. Die Jungs fahren tiefer, ziehen bald über den Jadebusen hinweg, über die Rechtecke von Marsch und Ackerland, und dann sehe ich das Netzwerk der Straßen. Ortschaften tauchen auf und verschwinden wieder, Wälder vergrößern sich, der Fluß erscheint, und weiter ostwärts dann die Stadt mit Marktplatz und Dom. Und die Jungs sitzen über dieser Welt und steuern sie mit ihren Fingern; sie machen ein Sandkorn aus ihr, und sie blähen dieses Sandkorn wieder auf. Sie lassen die Kolonie erscheinen, und wie in einem Mikroskop kommen Rabatten und Gemüsebeete immer näher. Schließlich erstarrt das Bild, und in ihren Händen ahne ich das Haus meiner Nachbarn.
Ich habe so etwas noch nie gesehen, doch die Jungs winken ab.
Das hier ist doch Schrott von gestern, sagen sie. Guck, das Haus hat noch ein Dach. Und hier, sagen sie, die beiden. Das müßten deine Nachbarn sein. Quicklebendig, wie sie am Grill stehen.
Auch ich kann die beiden Menschen jetzt erkennen. Ihre Köpfe aus der Höhe und ihre Arme über dem rauchenden Grill. Es könnten tatsächlich meine Nachbarn sein; ein seltsamer Blick in die Vergangenheit.
Ich sage: Könnt ihr die Zeit nicht vorspulen?
Die Jungs sehen mich an. Dann verstehen sie mich.
Nicht mit dieser Schrottechnik, sagen sie, und selbst

wenn sie mit ihren PCs rangingen, wäre in den Aufnahmen wahrscheinlich nichts zum Tathergang zu sehen. Die Satelliten, sagen sie, fliegen auf einer Umlaufbahn und machen über der Kolonie keine 24-Stunden-Überwachung.
Dann grinsen sie. Wir haben uns einmal in so einen Satelliten eingeklinkt.
Wie?
Getarnt und durch die Hintertür. Die Jungs sitzen lässig da.
Und dann?
Wir haben das Kommando übernommen. Würden wir es von hier aus noch einmal machen, könnten wir uns jetzt zuwinken. Verstehst du? Das ist echt abgefahren, Alter.
Ich sehe die Jungs an. Wir könnten uns aus dem Weltraum dabei zusehen, wie wir uns zuwinken?
Na klar. Was denkst du denn.
Ich schüttele den Kopf, und die Jungs sitzen immer noch lässig da und grinsen. Sie sind in einem großspurigen Alter. Ich weiß nicht, ob sie sich tatsächlich in einen Satelliten eingeklinkt haben. Ob so etwas überhaupt möglich ist.
Und wie wird das Wetter? sage ich.
Das Wetter? Dann lachen sie. Die neue Welt geht dir am Arsch vorbei, was.
Ich lache mit ihnen. Wenn das so einfach wäre.
Das Rußlandhoch wird das Regentief verdrängen, sagen sie schließlich. Ist doch klar.
Ist klar, sage ich. Und dann: Könnt ihr den Baum zoomen?
Der eine weiß sofort, was ich meine. Und dann sitzen wir und schauen von oben auf die Pappel.

Die Jungs haben tatsächlich recht gehabt. In einer Nacht glitzern plötzlich Sterne durch, und am nächsten Morgen sind tiefer Himmel und Nieselregen verschwunden. Die weichen Schatten auf der Wand sind länger geworden, durch das Fenster fällt weiter Raum. Der Gesang der Vögel steigt so klar gegen den Himmel wie die Rauchsäule über dem Grillplatz. Und wenn ich den ersten Kaffee unter der Pappel trinke, höre ich Pfeifen und Lachen der Vettern. Manchmal läßt Jacko sich von ihnen anstecken, und dann jachtert er, bis ihm die Zunge heraushängt und sein Atem in hellen Wölkchen verdampft. Das Rußlandhoch hat frische Luft mitgebracht, und erst zum Vormittag steigen Wärme und reife Gerüche aus dem Land.

Wir nehmen einen schmalen, von Wildtieren getretenen Pfad. Das Rascheln der Schilfgräser ist härter geworden, Libellen stehen in der Luft. Aus dem Dickicht kommt der scharfe Ruf eines Sumpfhuhns, etwas später steigt das Kichern einer Schnepfe auf. Jacko ist unruhig, und ich halte ihn an der Leine. Der Fluß schimmert golden durch die Erlen. Ich wische mir Schweiß und Insekten aus dem Gesicht. Jacko zieht und hechelt, und als wir die kleine Ausbuchtung erreichen, kann ich ihn kaum noch halten. Eine Ente löst sich mit einem einzigen Flügelschlag aus dem Fluß, doch Jacko interessiert sich nicht für sie. Er führt mich direkt auf eine Spur; die Tritte sind deutlich im Uferboden abgedrückt. Sie sehen frisch aus, der Wolf war erst vor kurzem hier.

Auch am nächsten Tag sind wir wieder unterwegs. Unter den Schönwetterwolken segeln Jungstörche, wahrscheinlich sind ihre Alten bereits abgezogen. Schwalben sam-

meln sich, Spinnennetze leuchten, und ich kann spüren, wie Land und Himmel in mich hineinströmen.
Wir rasten bei den Stromschnellen; unter der Uferkante ist es windstill und warm. Das Wasser umzieht die großen Steine wie eine silberne Haut, es steht wie ein gebündelter Strahl in der Luft, es schlägt ein, schäumt, perlt und strudelt, und mit der Gischt steigen kleine Regenbogen auf.
Jacko schnüffelt bei der Feuerstelle, wo Viktor und ich die Kaninchen gebraten haben. Dann läuft er aufwärts und findet eine seichte Stelle im Fluß.

Mit der Dämmerung schwingen die Töne der Grillen auf und ab; Frösche rufen noch, und wenn ein Wind durch die Pappel streift, wird der Rhythmus dicht und vielschichtig. Im Nachtlicht steht die Pappel dann wie versilbert; ich spüre die Mondreflexe, die Sterne dahinter, und dann kann ich mich selbst unter dem Baum sitzen sehen. Bilder wie aus den Smartphones der Jungs. Und auch im Bett hören diese Bilder nicht auf. Ich sehe, wie ich mir selber aus der Höhe zuwinke; bald sind es die Jungs, die mir von unten zuwinken, bald Kristina und Tessa. Und dann sitze ich selber wieder da, winke nach oben, und aus der Höhe winkt mir Anna zurück. Anna. Nein, sie hatte keine Depressionen.

Das Haus ist nur noch ein Skelett. Der Schornstein ist verschwunden, die Vettern haben Fensterrahmen und Türen herausgenommen, den Putz abgeschlagen, und nun lösen sie den Mauersteinverband auf. Die Steine sind alt und von außerordentlicher Qualität, und die Vettern glauben, daß das Haus aus einer Kriegsruine erbaut wurde. Ein stattliches Postamt oder eine Villa, sagen sie und freuen sich über die Steine.

Der Wind hat gedreht, die Schönwetterwolken segeln nach Osten zurück, und die Jungs zeigen mir, wie sich Atlantiktief und Rußlandhoch verschoben haben. Deutschland liegt nun in einer Art Korridor, mit einer Direktverbindung nach Marokko. Zum Sommerende, sagen die Jungs, wird es noch einmal ordentlich warm werden.
Ich schaue sie an. Ich nicke, ich grinse. Und dann sage ich: Könnt ihr euch nicht noch einmal in so einen Satelliten klinken? Ich würde zu gerne erfahren, was für ein Gefühl es ist, wenn ich mir aus der Umlaufbahn dabei zusehe, wie ich mir zuwinke.
Die Jungs lachen. Alter, sagen sie. Und dann: Das ist nicht so einfach, wie du es dir vielleicht vorstellst. Na klar, im Netz ist alles mit allem verbunden, und theoretisch kann man natürlich überall hinkommen. Aber praktisch hinterläßt man auch überall seine Spuren, egal, wie gut man sich tarnt. Und darum gibt es viele Wege nur ein Mal, Mann. Wir können uns nicht mal eben hokuspokus in einen Satelliten klinken.
Wie habt ihr es denn damals gemacht?
Sie grinsen und schweigen.
Kann das jeder?
Im Netz kann jeder alles machen. Eigentlich. Das ist wie im Wilden Westen. Es gibt keine Gesetze dafür, wie etwas sein oder wie es geschehen soll. Es geht eigentlich nur darum, besser zu sein als die anderen. Und besser ist immer das, was einen selber zu einem Ziel führt. Scheißegal wie. Gut und böse gibt es nicht. Jeder macht, was er kann. Jeder nimmt sich, was er kann; die großen Compu-

terkonzerne, die Geheimdienste, du oder wir. Und wenn man sich nicht erwischen läßt, kann sowieso keiner etwas dagegen tun. Das ist Wildwest, Mann.
Die Jungs stehen lässig da.
Ich sage: Und diese QR-Codes? Kommt man damit in fremde Computer?
Wenn sie einmal eingescannt sind, sind sie drin.
Ich meine, kann man mit ihnen einen Supervirus übertragen?
Die Jungs sehen mich an. Wie gesagt, heute ist doch alles mit allem vernetzt. Nichts funktioniert mehr ohne Computer, und die Schlupflöcher sind überall. Wenn du weißt, wie es funktioniert, kannst du aus jedem Rechner einen Zombie machen.
Zombie?
Einen Rechner infizieren und so umprogrammieren, daß er alles tut, was du ihm befiehlst. Man kann sich in den Rechner einer Kirche hacken und die Glocken anschmeißen. Man kann Autos lahmlegen oder den Zugverkehr; eine ganze Stadt, Wasser, Strom, alles. Und wenn man will, kann man sogar die Flugzeuge vom Himmel holen. Oder man klinkt sich ein in einen Satelliten; man guckt zu, was die anderen ausspionieren, und wenn man richtig cool ist, läßt man sie dabei zugucken, wie man ihnen zuguckt. Die Jungs grinsen wieder. Einfach ist es aber nicht. Und wie gesagt, die meisten Wege gibt es nur ein Mal. Dann zucken sie mit den Schultern. Sorry, Mann. Aber so mir nichts, dir nichts können wir für dich keinen Satelliten knacken.
Ich nicke. Dann sage ich: Und ihr?
Was ist mit uns?
Wenn ihr überall hinkommen könnt, hinterlaßt ihr doch

auch Spuren. Und dann kann doch auch jeder sehen, was ihr so treibt. Mit wem ihr euch vernetzt. Profile und Muster erstellen, so etwas.
Die Jungs lachen. Wir sind doch nicht so ein Oberschaf wie die Kanzlerin.
Und dann lache ich mit ihnen. Würde die Kanzlerin mit mir unter der Pappel sitzen, hätten die Geheimdienste bald nichts mehr zu tun.

Die Jungs behalten mit ihrer Vorhersage auch dieses Mal recht. Vielleicht klinken sie sich auch in verschiedene Wettersatelliten ein und ziehen aus den Daten ihre eigenen Schlüsse. Auf jeden Fall wird es zum Ende des Sommers noch einmal warm, und morgens kann ich über den Flußwiesen sehen, wie sich der Bodennebel in den langen Sonnenstrahlen rot färbt. Erste Gänse ziehen, und wenn eine Brise in den Garten fällt, zittern die violetten Blütenköpfe der Disteln. In der Kolonie leuchten Vogelbeeren und Sonnenblumen, der Klatschmohn an den Wegrändern ist bereits verblüht. Auf den Leitungen zwischen den Holzmasten sitzen jeden Abend die Schwalben, und mit dem Sonnenuntergang flammen die Spinnennetze in den Flußwiesen auf. Bald zucken Fledermäuse durch die Dämmerung, und am Nachthimmel kann ich sehen, daß die schönen Plejaden zurückkehren.

Herbst

1

Wenn ich morgens die Tür zur Veranda öffne, stößt Wind in die Küche. Draußen zerstäubt der Dampf aus dem Kaffeebecher, Wolken und Krähen treiben über die Flußwiesen hinweg. Das Land ist abgekühlt; erdige Gerüche brechen auf, Spuren noch von Fülle und Reife, und das Rascheln der Pappel ist hart geworden. Saftigkeit und Leben ziehen sich zurück, jeder Windstoß macht den Baum kahler; die Blätter taumeln, und ihre Farben leuchten ein letztes Mal gegen den Horizont.

Ich sehe den Linien und Keilen der Gänse hinterher. Einige scheinen nach Norden zu ziehen, andere nach Süden, und immer sind es laut schnatternde Trupps.
Auch die Kraniche sind schon aus der Ferne zu hören; aber sie fliegen noch nicht in Formation. Tagsüber suchen sie die Stoppelfelder auf und mit der Dämmerung die alten Torfstiche oder das Moor. Ich weiß, wo sie ihre Rastplätze für die Nacht haben, und in den letzten Jahren bin ich immer dort gewesen. Habe zugesehen, wie die ersten Trupps noch vor dem Sonnenuntergang eintrafen; wie in der Abendröte immer mehr heransegelten, wie sie tanzten und mit den Flügeln schlugen und wie schließlich Hunderte von ihnen im körnigen Zwielicht verschmolzen, bis zuletzt nur noch ihre Trompetenstöße unter den Sternen waren.
Und dann, von einem auf den anderen Tag, brechen sie alle auf in ihre Winterquartiere. Ich weiß nicht, wie sie diesen Tag bestimmen; in einem Jahr bleiben sie bis in den Frost hier, in einem anderen nicht.

Die Kolonie sieht verlassen aus; Fensterläden sind geschlossen, und über die Beete weht feuchtes Laub.
In der neuen Woche nimmt der Wind noch zu; manchmal stürmt es, die Bäume schwanken, und die Flußwiesen werden niedergedrückt. Auch der Himmel ist in ständiger Bewegung, und wenn eine Böe in meinen Schornstein fällt, stößt der Rauch durch das ganze Haus.

Jacko steht vorne und kläfft. Dann kommt er mit dem Kommissar zurück.
Was für eine Überraschung. Herr Witt.
Er grinst. Eigentlich habe ich ja schon Feierabend.
Sie sind dienstlich hier?
Er macht eine hilflose Geste. Es geht noch einmal um diese Tessa.
Ich sage nichts dazu. Kaffee?
Warum nicht.
Wir sitzen draußen.
Unlängst haben meine Frau und ich einen Spaziergang in der Gegend gemacht, sagt er. Die Farben waren so schön. Und über den Wiesen haben wir Spinnweben gesehen. Wie Wellen auf einem See, sagt er.
Ich nicke.
Und zum Sonnenuntergang haben wir Stare gesehen. Sie fanden sich in großen Schwärmen zusammen; sie flogen Kreise und Wendungen, und manchmal sah es aus, als würde ein Schwarm durch einen anderen hindurchfliegen. Aber jetzt sind sie wohl weg, was?
Ich nicke.
Und Witt schaut, als könne er sie in der Ferne doch noch ausmachen. Dann zeigt er nach nebenan. Ihre Leute haben gründlich gearbeitet.

Ja. Sie haben alles mitgenommen. Nichts ist mehr da.
Und jetzt?
Mal sehen. Vielleicht wachsen die Flußwiesen hoch. Vielleicht werde ich einen Baum pflanzen oder einen kleinen Aussichtsturm bauen.
Witt lächelt und zündet sich eine Zigarette an. Dann schlägt er mit der Hand auf den Tisch. Ich sage Ihnen einmal, wie es ist. Und dann sagen Sie mir, was Sie sagen wollen. Ist das in Ordnung?
Ich nicke.
Es geht um Cyberkriminalität. Um illegales Eindringen in fremde Computer; um Datenklau und Manipulation. Es geht um eine junge Frau und einen QR-Code. Wir wissen nicht, wie die junge Frau Kontakt zu ihren Opfern herstellt. Aber jedes Opfer hatte so einen Code von ihr eingescannt. Witt sieht mich an.
Ich sage: Wurden die Konten geplündert?
Witt zuckt mit den Schultern. Wir glauben, daß es gar nicht darum geht. Wir glauben, daß dieser Code nur eine Art Vorstufe ist.
Ein Experiment?
Wenn Sie so wollen. Wir glauben, daß da jemand an einem hochgefährlichen Virus arbeitet.
Einem Supervirus?
Wenn Sie so wollen.
Und was könnte dieser Supervirus anrichten?
Wir wissen es nicht. Aber mein Kollege Murken vermutet, daß er große Teile des Netzes lahmlegen könnte.
Ein Supergau?
Witt sieht mich an. Ihnen scheint diese Vorstellung ja zu gefallen.
Ich grinse.

Und er schlägt wieder auf den Tisch. So etwas habe ich mir gedacht. Und dann: Wollen Sie mir trotzdem etwas zu dieser Tessa sagen?
Ich sehe ihn an. Tut mir leid.
Sie mögen sie, was?
Ich kenne sie ja kaum. Aber sie ist mir sympathisch.
Witt nickt. Sie war ja auch hier auf Ihrem Abrißfest.
Ich lache. Ihnen bleibt nichts verborgen.
Na ja, sagt er. Und dann: Ich war gestern bei den Finklers. Die Tochter ist ausgezogen.
Kristina ist ausgezogen?
Die Finklers geben Ihnen die Schuld daran.
Mir?
Witt zündet sich noch eine Zigarette an. Wie ich es verstanden habe, ist Kristina zu der jungen Frau gezogen, die sie bei Ihnen kennengelernt hat. Zu dieser Tessa.

2

Am Morgen steht dichter Nebel, nicht einmal die Pappelkrone ist zu sehen. Kühe brüllen; ihre Stimmen kommen aus einer Tiefe, sind lang und werden weit getragen. Ringsherum ist alles ohne vertraute Dimensionen.
Als plötzlich ein Auto vor meinem Haus hupt, scheint es wie aus dem Nichts gekommen. Auch Jacko hat es nicht gehört; aber dann läuft er los und kläfft.
Es ist Nicole. Sie steigt aus und sagt: Wo ist Kristina?
Ich weiß es nicht.
Du hast sie mit dieser Tessa verkuppelt.
Verkuppelt?

Nun tu nicht so blöd. Hättest du Kristina nach dieser Feier in ein Taxi gesetzt, wäre nichts passiert. Warum tust du nicht, worum ich dich bitte. Walter, verdammt.
Ist Kristina etwas passiert?
Wir wissen es nicht. Sie ist verschwunden. Und dann schubst sie mich. Wo wohnt diese Tessa? Wo finde ich sie?
Ich weiß es nicht.
Sie sieht mich an und schüttelt den Kopf. Du schleppst Leute an, über die du nichts weißt. Scheiße, Walter. Und dann: Hast du die Nummer von dieser Tessa?
Nein.
Sie öffnet ihre Tasche und drückt mir ein Handy in die Hand. Unsere Nummern sind eingespeichert. Und sobald du etwas hörst, rufst du uns an. Verdammt, Walter. Und du bleibst für uns erreichbar, verstehst du.
Nicole steigt ein. Die Abgase verziehen nicht im Nebel.

Ich lege das Handy zu dem Smartphone in die Schublade. Dann packe ich den kleinen Rucksack, und wir gehen los.
Nur die Hecken am Wegesrand sind zu sehen, der Rest der Kolonie scheint aufgelöst. Alles steckt im Nebel; auch die Flußwiesen sind unscharf und ohne Ausdehnung. Die Erlenreihen lassen sich nur erahnen, nirgendwo sind feste Konturen. Die langen Blätter des Schilfrohrs schwimmen wie Schatten in der dichten Luft, aus keiner Richtung steigt ein Rascheln auf. Kein Vogel singt. Jacko und ich sind ganz allein in dieser Welt; wir haben kein Telefon, und es gibt auch niemanden mehr, der uns erreichen kann.
Erst als wir auf dem Geestrücken sind, steigen die langgezogenen Rufe der Kühe wieder auf.

Im Dorf vergeht dann aller Eindruck einer menschenleeren Welt. Autos fahren, die Häuser schneiden sich aus dem Nebel, und ich kann sehen, daß Banner über die Straßen gezogen sind.
Der Nebel trägt das Brüllen der Kühe bis vor die Frisörstube.

Die Türklingel ertönt. Dann ist plötzlich alles hell und klar. Die Umrisse sind scharf, die unbegrenzten Möglichkeiten in dem Nebel existieren nicht mehr.
Der Wartebereich ist leer. Auf dem Nierentisch liegen die Magazine. Jacko geht in die Ecke und säuft. Der Frisör sagt: Jemand hat den Wolf gefilmt, und er zeigt mir die Bilder im Netz. Seit sie alle Angst vor dem Fracking haben, sagt er, ist der Wolf wie ein Verbündeter. Viele setzen einfach darauf, daß die Flußwiesen nun zum Reservat werden. Ob es aber tatsächlich Absichten gibt, hier zu fracken, weiß nach wie vor niemand.
Dann legt er mir den Frisiermantel um. Im Spiegel sehe ich sein ausdrucksloses Gesicht; den akkuraten Haarkranz und die polierte Glatze. Wie üblich oder wieder nur die Spitzen?
Die Spitzen, sage ich, und wir sehen uns grinsen.
Dann hantiert er mit der Schere. Und in der Kolonie?
Daß die Polizei den Doppelmord aufgeklärt hat, hilft ihnen nicht. Sie haben weiterhin Angst.
Der Frisör nickt. Die Angst kommt immer wieder. Sie ist überall.
Und hier?
Hier auch.
Gibt es keine Neuigkeiten?
Der Landrat weiß sicher etwas. Doch er schweigt.

Steckt er mit dem Fracking-Konzern unter einer Decke?
Der Frisör zuckt mit den Schultern. Er rasiert mir den Nacken aus und sagt: Angeblich vermißt der Einäugige das Land. Aber warum oder für wen, hat noch niemand herausgekriegt. Im Grunde also nichts Neues. Der Bursche taucht auf, er verschwindet wieder, und die meisten halten ihn weiterhin für verrückt.
Und wenn er nicht verrückt ist?
Wie meinen Sie das?
Über diesen Burschen sind eine Menge Gerüchte im Umlauf. Aber was, wenn sie alle falsch sind? Und wenn das, was er selber über sich behauptet, tatsächlich richtig ist?
Der Frisör sieht mich im Spiegel an. Wie? Daß er vom Geheimdienst ist?
Warum nicht.
Sie glauben seiner Spinnerei?
Ich weiß es nicht. Aber seit Edward Snowden ist doch plötzlich möglich geworden, was unlängst noch unmöglich schien.
Der Frisör sieht mich wieder an. Sie glauben, er hat sich sein Auge herausschneiden lassen, um mit dem Ersatz für irgendeinen Geheimdienst herumzuspionieren?
Vielleicht ist es ein Experiment.
Ein Experiment?
Wenn so ein Glasauge ganz neue Möglichkeiten der Überwachung verspricht, muß es seine Tauglichkeit doch auch außerhalb des Labors beweisen.
Im Spiegel sehe ich die Falten auf seiner Stirn. Sie meinen, wenn das Experiment gelingt, werden in Zukunft noch viel mehr Menschen mit so einem Glasauge herumlaufen?

Ich weiß es nicht. Aber Snowden hat doch aufgedeckt, daß die amerikanischen Geheimdienste schon heute alles und jeden belauschen können und daß ihnen das noch lange nicht reicht. Daß sie immer mehr wollen; daß im internationalen Wettbewerb alle immer mehr wollen.
Der Frisör sagt: Quatsch. Die Geheimdienste wollen unsere Welt nur sicherer machen. Man muß sich diese Geheimdienste als etwas Gutes vorstellen.
Sie haben natürlich recht, sage ich, und im Spiegel sehen wir uns wieder grinsen. Dann pinselt er mir den Nakken aus, schüttelt den Kopf, und bald stehen wieder Falten auf seiner Stirn. Snowden, sagt er, hat der Welt neue Einblicke in das Böse offenbart, und wir können uns jetzt eine Vorstellung davon machen, welche Ausmaße das Kräftespiel bereits angenommen hat. Das muß aber noch lange nicht heißen, daß wir schon alles wissen. Unmöglich ist es also nicht, was Sie sich da ausdenken.

Überall sind Banner über die Straßen gezogen, überall stehen Plakate. Es sind leuchtende Farben in der milchigen Luft: Empört euch! Leistet Widerstand! Das ganze Dorf steht da wie ein großes Nein; Politik und Konzerne erscheinen wie ein verwachsenes Ungeheuer.

Im Krug ist es warm. Am Tresen sitzen ein paar Männer, die Tische sind noch nicht besetzt. Der Wirt schreibt das Tagesgericht auf eine Tafel, ich grüße und setze mich an ein Fenster. Auch an der Kirche hängen Banner, sogar an der Friedhofsmauer. Auf dem großen Platz parkt wieder ein Reisebus. Menschen stehen um ein Podest herum; im Nebel sind nur Schemen zu sehen, aber auf dem Podest ahne ich den Pastor.

Es gibt Roulade mit Rosenkohl. Der Wirt hat wie immer die Ärmel hochgeschoben, hinter dem Ohr klemmt ein Stift. Die Männer am Tresen sind laut. Auch in der Gaststube hängen Plakate.

Beim Essen steht plötzlich der Tierarzt vor mir. Er klopft auf die Platte. Seinen Hut nimmt er nicht ab, den Lodenmantel läßt er an. Jede Stimme zählt, sagt er und legt ein Papier auf den Tisch. Dann hält er mir einen Kugelschreiber unter die Nase.
Ich unterschreibe gegen das Fracking. Der Tierarzt grinst, steckt Papier und Stift wieder ein. Dann klopft er noch einmal auf die Platte. Guten Hunger.

Als der Wirt abgeräumt hat, kommt der Tierarzt zurück an meinen Tisch. Alles an ihm ist groß und fleischig. Ich sehe seine Ohren, sein Grinsen und dann die beiden Schnapsgläser, die in seiner Hand beinah verschwinden. Er stellt sie auf den Tisch und setzt sich. Jetzt haben Sie sich also doch mit uns verbündet. Dann schiebt er mir ein Glas herüber.
Ich vertrage keinen Alkohol.
Der Mann sieht mich erstaunt an. Das hier ist ein ganz außerordentlicher Calvados.
Ich schüttele meinen Kopf.
Sind sie trocken?
Mein Körper kann mit Alkohol nicht mehr gut umgehen.
Und Ihr Kopf?
Sie würden meinen Namen wieder von Ihrer Liste streichen.
Der Tierarzt lacht laut. Die Einzelgänger haben mich

schon immer mehr interessiert. Auch unter den Menschen. Dann nickt er mir zu und trinkt.
Ich sage: Sind die Hunde den Dünnschiß los?
Ach, das. Er winkt ab. Gleich danach hat es meine Frau erwischt und dann die Kinder. Aber da denkt ja schon keiner mehr dran. Er sieht mich an. So ein Dünnschiß, das ist doch nichts. Oder erleben Sie nicht so viel?
Am meisten dann, wenn ich nichts tue.
Der Tierarzt lacht wieder.
Und dann sage ich: In diesem Jahr geht es drunter und drüber. Zuerst bin ich einer Frau begegnet, und meine Freunde haben diese Schnapsanzeige aufgegeben. Doch statt der Frau erschien Tessa am Treffpunkt; sie ist ein bißchen schräg, aber sympathisch. Auch ihr Bruder ist sympathisch, und die Polizei hat die beiden nun im Verdacht, Cyberkriminelle zu sein, die an einem Supervirus basteln. Nach der Schnapsanzeige habe ich dann weiter versucht, die Frau zu finden. Doch es ist mir nicht gelungen. Stattdessen wurde bei meinen Freunden eingebrochen, und ihre Tochter, Kristina, mußte ins Krankenhaus. Kurz darauf wurden meine Nachbarn ermordet, die Kolonisten haben einen Selbstschutzverband gegründet, und ich habe das Haus meiner ermordeten Nachbarn gekauft. Ich habe es abreißen lassen, es gab eine Feier, Kristina war da, Tessa war da, und ich habe zum ersten Mal seit Annas Tod wieder getanzt. Und nun ist Kristina verschwunden. Und ihre Eltern geben mir die Schuld daran.
Der Tierarzt sieht mich an.
Ich sage: Seit dieser Schnapsanzeige geht es drunter und drüber. Als hätte diese Anzeige etwas bewirkt, was weit über ihre Absicht hinausgeht. Alles, was seit Annas Tod so gleichmäßig wiedergekehrt ist, was Zusammenhang

und Ordnung für mich markiert hat, scheint mir abhanden gekommen. Sie glauben gar nicht, wie oft ich in diesem Jahr schon in der Stadt war. Und wie wenig ich bei mir selber war.
Der Tierarzt nickt.
Ich sage: Nicole und Fredi haben es sicher immer gut gemeint. Aber für Kristina war es zuviel. Sie hatte schon früh ihre Schwierigkeiten, und nach Annas Tod ist es immer schlimmer geworden. Anna war wohl der einzige Mensch, dem Kristina je vertraut hat. Jetzt ist sie erwachsen, und seit sie von dieser Therapie auf dem Schoner zurück ist, ist sie eine junge Frau. Ich will ihr nicht sagen, was sie tun soll und was nicht. Und ihre Eltern können es nicht mehr. Ich schaue den Tierarzt an. Die Polizei will, daß ich ihr helfe, Tessa zu finden. Und Fredi und Nicole wollen, daß ich sie zu Kristina führe.
Der Tierarzt sieht mich an. Wissen Sie denn, wo die beiden stecken?
Ich zucke mit den Schultern. Ich habe versucht, Tessa anzurufen. Aber es hat nicht funktioniert. Vielleicht sind sie aber im Haus ihrer Eltern.
Der Tierarzt nimmt das zweite Glas. Prösterchen.
Tschernobyl, sage ich. Wo man einfach sitzen kann, ohne daß ringsherum alles drunter und drüber geht.
Der Tierarzt grinst. Und dann sagt er: Aber dadurch lösen sich die Dinge nicht.
Das stimmt wohl. Dennoch glaube ich, daß viele Dinge erst entstehen, weil niemand einfach nur dasitzen kann. Weil fast jeder immer irgend etwas tun muss; weil die meisten Menschen nicht bei sich sein können und stattdessen Energien freisetzen, die irgendwann eine unheimliche Dynamik entwickeln.

Der Tierarzt sitzt breitbeinig da. Er hält Jackos Kopf in den Händen. Er zieht ihm die Lider auseinander, er zieht ihm die Lefzen hoch, und dann fährt er mit den Fingern durch das Maul. Jacko läßt es geschehen.
Und nun? sagt er zu mir.
Ich zucke mit den Schultern. Vielleicht ist Sitzenbleiben keine Lösung.
Er nickt.
Wenn ich wissen will, ob es Kristina gut geht, werde ich wohl etwas tun müssen.
Er nickt wieder.
Wo man hinkommt, Atheisten. Plötzlich steht der Pastor da, klopft auf die Platte, und dann sitzt er schon. Zu mir sagt er: Habe ich richtig gehört? Sie wollen etwas tun? Sie wollen sich empören, wollen Widerstand leisten und ihre verteufelte Gleichgültigkeit aufgeben? Und er schlägt mir auf die Schulter. Recht so! Dann winkt er dem Wirt zu. Drei Kurze.
Der Tierarzt lacht. Zu mir sagt er: Ihr Hund ist gesund. Ein kräftiger Bursche.
Jacko wedelt mit dem Schwanz.
Der Pastor zeigt gegen das Fenster. Ich habe alles gegeben. Eine Brandrede gehalten, wie es sich gehört. Wir haben ihnen Kaffee gebracht und Schnittchen, aber nicht einer wollte mit hinein in die Kirche. Immerhin haben die meisten unterschrieben. Und Sie? sagt er zu mir.
Ich auch.
Sie sind also auf einem guten Weg. Recht so. Er lächelt. Aber vergessen Sie nicht: Wann immer Sie zweifeln, mein Haus ist offen. Dann winkt er noch einmal dem Wirt zu. Und zu uns sagt er: Wißt ihr, was ich dieser Reisebusgesellschaft in meiner Brandrede erzählt habe? Daß es

eine innere Sicherheit gibt. Und daß man keine Beweise braucht, sondern Vertrauen. Daß es eine Ursache allen Geschehens gibt, habe ich ihnen gesagt, und daß jeder diese Ursache ist. Aber sie haben mich nur angeschaut, als hätte es überhaupt nichts mit ihnen zu tun. Ich habe davon gesprochen, wie die ganze Welt hervorgebracht wurde und wie jeder einzelne im Sein erhalten wird; ich habe von der Schuld gesprochen, alle Verbindung mit blutigem Schwert zu kappen und alle Weisheit und alle Güte fanatisch in die Luft zu sprengen. Doch es hatte nichts mit ihnen zu tun. Ich habe von Niedertracht und Gier und Besessenheit gesprochen, ich habe Globalisierung und Neokapitalismus ein neues Babylon genannt, eine Katastrophe aus Gift und Zerstörung, doch es hatte nichts mit ihnen zu tun. Auch daß unser Dorf in Gefahr ist, hatte nichts mit ihnen zu tun. Erst als ich dieser Gesellschaft vor Augen führte, daß es ihre Kaffeefahrten sind, daß es ihre Atelierbesuche sind und daß ihre Landnostalgie in Gefahr ist, fühlten sie sich angesprochen. Na, immerhin haben sie unterschrieben. Diese gottlosen Egoisten. Und dann dreht er sich wieder zu dem Wirt. Wo bleiben denn die Kurzen?

3

Es ist ein dunkler Tag. In der Straßenbahn ist die Innenbeleuchtung eingeschaltet, und der Fahrgastraum spiegelt sich in den Scheiben. Ich sehe die Köpfe der Passagiere, ihre Laptops oder Smartphones, und unablässig werden Bilder von den Displays zurückgeworfen, verdichten sich

wie elektrische Ladung und erzeugen eine stumme Unruhe in der Straßenbahn. Draußen zieht die Welt vorüber wie hinter Spiegelglas, und nur wenn ich die Hand gegen die Scheibe halte, kann ich etwas sehen.
Jacko kommt unter dem Sitz hervor, noch bevor die Haltestelle ausgerufen wird. Anscheinend weiß er, wo wir aussteigen wollen.

Die Straßenbeleuchtung ist eingeschaltet, auch die Autos fahren mit Licht. Vor dem Museum sind Menschen. Sie stehen bei den Hetären, sie telefonieren oder schauen auf Displays. Die Bänke in dem kleinen Park sind feucht; überall liegen aufgeweichte Blätter. Tessa ist nicht zu sehen. Die Punks stehen eng beisammen, ihre Stimmen sind laut. Laika bellt, und als plötzlich ein schwarzes Ding aus der Menge fliegt, taucht sie auf. Sie stößt durch die Punks und läuft dem Ding hinterher. Es sieht aus wie ein Hündchen, vielleicht ist es ein Jungtier oder eine kleine Rasse, und es winselt in der Luft. Noch bevor es landet, hat Laika es weggeschnappt. Ich sehe ihre blitzenden Zähne, sehe, wie sie ihre Beute totschüttelt. Die Punks grölen. Jacko sieht mich an. Er bellt und zieht an der Leine.

Die Wolken sind groß und schwer. Sie bedrängen die Stadt und verdichten allen Raum. Kurz vor dem Thailänder muß ich den Schirm aufspannen.
Im Restaurant ist es warm. Aus der Küche zuckt das Herdfeuer, ich höre wieder den Säugling schreien. Ich gehe durch die Stockwerke. An den Wänden hängen die Rollbilder, oben steht die schreitende Figur auf dem Fensterbrett.
Tessa und Rico sind nicht hier.

Ein Wind ist aufgekommen und treibt die Wolken wie auf einer Bahn dahin. Das Licht ist heller geworden. Wir steigen wieder in eine Straßenbahn; hinter den Scheiben kann ich nun sehen, wie die Stadt vorüberzieht. Einmal sehe ich vor einer Ampel ein rotes Auto stehen, und zuerst glaube ich, daß Tessa und Kristina darin sitzen. Doch dann sind es zwei andere Frauen.
Als Jacko und ich aussteigen, stehen wir in dichtem Verkehr. Der Asphalt ist noch naß, Autolichter und Geräusche sind eine endlose Spur. Wir müssen lange an einer Ampel warten. Um uns herum sind überall Menschen; Fahrräder klingeln, eine Frau bleibt mit ihrem Rollkoffer in den Schienen hängen, und Jacko zerrt, um einen anderen Hund zu begrüßen.
Wir kommen an einem Blumengeschäft vorbei. Daneben ist ein Bäcker, ein Tabakladen und an der nächsten Ecke eine Buchhandlung. Dort biegen wir ab.
Die Straße ist schmal, zu beiden Seiten stehen hohe Kastanien. Das gefallene Laub riecht modrig, und überall glänzen die braunen Samen. Ich schaue nach Tessas Auto, doch es scheint hier nirgendwo zu parken.
Wir gehen vorbei an den hohen Hecken und geschmiedeten Zäunen; die Häuser haben wieder barocke oder griechisch-römische Elemente, und wieder wirkt nur das Haus von Tessa und Rico wie aus einer Zeit, die alle Vergangenheit abgeschüttelt hat. Im Vorgarten leuchten die weißen Kiesel, in den Büscheln der Ziergräser hängen Nebeltröpfchen.
Vor der Haustür knurrt Jacko einmal. Ich schaue ihn an. Ich weiß nicht, was er hat.
Der Klingelknopf steckt in einem bronzefarbenen Trichter. Ein Namensschild ist nicht angebracht. Die Töne

schlagen weich an, Jacko knurrt erneut, und ich schüttele den Kopf.

Nach kurzer Zeit wird die Tür geöffnet. Eine Frau steht vor mir, und erschrocken sehe ich in ihr Gesicht. Die Frau ist tot. Das heißt, ich habe geglaubt, daß sie tot ist. Ein Photo von ihr und ihrem Mann hängt im Arbeitszimmer.

Ja, bitte? sagt sie.

Ich fühle mich überrumpelt.

Kann ich Ihnen helfen? sagt sie. Ihre Stimme klingt ungeduldig, und Jacko beginnt wieder zu knurren.

Die Frau schnauzt ihn an. Aus! Und zu mir sagt sie: Was soll das hier?

Von Quant, sage ich. Und daß ich eigentlich erwartet hatte, Tessa hier zu treffen.

Tessa? Ihre Augen verengen sich, ihr Blick ist scharf.

Tessa, sage ich noch einmal. Und Rico.

Die Frau schaut mich an. Sie ist größer als ich. Sie trägt hohe Schuhe und eine Hose mit Nadelstreifen. Ihre weiße Bluse sitzt eng, ein dunkler Büstenhalter schimmert durch den Stoff. So, sagt sie schließlich. Nennen die beiden sich jetzt Rico und Tessa. Dann dreht sie sich um und ruft in das Haus hinein. Kommst du einmal?

Nach einer Zeit erscheint ein Mann. Es ist der Mann auf dem Photo im Arbeitszimmer. Die Eltern von Tessa und Rico stehen vor mir. Sie sind nicht tot.

Die Frau sagt zu dem Mann: Er sucht nach unseren Kindern.

Der Mann sagt: Was wollen Sie von ihnen?

Eigentlich suche ich nach einer jungen Frau. Sie heißt Kristina, und ich hatte gehofft, sie hier bei Tessa und Rico anzutreffen.

Die Frau lacht und wirft ihr langes Haar zurück. Was für

abscheuliche Namen. Zu ihrem Mann sagt sie: Da siehst du es. Noch nicht einmal mit den Namen, die wir ihnen gegeben haben, können sie etwas anfangen. Und zu mir sagt sie: Unsere Kinder sind undankbar und begreifen nichts.
Der Mann nickt. Er trägt eine lässige Hose und darüber einen Pullover mit V-Ausschnitt. Sein Haar ist grau, er hat es über die Stirn nach hinten gekämmt. Zu mir sagt er: Was haben die beiden Ihnen über uns erzählt?
Daß Sie gestorben sind.
Die Frau lacht wieder. Herrlich. Jetzt fängt das wieder an. Dann geht sie in das Haus hinein.
Der Mann streicht sich mit gekonnter Geste durch das Haar. Wir sind viel unterwegs, und manchmal nisten die Kinder sich dann hier ein.
Einnisten ist gut. Die Frau kommt an die Tür zurück. Sie hat einen Drink und eine Zigarette dabei. Im Grunde brechen sie hier ein. Sie kommen nie, wenn wir hier sind. Aber sobald wir nach San Juan fahren, nach Oslo oder Athen, dann tauchen sie hier auf. Und bringen sonstwen mit.
Der Mann nickt. Sie hacken sich in unsere Rechner. Sie wissen alles. Und zu mir sagt er: Haben die beiden Ihnen das Haus gezeigt?
Ich nicke.
Die Frau schaut mich an.
Es ist schön, sage ich.
Die Frau wirft wieder ihr Haar zurück und lacht. Zu ihrem Mann sagt sie: Schön. Hast du das gehört?
Der Mann nimmt einen Schluck aus ihrem Glas. Dann zeigt er auf das Haus und sieht mich an. Das hier ist Original Mies van der Rohe.

Ich nicke.
Wissen Sie überhaupt, wer das war?
Ich sage: Der Garten ist aber japanisch.
Der Garten! Die Frau bläst mir Rauch in das Gesicht. Das Haus hier ist einmalig auf der Welt. Wie ein Rembrandt. Ein Marc oder Macke. Wen interessiert dieser Garten? Den macht Ihnen jeder Stift aus dem Baumarkt. Und wenn wir tatsächlich einmal tot sind, werden unsere Kinder sowieso mit Freuden alles verkaufen.
Der Mann sagt: Na ja. Nicht gerade jeder Stift.
Die Frau nimmt das Glas aus seiner Hand, trinkt den letzten Schluck und geht wieder in das Haus.
Ich sage: Mir gefällt der Garten auch.
Der Mann nickt. Ein bißchen Talent muß er ja von uns geerbt haben.
Rico kennt sich auch mit Computern aus.
Der Mann lacht. Was glauben Sie, was wir alles in seine Ausbildung gesteckt haben. Internat und Eliteuni, und zuletzt war er im Silicon Valley, jedenfalls glaubten wir das. In Wirklichkeit ist er aber wohl in der Weltgeschichte herumgereist und hat unser Geld verbraten. Asien, irgendwelche Klöster. Er lacht. Von wegen IT-Technologie.
Die Frau kommt mit einem frischen Drink zurück. Sie hat zwei Knöpfe an ihrer Bluse geöffnet; die Spitzen ihres Büstenhalters sind zu sehen. Sie zündet sich noch eine Zigarette an und sagt: Schatz, die beiden haben uns doch schon immer belogen und betrogen. Sie trinkt. Und zu mir sagt sie: Wissen Sie, was unser Sohn immer gesagt hat? Wahrheit ist die Erfindung eines Lügners. Und unsere Tochter hat schon in der Grundschule behauptet, wir seien tot.

Der Mann nimmt das Glas und trinkt. Dann schaut er auf den Busen seiner Frau. Sie lächelt und wirft ihr Haar zurück.
Der Mann sagt: Wissen Sie, im Grunde waren unsere Kinder von Anfang an gegen uns. Sie haben all unseren Sinn für Schönheit verweigert.
Die Frau sagt: Diese Verweigerung ist nachgerade krankhaft. Und zu ihrem Mann: Weißt du noch, Schatz? Der Jaguar?
Der Mann lacht. Zu mir sagt er: Wir haben ihm die E-Type geschenkt. Diese unglaubliche Eleganz, die in jedem anschlägt. So etwas ist zeitlos und völlig übergeordnet. Aber unser Sohn hat den Jaguar verweigert.
Die Frau sagt: Unsere Kinder haben alles Schöne in unserem Leben verweigert. Dann seufzt sie. Auch daß wir beide voller Leidenschaft füreinander sind.
Der Mann nimmt wieder das Glas, trinkt, und dann küßt er seine Frau.
Ich sage: Tessa hat mir ihr Lieblingsbild gezeigt.
Die Frau löst sich zuerst. Sie hatte kein Lieblingsbild.
Der verschwundene Knabe.
Unsinn. Sie hat dieses Bild gehaßt.
Tessa hat mir erzählt, wie sie gemeinsam mit Ihnen davor gesessen hat. Und wie Sie ihr die Geschichte zu diesem Bild erzählt haben.
Die Frau lacht. Und zu ihrem Mann sagt sie: Hast du das gehört? Sie lügt, sie lügt und sie lügt. Dann gibt sie ihm einen Klaps. Komm.
Ich sage: Und Sie wissen nicht, wo ich die beiden finden kann?
Der Mann ist schon im Haus. Die Frau dreht sich noch einmal um. Sie sind hier, sie sind da. Was weiß ich.

Es geht um Kristina.
Sie schüttelt den Kopf. Wer ist Kristina? Ihre Kristina interessiert mich nicht. Und dann sagt sie: Vielleicht sind sie ja in diesem Loft.
Wo ist dieser Loft?
Im alten Postamt. Und dann wirft sie die Tür zu.

Das alte Postamt ist ein stattliches Gebäude gleich am Bahnhof. Es hat eine Tiefgarage und darüber sieben Stockwerke mit viel Nutzfläche. Aber nur noch die Fassade erinnert an den ursprünglichen Zweck. Innen wurde eine neue Struktur erschaffen, und heute sind die Räumlichkeiten vermietet. Es gibt mehrere Eingänge, und ich finde mich nicht zurecht. Ein Treppenhaus endet im vierten Stock vor einem Yogastudio, der nächste Eingang führt zu einer Fremdsprachenschule und einem Studentenwohnheim. Schließlich entdecke ich einen Fahrstuhl, der bis in den siebten Stock fährt.
Die Loftwohnungen sind zwei kleine Bungalows auf der Dachterrasse. Auf der Brüstung sitzt eine Krähe. Es ist windig, der Himmel ist nah, und man hat einen guten Blick über die Stadt.
Ich klingele an der ersten Tür. Ein Mann öffnet und schaut mich an. Von Quant, sage ich. Und erkläre ihm, wie ich hierhergekommen bin und wen ich suche.
Der Mann nickt schließlich zu dem anderen Bungalow. Das ist ihr Loft. Aber sie sind selten da. Der Mann hat tätowierte Arme und einen Ring in der Nase.
Haben Sie Zettel und Stift für mich?
Klar.
Erstens Kristina. Zweitens der Code. Könnt ihr vorbeikommen? Walter. Ich schiebe den Zettel durch die Tür.

Der tätowierte Mann sagt: Manchmal kommen sie in den Club.
Welchen Club?
Er zeigt mit dem Daumen nach unten. Den Watchtower. Eine Etage tiefer. Immer am letzten Samstag.
Wie lange ist das noch hin?
Der Mann zieht seine Stirn in Falten. Der Monat hat gerade erst angefangen.

4

Der Schleifstein erzeugt einen vertrauten Rhythmus; immer wiederkehrende Einheiten, die das Stahlblatt kurz und hart anklingen lassen. Über die Jahre hinweg ist dieses Geräusch für mich zum festen Bestandteil einer Handlung geworden, die fast immer gleich abläuft: Bald prüfe ich die Schneide mit dem Daumen, bald spalte ich ein erstes Holz, und wenn ich zufrieden bin, lege ich nach.
Es ist eine Arbeit, die mir eigentlich guttut. Mir wird warm dabei, ich ahne bereits das Ofenknistern im Winter, über mir ziehen Kraniche und Gänse, und im Auf und Ab der Axt schwinden Gedanken und Erinnerungen dahin.
Doch heute ist es anders, und während die Scheite in dem vertrauten Takt vom Hackstumpf fallen, kollidieren Gedanken und Erinnerungen und strahlen aus in alle Richtungen. Die Frau aus dem Gewitter. Anna und Kristina. Der Doppelmord. Der Einäugige, der Wolf oder die Gerüchte um das Fracking. Ich hacke, lege einen neuen Scheit auf, hacke. Doch der Takt beruhigt mich nicht.

Immerhin bereitet Jacko mir Freude. Er schaut mir zu, er schlägt mit dem Schwanz, und wenn ein Scheit in hohem Bogen vom Hackstumpf springt, kläfft er. Beim Kaffee legt er seinen Kopf auf meine Beine, und danach wartet er schon wieder schwanzwedelnd vor dem Hackklotz.

Zum Nachmittag hin habe ich das Holz in Klafter gestapelt. Ich habe die Axt nachgeschliffen, und nun liegen noch zwei Schubkarrenladungen vor mir. Den Pullover habe ich bereits ausgezogen, die Hemdsärmel hochgeschoben, und sobald ich wieder im Rhythmus bin, tritt mir der Schweiß aus den Poren.
Ich stelle Scheit um Scheit auf, ich ahne, wie das Holz in den Jahreszeiten gewachsen ist, ich spalte, und jeder neue Axthieb macht mich ruhiger. Mit jedem Hieb überwinde ich nun die Gedanken; schlage, trenne und spalte sie heraus, immer und immer wieder, und über die Anstrengung kann ich bald eine tiefe Freude verspüren. Ich rieche die rauchige Ofenwärme, ich sehe den klaren Sternenhimmel im Winter. Ich schlage und schlage. Lege Holz um Holz auf den Stumpf, und dann überwinde ich auch die Freude. Trenne alles aus mir heraus, hacke und hacke, und über mir ziehen Gänse, über mir ziehen Kraniche, Jacko bellt, und immer wieder hole ich aus, und die Schneide saust herunter; immer wieder, und Jacko bellt dazu und bellt, mit jedem Schlag klingt das Bellen ferner, bald dringt es nur noch durch einen Spalt, und erst als mir der Schweiß in die Augen läuft, halte ich inne.

Jacko ist nach vorne gelaufen. Und er hört nicht auf zu bellen. Er steht auf der Pforte, er bellt gegen ein Auto, und zuerst glaube ich, daß Tarkan und Ergün gekom-

men sind. Oder der Kommissar. Doch Jacko will einfach keine Ruhe geben. Ich muß erst seinen dicken Kopf in die Hand nehmen und ihm gut zureden. Aber er läßt das Auto nicht aus den Augen.
Es ist groß, es sieht neu aus und teuer, und die Scheiben spiegeln das Nachmittagslicht. Es ist eine Geländelimousine; der Motor läuft. Dann fährt ein Seitenfenster herunter, und ich sehe das Gesicht von Gerd. Viele Freunde machst du dir mit dem Hund aber nicht. Und tatsächlich bellt Jacko wieder.

Sie haben Kuchen mitgebracht. Während ich Kaffee zubereite, decken die Frauen draußen auf. Die Männer holen Stühle aus dem Schuppen, danach stehen sie um den Hackklotz und machen Bemerkungen.
Schleier unterziehen den Himmel, das Licht ist milchig, und wenn Sonnenstrahlen über die Flußwiesen fallen, sind sie lang und weich.
Es ist das erste Mal, daß sie alle zusammen hier sind. Wahrscheinlich ist heute Sonntag; ich glaube nicht, daß sie an ihrem freien Tag einfach auf Kaffee und Kuchen zu mir kommen. Sie wollen etwas von mir, und sicher haben sie längst versucht, mich auf dem Handy zu erreichen, und sich darüber geärgert, daß ich nicht geantwortet habe. Und weil sie riskiert haben, mich hier nicht anzutreffen, werden sie etwas Wichtiges von mir wollen. Ich glaube, daß es um Kristina geht. Aber ich glaube nicht, daß Kristina etwas zugestoßen ist, denn dann hätten sie keinen Kuchen mitgebracht. Wahrscheinlich wollen sie mich zur Rede stellen, und Nicole hat es ja auch schon gesagt: daß sie mir die Schuld an Kristinas Verschwinden geben.
Beim Kuchen reden wir über das Wetter. Nach dem Ku-

chen holen die Frauen ihre Zigaretten vor. Ich sehe, wie der Rauch durch einen Sonnenstrahl aufwärts steigt und bald um die letzten gelben Blätter wirbelt. Es ist windstill. Eine Krähe landet in der Krone; als ich zu ihr aufschaue, fliegt sie wieder davon, und für einen Augenblick füllen ihre Flügelschläge alles aus.
Ich schenke Kaffee nach. Nicole zieht ihre Jacke über, und auch Marlies friert. Im Schuppen habe ich ein paar Decken liegen, und Gerd springt sofort auf. Fredi begleitet ihn.
Marlies fragt mich, ob es schon Frost gab.
Noch nicht, sage ich, und beide Frauen nicken. Dann schauen sie zum Schuppen. Hinter der offenen Tür ist ein schwarzes Loch.
Als Gerd und Fredi wieder herauskommen, haben sie die Decken dabei. Sie werfen die Päckchen auf die Veranda, dann schlagen sie ihre Kleider ab. Die Birne ist kaputt, sagen sie. Und überall Spinnweben, sagen sie. Und Moos und Laub, und ich sehe den Vorwurf in ihren Gesichtern. Gemeinsam mit den Frauen schütteln sie die Decken aus. Im Licht treibt der Staub davon, und die Freunde sehen mich stumm an.

Auf der Veranda sagt Fredi: Wir haben noch einmal mit Witt gesprochen. Diese Tessa ist gefährlich.
Hat Witt das so gesagt?
Fredi zupft an seinem Pferdeschwanz. Dieser Kommissar weiß mehr, als er sagt.
Und darum ist Tessa gefährlich?
Er hat nichts über sie. Kein Gesicht, weder Name noch Adresse. Nichts. Sie ist wie ein Gespenst, und doch hat er uns nicht alles gesagt.
Und darum ist Tessa gefährlich?

Walter, verdammt! So geht das nicht, sagt Nicole. Wo ist dieses Miststück? Wir wollen unsere Tochter zurück.
Ich weiß es nicht. Und Kristina ist volljährig.
Nicole schnappt einmal. Wenn du mit diesem Miststück unter einer Decke steckst, Walter.
Fredi nimmt ihre Hand. Zu mir sagt er: Dieser Kommissar glaubt, daß du auch nichts weißt.
Nicole zündet sich eine Zigarette an. Blödsinn! Und zu mir: Walter, verdammt! Was weißt du?
Tessa hat einen Bruder. Er hat einmal für uns gekocht, und wir haben zusammen einen angenehmen Tag verbracht. Aber es ist nicht ihr Haus, in dem wir waren.
Nicht ihr Haus?
Nein. Die beiden haben mich angelogen.
Walter, verdammt! Dieses Miststück und ihr Bruder haben dich von vorne bis hinten angelogen. Und du bist nicht nur blöd genug, nichts zu merken. Du mußt auch noch Kristina mit ihnen verkuppeln.
Verkuppeln? Das hast du schon einmal gesagt.
Nicole sieht mich an. Ihre Nasenflügel zittern.
Fredi nimmt wieder ihre Hand.
Ich sage: Ihr habt diese Schnapsanzeige aufgegeben.
Wie bitte! Nicole schüttelt Fredis Hand ab.
Wenn du es so siehst, sage ich, daß ich Kristina mit Tessa verkuppelt habe, mußt du es auch so sehen, daß ihr mich mit Tessa verkuppelt habt.
Was bist du nur für ein Mensch!
Ich hebe die Schultern. Dann sage ich: Kristina weiß, was sie tut.
Nicole springt auf. Walter von Quant. Du bist vereinsamt und weltfremd. Du bist gleichgültig und egoistisch. Du hockst in deiner Stille, glotzt in deinen Scheißbaum und

streichelst diesen Köter. Du hast einen Knacks, weißt du das? Du kriegst gar nicht mehr mit, daß du nicht mehr klarkommst. Und obendrein bist du auch noch dümmer als jeder Bauer hier; läßt dich auf Kriminelle ein und überläßt ihnen unsere Tochter. Verdammt! Wenn sie Kristina irgendetwas antun. Wenn sie ihr nur einen Joint geben, ich schwöre dir, ich mach dich fertig. Nicole steht vor mir, ich spüre ihren Atem auf meinem Gesicht. Und dann sticht sie mir mit einem Finger gegen die Brust. Aber eines kann ich dir jetzt schon sagen: Deine Scheißstille hier, die kannst du vergessen. Du sitzt auf einem riesigen Gasvorkommen, und das werden sie hier herausholen. Fredi hat die Pläne schon gesehen.
Fredi sagt: Nicole, bitte.
Nicole sagt: Bald weiß es sowieso jeder. Und was kümmert es uns, wenn er seine Scheißstille hier nicht mehr hat. Er kümmert sich doch auch einen Dreck um uns.
Ich sehe Fredi an. Dann sage ich: Arbeitet dieser Einäugige für euch? Ist er tatsächlich Landvermesser oder doch beim Geheimdienst?
Nicole schreit einmal auf. Er ist irre. Ich habe es euch gesagt. Walter von Quant ist irre.

Natürlich kann ich nachvollziehen, daß sie besorgt sind. Aber das interessiert die Freunde nicht. Sie sehen mich an, als wäre ich tatsächlich irre. Als hätte ich getan, was man nicht tun darf, und ihre Gesichter lassen keinen Zweifel daran, daß sie selber alles richtig machen. Sie sind sich einig, daß sie richtig denken und richtig fühlen, und sie kommen niemals auf die Idee, daß diese Einigkeit ebenso Irrsinn sein kann. Vielleicht hat Tessa recht, und der Irrsinn der Masse ist zur Normalität geworden.

Feuchtigkeit steigt auf, der Herbst ist nicht rückgängig zu machen.
Auf dem Weg nach vorne schweigen wir. An der Pforte wird die Stille unterbrochen. Das Auto gibt ein Geräusch von sich, und Lichter flammen auf. Dann springt der Motor an. Wahrscheinlich hat Gerd irgendeine Fernbedienung in der Tasche.
Wir bleiben vor dem Auto stehen. Die Freunde sehen mich an; Jacko drückt seinen Kopf in meine Beine.
Schließlich sagt Fredi: Was ist mit dem Handy? Warum benutzt du es nicht? Warum hast du es nicht bei dir?
Es liegt in der Schublade. Bei dem Smartphone.
Du hast zwei Handys und legst sie in die Schublade? Nicole schubst mich einmal. Walter! Du verdammter Idiot.
Die anderen stehen da und schütteln den Kopf.
Dann sagt Fredi: Okay. Walter hat also zwei Handys. Und zu mir: Ich will, daß du sie ab jetzt benutzt. Ich will, daß du jederzeit erreichbar bist, und vor allem, daß du anrufst, sobald du irgendetwas hörst. Verstehst du. Er greift in seine Jacke und durchsucht die Taschen. Zu Nicole sagt er: Wo sind meine Karten? Dann durchsucht er seine Innentaschen.
Ich sehe ihm dabei zu. Er trägt eine Daunenjacke, die durch Steppnähte in schmale Felder gegliedert ist. Es ist ein jugendliches Modell, und wahrscheinlich ist auch die Farbe gerade angesagt.
Hier. Siehst du diese Nummer? Er unterstreicht die Nummer.
Da kriegst du mich immer. Egal wo, egal wann. Dann drückt er mir den Kugelschreiber in die Hand. So, Freundchen. Und jetzt will ich die Nummer von deinem

Smartphone. Er steht aufgeplustert vor mir, mit einer Hand macht er eine einfordernde Bewegung.
Ich sehe ihn an. Und dann sehe ich sie alle an; wie sie da stehen, wie sie gucken. Im Grunde kann ich es ihnen nicht übelnehmen; wahrscheinlich wissen sie es nicht besser und versuchen einfach nur, ihr Bestes zu tun. Und wahrscheinlich ist das hier das Beste, was sie in dieser Situation tun können.
Ich zucke mit den Schultern, gehe in das Haus und komme mit einem Zettel zurück.
Sie stehen in einer Traube. Ihre Stimmen sind leise. Als ich dazukomme, tritt Marlies eine Zigarette aus. Dann sieht sie mich an, als wäre ich ein übler Kunde aus dem Amt. Schließlich reicht sie mir die Hand. Walter, sagt sie und bleibt so stehen, daß wir uns nicht umarmen können.
Wir sehen uns, sage ich.
Mir ist kalt, sagt sie. Und steigt in das Auto.
Auch Gerd reicht mir die Hand. Aber er sieht mir nicht in die Augen.
Die Türen schlagen zu, der Motor läuft, und aus der Kabine spüre ich die Blicke.
Fredi fordert den Zettel von mir.
Die zweite Nummer ist von Tessa, sage ich. Aber sie funktioniert nicht.
Du hast die ganze Zeit ihre Nummer? Nicole schubst mich. Du Idiot! Du verdammter Idiot!
Die Türen gehen auf, und Marlies und Gerd steigen wieder aus.
Nicole schaut die beiden an. Er hat die ganze Zeit die Nummer von diesem Miststück. Und zu mir sagt sie wieder: Was bist du nur für ein Mensch!

Fredi hat bereits ein Smartphone gezückt. Er zischt und gibt Zeichen mit der Hand. Die anderen drängen zu ihm. Jacko und ich sehen einander an.
Fredi lauscht konzentriert und macht ein ernstes Gesicht. Nach einer Zeit schaut er in die Runde. Nichts. Und zu mir: Willst du uns verarschen, Walter?
Tessa hat ständig neue Nummern. Wahrscheinlich benutzt sie Einmaltelefone.
Einmaltelefone? Nicoles Stimme ist schrill. Dann tritt sie zu mir, ganz nah. Ihre Nasenflügel zittern wieder. Ich sehe die Furchen unter ihrem Make-up, ich rieche sie und spüre ihren Atem. Sie flüstert: Wenn meiner Tochter irgendetwas zustößt, mache ich dich fertig! Und dann schubst sie mich weg. Ihre Absätze knirschen auf dem Schotterweg, die Autotür schlägt zu. Doch gleich danach springt sie wieder auf. Und wir haben uns über all die Jahre den Kopf zerbrochen. Warum hat Anna sich das Leben genommen? Unsere Anna. Warum? Und dann schlägt die Tür wieder zu.
Der Motor läuft. Nicole hupt. Gerd und Marlies steigen wortlos wieder ein.
Fredi legt mir beide Hände auf die Schultern und schüttelt mich. Wir wollen unsere Tochter zurück. Als er mich losläßt, glänzen seine Augen. Warum hast du uns die Nummer nicht früher gegeben?
Tessa wirft das eine Telefon weg und besorgt sich ein neues.
Ja, und? Auch er schubst mich weg. Hilft uns das weiter? Scheiße, Mann. Ich habe es dir gesagt, diese Tessa ist gefährlich.

5

Es wird nicht mehr hell. Alles ist grau, auch die letzten Blätter fallen. Die Luft ist kalt und feucht, und wenn sie in den Ofen hineindrückt, riecht es im ganzen Haus. Jacko und ich sitzen tagelang vor den Flammen. Manchmal schlagen sie hoch, saugen, fauchen, und das Ende aller Zeiten scheint nah; manchmal stehen sie einfach da, gelbrot und warm.

Ich weiß nicht, warum Anna sich das Leben genommen hat. Ich weiß und weiß es nicht. Sie hat alles mitgenommen; alle Ursache, alles Warum und Wozu. Sie hat etwas Gewaltiges getan mit gewaltigen Folgen, die nie wieder rückgängig zu machen sind, und ich kann nirgendwo eine Erklärung dafür finden. Nicht in meinen Träumen und nicht, wenn ich unter dem Baum sitze. Nirgendwo, und das einzige, worauf ich immer wieder stoße, sind Dinge, die ich nicht erfassen, und Grenzen, die ich nicht überschreiten kann.
Wenn ich aber diese Dinge und diese Grenzen so annehme, wie sie sind, brauche ich auch keine Erklärung mehr. Dann ist Anna tot, und zugleich kann ich eine Freude in mir verspüren, als wäre sie niemals gestorben.

Vielleicht hatte Anna doch Depressionen. Vielleicht auch nicht. Aber ich bin nicht schuld an ihrem Tod, und jeder neue Erklärungsversuch wird am Ende immer nur eine von mehreren Möglichkeiten sein. Wird nie zu einer Gewißheit werden, weil Anna alle Gründe und alle Antworten mitgenommen hat und ihr Tod deshalb immer etwas Unerklärliches bleiben muß.

Aber wahrscheinlich sieht das nicht jeder so.
Wenn Anna tot ist und wenn Kristina weggelaufen ist, muß es dafür eine Erklärung geben. Und weil meine Freunde längst wissen, wie die Dinge tatsächlich sind, erklären sie sie für mich; durchdringen und formen mich und sind sich in ihrer Rechtfertigung immer einig. Meine Freunde.

Wahrscheinlich haben sie auch schon längst wieder versucht, mich auf den Handys zu erreichen. Und wahrscheinlich sehen sie es noch nicht einmal als Kontrolle oder Überwachung an, sondern als etwas, was auf jeden Fall sein soll: eine ständige Erreichbarkeit, egal wo, egal wann. Eine ganz normale Voraussetzung für alles Zwischenmenschliche.

Ich stehe vor dem Hackstumpf und schärfe die Axt. Ich hole aus, schlage zu, und dann fallen zwei Scheite von dem Stumpf. Ich stelle einen neuen Scheit auf, ich weiß, wofür ich meine Kraft einsetze, und bald ist es ein Rhythmus, der sich selbst genügt. Meine Gedanken schwinden dahin, bald liegen Haufen um mich, und wenn ich mir den Schweiß aus dem Gesicht wische, ist es ein wunderbar altes Gefühl.
Dann lege ich das erste Handy auf den Stumpf.
Meine Hände umgreifen den Axtstiel, ich hole aus, und dann saust die Schneide herab. Treibt sich in das fremde Material und durchtrennt es. Ich arbeite sorgfältig, zerlege die Teile in immer kleinere Einheiten und schlage sie zuletzt mit dem Axtnacken platt. Dann stopfe ich den Schrott in Hundefutter, schlage auch den Dosenrand platt und werfe alles in die Tonne. Mit dem Smartphone mache ich es ebenso.

Auch die nächsten Tage ist es diesig. Wenn Gänse überwegziehen, klingt ihr Schnattern nah, doch sie bleiben unsichtbar. Die Flußwiesen und alles Weite bleiben unsichtbar, und die Blätter liegen feucht und schwer.

Erst in der neuen Woche kommt Wind auf; die Zweige in den Bäumen bewegen sich wieder, und am Himmel erscheinen milchige Flecken.
Jacko und ich gehen am Morgen los. In den Flußwiesen begegnet uns niemand. Der Horizont verschiebt sich mit dem Licht, der Wind treibt die Wolken, und vor der Endhaltestelle reißt der Himmel auf. Häuser erstrecken sich in den Raum, Autos ziehen in die Tiefe. Dann bricht die Sonne durch, wirft helle Farben, und die Welt öffnet sich.
Die Straßenbahn ist beheizt. Im elektrischen Licht glitzern noch die feuchten Flußwiesen auf Jackos Fell. Draußen ziehen Ampeln vorbei, Blaulichter. Hinter einem Häuserblock steigt ein Hubschrauber auf, und bald schwingt die ganze Stadt in der Luft.
Die Haltestellen werden angesagt, Menschen kommen und gehen. Die Flaggen vor dem Raumfahrtzentrum bauschen sich. Auf einer Fließschrift lese ich, daß eine Weltraumsonde ihr Ziel bald erreichen wird. Anscheinend hat die Sonde die Erde vor Jahren verlassen und ist seitdem unbeirrt vorgestoßen; sogar die Zeit bis zum Aufsetzen der Forschungskapsel wird bereits heruntergezählt, und aus der Straßenbahn heraus sieht es aus, als wäre eine solche Mission ein Klacks. Als wäre es viel einfacher, auf irgendeinem Brocken zwischen den Sternen zu landen, als hier unten in Ruhe gelassen zu werden.

Eine Station vor dem Museum steigen wir aus. Der aufgerissene Himmel und die Sonne ziehen die Stadt in die Höhe. Überall ist etwas, überall Bewegung und Lärm, alles schwingt und schwingt; ich bin Kolumbus in einem Raumschiff, ich stoße vor in ein fremdes System.
Ich werde angerempelt; jemand schreit, jemand lacht, jemand spricht über Sex. Ein Klingelton schlägt an. Jemand niest, im Gegenlicht kann ich die Tröpfchen sehen, dann steht ein schwarzer Mann vor mir. Brauchst du Hilfe, sagt er, ich sehe seine Zähne, und Jacko zieht mich weiter. Wir stehen an einer Ampel, Reifen quietschen, eine Straßenbahn bimmelt. Überall sind Menschen, und ich weiß nicht, wo ich Tessa und Kristina aufspüren soll. Ich weiß nicht, ob ich jemals Freunde gehabt habe, und wenn in den Flußwiesen gefrackt wird, habe ich nichts mehr. Nur noch mich, und dann kann ich ebenso gut weiterziehen. Weiterziehen wie Viktor. Wie Kolumbus. Solange Jacko mitkommt; solange irgendwo ein Baum steht.

Beim Thailänder ist es warm. Aus der Küche drängen Dampf und Gerüche, das Herdfeuer zuckt, und ein kleiner Mann läuft umher. Er ruft, er klappert, und irgendwo schreit der Säugling. Eine Frau lächelt und verbeugt sich vor mir. Ich sage: Haben Sie Tessa und Rico gesehen?
Die Frau sieht mich an. Dann ruft sie etwas, und aus der Küche erscheint der kleine Mann. Er trägt eine Schürze und auf dem Kopf ein Schiffchen. Der Mann spricht schnell und zieht die Wörter zusammen. Oben fehlt ihm ein Schneidezahn. Tessa, nein. Tessa sie war lange nicht mehr hier. Nein. Auch nicht Rico.
Kann ich trotzdem eine Nachricht hinterlassen?
Der kleine Mann nickt.

Draußen wirft die Stadt klare Schatten, die Luft ist frisch. Wir gehen Richtung Museum, und Jacko wird bald unruhig. Er springt, er kläfft, und ich sage ihm, daß es heute keine Nummer mit Laika geben wird. Wir müssen Kristina finden, sage ich, doch er ignoriert meine Worte. An der großen Kreuzung unter der Hochstraße halte ich ihn kurz. Auch an der nächsten Ampel, und so ziehen wir im Herbstlicht. Eine Straßenbahn bremst, im Schaufenster eines türkischen Restaurants sind Speisen ausgestellt, ein Fenster weiter liegen Sexartikel. Der Drogeriemarkt ist an einer Ecke. Ich leine Jacko an, dann kaufe ich Metaxa und eine Dose mit Hundefutter.
Die erste Bank in dem kleinen Park ist besetzt. Ein Mann in weinrotem Mantel sitzt dort; er hält ein Smartphone in den Händen und schaut kurz zu uns auf.
Ich nehme die nächste Bank. Der Mann guckt, als ich die Dose aufreiße. Ich gucke nicht zurück, und Jacko bekommt eine Mahlzeit. Anscheinend macht es ihm nichts aus, vom Rasen zu fressen. Er leckt sogar die Reste weg.
Danach führt er mich ohne Umwege zu den Punks. Sie sitzen auf einer niedrigen Steinmauer. Laika liegt in der Sonne, Jacko zieht und hechelt. Als ich ihn an einem Baum festbinde, sieht er mich ungläubig an. Einen Scheidenkrampf können wir nicht riskieren, sage ich.
Sie haben Nieten und Stacheln. Einer von ihnen sitzt nur im Unterhemd da. Laika blickt einmal zu mir auf. Ich sehe, daß ihre Schnauze blutig ist. Auch eine Feder klebt dort.
Die Punks nehmen den Schnaps, sie erinnern sich an mich. Sie fragen nach Jacko, und als wir zum Baum schauen, steigt er an der Leine hoch. Auch Laika schaut. Um sie herum liegen noch mehr Federn, auch kleine Köpfe.

Kennt ihr eine Tessa?
Die Punks trinken. Sie rülpsen. Sie kennen keine Tessa.
Sie ist eine junge Frau. Sie hat einen großen Busen und zeigt den Männer einen QR-Code auf ihrem T-Shirt.
Du geiler Hund, sagen die Punks. Der im Unterhemd streckt seine Zunge heraus und bewegt sie hin und her.
Habt ihr schon einmal von Rico gehört? Oder Kristina?
Sie machen Witze, trinken. Schließlich fällt der im Unterhemd hin, und als er wieder steht und torkelt, kleben an seinen Armen rote Federn.

Die Wege im Park sind noch aufgeweicht, es riecht nach Erde und Pilzen. Die Sonne steht hinter einer Platane, ihre Strahlen brechen in der kahlen Krone. Jacko läuft umher, nimmt Spuren auf oder verspritzt seinen Duft. Als ich ihn rufe, kommt er ohne weiteres; wir schlendern bis zu den Hetären. Dann drehen wir wieder um.
Der weinrote Mantel leuchtet im Herbstlicht. Der Mann schaut mich an. Plötzlich dieses Kaiserwetter, sagt er, und zeigt gegen den Himmel.
Ich nicke.
Dann zeigt er in den Park. Früher war es hier verkommen. Schlimm, sagt er.
Ja.
Er sieht mich an. Sind Sie öfter hier?
Nicht so oft.
Der Mann steckt sein Smartphone ein und reibt sich die Hände. Schöner Hund, sagt er.
Jacko schaut zu mir auf und wedelt mit dem Schwanz.
Der Mann lacht.
Ich sage: Er freut sich, wenn man ihm Komplimente macht.

Und bei den Damen hat er wohl einen Stich?
Ich hebe die Schultern. Ihm gefallen die Straßenmädchen. Und groß und ruppig müssen sie sein.
Der Mann reibt sich wieder die Hände. Ja, ja, sagt er. Dann holt er eine Schachtel hervor. Zigarillo?
Nein.
Setzen Sie sich doch.
Er ist groß und kräftig. Er hat einen schmalen, sauber geschnittenen Schnauzer, und an einem Finger trägt er einen Siegelring. Durch den Rauch hindurch sagt er: Die Trinker waren zuerst hier. Damals waren das noch Tippelbrüder und Tagediebe. Sie kamen mit der Dämmerung, und wenn morgens der erste Schutzmann patrouillierte, waren sie schon wieder verschwunden. Dann kamen die Hippies, mit Hasch und LSD und freier Liebe, und sie mischten alles auf und warfen Steine gegen die Schutzmänner. Nach den Hippies kamen die Junkies; überall Nadeln, überall ihre ausgezehrten Exkremente. Und dann dauerte es nicht mehr lange, und in jedem Busch steckte eine Vierzehnjährige und saugte. Was glauben Sie, wie es damals hier roch. Der Mann wedelt mit einer Hand unter seiner Nase. Verstehen Sie? Dann leckt er sich die Lippen.
Na ja, mit Aids und den synthetischen Drogen sind die Junkies ja fast ausgestorben, und man könnte meinen, daß hier wieder alles clean ist. Schauen Sie sich um, sagt er. Alles picobello. Aber gleich da vorn sitzen sie schon. Trinker, Multikonsumenten, scheißegal. Kaputte Typen, die alles um sich herum kaputtmachen.
Ich sage nichts dazu.
Der Mann grinst. Letztes Jahr hat hier ein Kerl mit einer Kühlbox auf dem Schoß gesessen. Daß er Medizin-

student sei, hat er behauptet, und daß er in der Box eine Leber habe. Und dann hat er ohne weiteres zugegeben, daß er mit Drogen experimentiert. Und daß er die Leber einem Multikonsumenten herausgeschnitten hat, um die wirksamen Substanzen herauszuziehen. Man kann das Gift kristallisieren und rauchen, hat er gesagt. Man kann das Zeugs in die Schleimhäute reiben oder auch spritzen, und für den Kerl war es der letzte Schrei, einen Toten auszulaugen. Er hat von einer Szene gesprochen, die irre Preise für seinen Stoff bezahlt; Leute, hat er gesagt, die nicht wissen, wohin mit ihrem Geld, und die immer die ersten sind, wenn es um den letzten Schrei geht. Drogen und Sex, hat er gesagt.

Der Mann sieht mich an. Na ja, sagt er schließlich. Die Auflösungserscheinungen sickern von oben nach unten. Die tatsächliche Macht, die eigene Gier und den eigenen Trieb jederzeit befriedigen zu können, ist in den digitalen Zeiten zu einem Massenphänomen geworden, und abwärts und durch alle gesellschaftlichen Schichten hindurch pflegt heutzutage jeder sein kleines Machtgefühl. Jeder kann jederzeit seinen zügellosen Trieben nachgeben, alle gieren nach allem, der Rest an guter Sitte verfällt, und überall lauert moralischer Schwachsinn. Im Grunde ist es Krieg.

Der Mann zieht an seinem Zigarillo und sieht mich mit einem Auge an.

Ich sage nichts.

Er ascht sorgfältig ab, dann sieht er mich wieder an. Und wie ist es bei Ihnen?

Wie ist was bei mir?

Er lächelt und streicht sich mit einem Fingernagel über den schmalen Schnauzer. Dann zeigt er gegen den Park.

Wenn man weiß, wie es funktioniert, kann man hier noch immer alles kriegen.
Wie alles?
An Drogen sind Sie aber nicht interessiert?
Ich sehe den Mann an.
Dope. Ecstasy. Amphetamine.
Nein.
Dachte ich mir schon.
Ich suche jemanden.
Aha. Er betrachtet das Zigarillo und bläst gegen die Glut.
Unsere Tochter ist weggelaufen.
Ihre Tochter?
Ja.
Sie tragen aber gar keinen Ehering.
Wir haben auch nie geheiratet.
So so. Und warum ist Ihre Tochter weggelaufen?
Warum laufen sie weg?
Ja, natürlich. Diese Wildfänge. Dann schaut er mich plötzlich an. Ist sie ein Wildfang?
Was? Ja.
Dachte ich mir. Und wie heißt sie?
Tessa.
Tessa. Hoppla, das ist ja mal ein schöner Name. Wo kommt er her?
Die Großmutter meiner Frau hieß so.
Die Großmutter, na klar. Und der Mann grinst.
Haben Sie von einer Tessa gehört?
Der Mann leckt sich die Lippen. Dann zieht er noch einmal und wirft das Zigarillo weg. All diese Wildfänge, sagt er. Und schlägt mir plötzlich auf die Schulter. Wissen Sie was? Ich helfe Ihnen. Sie sind mir sympathisch.
Ich schaue ihn an. Dann schüttele ich den Kopf.

Er schlägt mit der Zunge gegen den Gaumen. Ich bin auch vorsichtig, was denken Sie denn. Aber wenn ich Ihnen helfen soll, müssen wir einander vertrauen. Und dann flüstert er: Natürlich kenne ich Tessa.

Sie kennen Tessa?

Der Mann formt mit seinen Händen einen Busen nach. Dann flüstert er wieder. Ein richtiger Wildfang. Heute ist sie so und morgen so.

Wo ist sie?

Tja. Wo ist Tessa, sagt er. Und dann: Tessa ist nicht Ihre Tochter.

Ich sage nichts dazu.

Er grinst. Fünfhundert.

Sie wollen Geld?

Alle wollen Geld. Also. Er steht auf; der Mantel bläht sich und leuchtet. Für fünfhundert bringe ich Sie zu ihr.

Nein, sage ich.

Was denn, was denn? Wollen Sie nun Ihren Wildfang zurück oder nicht? Der Mann zündet sich noch ein Zigarillo an und setzt sich wieder zu mir. Sie glauben, daß ich Sie aufs Kreuz legen will? Sie glauben, daß ich nicht weiß, nach wem Sie suchen? Und er lacht. Dann flüstert er wieder. Tessa führt Sie in das Wunderland, und was immer Sie sich wünschen, das macht sie wahr. Tessa, Tessa, Tessa. Sie wollen wissen, wie sie von innen riecht? Sie wollen mit Maske und Schlauch in sie hinein? Sie wollen diesen Wildfang einatmen? Tief? Spüren, wie Sie in Ihnen aufgeht? Sie wollen sie auf einer Tafel, wie ein dampfendes Ferkelchen? Wie eine mollige Wachtel? Mit Leckereien drapiert und Spielzeug in den Höhlen? Sie wollen sie wissenschaftlich? Rational? Mit Helmkamera und Joystick? Sie wollen den gynäkologischen Stuhl steuern, das nackte

Eisen über dem Stuhl und mit der Spitze vorstoßen? Millimetergenau und immer tiefer? Sie wollen die Kamera in der Spitze aktivieren? Die Saugnäpfe, die Sprinkleranlage? Und Sie wollen gleichzeitig Tessas Herzschlag hören? Ihre Poren beobachten, die Knospen, und Sie wollen ein Totalbild ihres Gesichtes? Tessa, flüstert er. Tessa, Tessa, Tessa.
Und wenn Sie es so wollen, sagt er, schnallt sie sich im Wunderland auch ihren Gürtel um. Tessa ist gut. Sie öffnet sanft die fremden Juwelenpforten, und noch wenn sie das Häutchen durchbohrt, ist sie eine Blüte. Oder wollen Sie es weniger sanft? Wollen Sie Tessas Vorstoß antreiben, schneller, flüstert er, härter und so ruppig wie ein Straßenköter? Und wollen Sie dann das Gesichtchen unter ihr? Die gesprengte Juwelenpforte und den blutigen Stachel auf dem Gesichtchen? Während Sie Tessa anpeitschen, dieses deflorierte Gesichtchen? Wollen Sie es? Mit den Augäpfeln? Mit den zehrenden Lippen? Ganz für sich?
Dann steht der Mann auf. Steckt sich das Zigarillo zwischen die Lippen und sieht mich mit einem Auge an. Fünfhundert. Alles inklusive.

6

Kommissar Witt erwartet mich vor dem Revier. Wir geben einander die Hand, dann macht er mit dem Kopf eine Bewegung und hält die Tür auf. Jacko darf mit hinein. Witts Kollegen sitzen hinter dem Panzerglas und schauen nicht auf.

Im Fahrstuhl nicke ich zu dem Kameraauge. Sind hier auch Mikrophone?
Witt hebt einmal die Hände.
Ich sage: Vor vielen Jahren waren Anna und ich einmal auf einem Polizeirevier. Es ging um eine Nepperbande, und wir schauten uns die Polizeiphotos in einem Karteikasten an.
Die Zeiten ändern sich, sagt Witt.
Ich nicke. Wahrscheinlich ist auch Jacko schon erfaßt und ausgewertet worden.
Er hält mir die Tür zu seinem Büro auf. Als wir sitzen, gibt er ohne weiteres zu, daß innerhalb des Gebäudes jede Menge Technik installiert worden ist. Eine ausgeklügelte Mischung aus Benthams Panoptikum und Raumschiff Enterprise, sagt er. Und dann sieht er mich an. Was soll man dagegen tun? Von überall einsehbare Systeme sind ja nichts neues, und List und Überwachung sind seit jeher bewährte Methoden. Macht und das Wettrüsten darum sind Kräfte, die alles erfassen und alles formen; die aus tiefer Geschichte heraus antreiben und immer den Nährboden für die Zukunft legen. Es ist eine ungeheuerliche Dynamik. Was soll man dagegen tun, sagt er noch einmal. Und dann schaut er mich an. Vielleicht kann man sich ausklinken und wie Sie unter einem Baum sitzen. Aber unsichtbar macht einen das auch nicht. Dann zuckt er mit den Schultern. Wenn heutzutage schon jede Pommesbude mit High-Tech ausgestattet ist, muß die Polizei da wohl mithalten, oder? Aber ehrlich gesagt, Herr von Quant. Mir gefällt das auch nicht. Dann schlägt er mit der Hand auf den Schreibtisch. Aber deswegen sind Sie nicht hier. Kaffee vorweg?
Lieber danach.

Soll mir recht sein. Dann zieht er einen Block heran und überfliegt die Notizen. Dieser Mann, sagt er schließlich. Hatten Sie den Eindruck, daß er Ihre Tessa kennt?
Eher nicht. Hätte ich nach einer Jaqueline gefragt oder einer Dagmar, wäre es wohl nicht anders gelaufen. Aber möglich, daß er Tessa tatsächlich einmal begegnet ist. Vielleicht mit dem Code über ihrem Busen.
Witt nickt. Dann sagt er: Was wäre geschehen, wenn Sie mit dem Mann mitgegangen wären?
Da gibt es wohl einige Möglichkeiten.
Witt nickt wieder. Schaut noch einmal in seine Notizen, klickt mit der Maus und dreht schließlich einen der Bildschirme zu mir. Ist das der Mann?
Ich bin überrascht. Ja. Das ist er.
Witt sagt: Es war nicht schwer. Nach Ihrem Anruf habe ich die Überwachungsbilder aus dem Park und der Umgebung gesichtet. Und hokuspokus, sagt er. Hier haben wir den Unhold. Er grinst mich an und holt den Bildschirm wieder zu sich.
Ich sage: Kennen Sie diesen Mann?
Vielleicht.
Was soll ich machen, wenn ich ihm wieder begegne?
Nichts. Wir haben das unter Kontrolle.
Ich schaue ihn an.
Schließlich grinst er wieder. Ich will es mal so sagen, Herr von Quant: Die Sache, die ein Mensch zu seiner Sache macht, prägt ihn natürlich auch.
Ich nicke. Und dann sage ich: Sie kennen diesen Mann, weil er Polizist ist, nicht wahr?
Vielleicht.
War das im Park eine Polizeiaktion, um Tessa aufzustöbern?

Er sagt: Wir haben das unter Kontrolle. Und dann schlägt er mit der Hand auf die Platte. Kaffee?

Die Kastanie hinter Witts Fenster ist kahl, ihre Äste zerschneiden die Stadt in kleine Teile. Der Himmel ist blau, aber die Sonne ist von hier nicht zu sehen. Eine Taube fliegt vorbei, dann steht der Kommissar mit einem Tablett da. Stellt das Service auf den Schreibtisch, schenkt uns ein, und ich sehe noch einmal, wie sorgfältig er vorgeht. Er plaziert mir das Kännchen mit der Milch, er stellt eine Schale mit Keksen in die Mitte und zuletzt den sauberen Kristallascher neben seine Tastatur.
Der Kaffee duftet und schmeckt gut. Witt taucht einen Keks hinein. Schließlich sagt er: Darf er auch einen?
Jacko ist schneller als ich. Er steht bereits und wedelt mit dem Schwanz. Dann schnappt er den Keks aus der Luft. Schnappt einen zweiten, und als Witt daraufhin den Kopf schüttelt, legt er sich wieder hin.
Der Kommissar sagt: Mit Ihrem Jacko kann man es gut halten, was.
Ja.
Lügt er?
Ich glaube nicht.
Ob Tiere das überhaupt können?
Einige vielleicht.
Witt taucht noch einen Keks ein. Weil ich Polizist bin, sagt er dann, muß man bei mir wohl immer damit rechnen, daß ich Dinge nicht für mich behalten kann. Und darum verschweigen mir viele Menschen etwas. Entstellen einen Sachverhalt oder erfinden einen neuen. Er steckt sich den Keks in den Mund und sieht mich an.
Das stimmt wohl, sage ich.

Wir suchen noch immer nach dieser Tessa.
Ich auch.
Uns geht es vor allem um diesen QR-Code.
Ich sage nichts.
Sie wissen mehr, nicht wahr?
Wollen Sie mir ein schlechtes Gewissen machen?
Ach was. Er sieht hinab in seinen Kaffee. Ich habe meiner Frau von Ihnen erzählt. Ich habe zu ihr gesagt, daß ich es mit Ihnen halten würde.
Wie?
Ganz allgemein. Als Nachbar, als Mensch. Er sieht immer noch in seinen Kaffee. Und womöglich würde ich mich an Ihrer Stelle nicht anders verhalten.
Ich nicke. Dann sage ich: Es geht mir um Kristina.
Das Mädchen hat es nicht leicht gehabt, was?
Sie konnte nie zu sich selber finden. Ihre Eltern haben es immer besser gewußt.
Witt taucht einen weiteren Keks ein.
Nach dem Einbruch sind Kristina und ich uns wieder etwas nähergekommen. Sie war das Patenkind meiner Frau, doch seit Annas Tod hatten wir kaum noch Kontakt. Kristina mochte Anna sehr, und plötzlich hatte sie niemanden mehr, dem sie vertrauen konnte.
Er sieht auf und nickt. Und jetzt vertraut sie Ihnen.
Ein bißchen schon, denke ich.
Na klar, sagt Witt. Und sobald Sie die Polizei auf Tessas Spur bringen, war es das mit dem bißchen Vertrauen.

Wir stehen am offenen Fenster. Zwischen den Ästen sind Teile der Stadt zu sehen. Von überall steigen Geräusche auf, über den Dächern erscheint der Himmel wie losgelöst von all dem Getriebe.

Witt zeigt auf einen hohen Schornstein. Um diese Tageszeit kann ich seine Schattenlänge sehen. In anderthalb Stunden geht die Sonne unter.
Ich nicke.
Zu einem Südwestfenster habe ich es nie gebracht.
Dafür haben Sie die Morgenröte.
Er zuckt mit den Schultern. Dann sagt er: Es gibt junge Kollegen, die direkt von der Hochschule in ein sonniges Büro kommen.
Verbittert Sie das?
Es gab diese Zeiten, ja. Aber jetzt nicht mehr, und er lächelt. Ein paar Jahre noch, dann kann ich mich hinsetzen, wo ich will. So wie Sie.
Spätestens dann schauen wir uns gemeinsam das Spektakel unter der Pappel an.
Er lacht einmal; er schaut in die Ferne, er raucht.
Jacko drückt seinen Kopf in meine Beine. Das Telefon klingelt. Witt schaut auf das Display und läßt es klingeln. Sobald der Schornsteinschatten diese Häuserreihe dahinten erreicht, sagt er, mache ich Feierabend. Wenn Sie wollen, nehme ich Sie mit.
Warum nicht.
Er macht seine Zigarette aus und sieht mich an. Meinen Kollegen Murken haben Sie ja kennengelernt. Er ist unser Mann für Cyberkriminalität, und er versteht sein Handwerk. Er hat ein dunkles Büro wie ich, doch die jungen Kollegen von der Sonnenseite tauchen ständig bei ihm auf. Sie haben Diplome, sie haben Spezialfortbildung, und einige sehen aus, als könnten sie sich mühelos bis in die NSA hacken. Und doch kommen sie alle in sein dunkles Büro, weil sie seine Hilfe brauchen.
Witt legt mir eine Hand auf die Schulter. Murken ver-

mutet ja nun, daß dieser QR-Code nur eine Vorstufe für ein Supervirus ist, das womöglich in der Lage wäre, große Teile des Netzes lahmzulegen. Er meint, daß es sich um eine völlig neue Dimension handeln könnte, und so wie ich ihn verstehe, läßt sich diese Dimension nicht erfassen. Als könnte sie ihre Zustände ändern, sobald man ihr zu nahe kommt. Als würde sie immer genau wissen, wann sie ihr Verhalten und ihre Eigenschaften ändern muß. Als sei sie unsichtbar und hinterließe keine Spuren.
Murken kennt nur diese Vorstufe und weiß nicht, was der Supervirus tatsächlich kann. Aber er hat das beklemmende Gefühl, daß er sehr, sehr viel kann. Dann schaut Witt mich an. Wissen Sie, was passiert, wenn es jemandem tatsächlich gelingen sollte, das Netz lahmzulegen?
Für mich würde sich wahrscheinlich nichts ändern.
Das sagen Sie so. Aber vielleicht haben Sie auch recht. Und dann sagt er: Da, sehen Sie.
Ich folge seiner Hand, und wir sehen beide, wie der Schatten des Schornsteins sich auf die Häuserdächer legt.

Witt hat ein blaues Auto, der Lack glänzt in der Abendsonne. Er öffnet zuerst den Kofferraum und holt eine Decke hervor. Danach klappt er den Fahrersitz um und breitet die Decke hinten aus. Dann darf Jacko hinein.
Wir ziehen mit einer endlos scheinenden Reihe aus Rücklichtern stadtauswärts, und endlos ziehen uns Scheinwerfer entgegen. Es geht von einer Ampel zur nächsten, die Autoschlangen stoßen von allen Seiten auf die Ausfallstraße. Ich kann mir vorstellen, daß es die Menschen verändert, wenn sie täglich in solchem Verkehr stecken. Witt schaut einmal zu mir herüber und zuckt mit den Schul-

tern. Dann schaltet er herunter; im Außenspiegel sehe ich die Abendröte.
Witt läßt Autos aus den Nebenstraßen herein und bremst, wenn eine Ampel auf Gelb springt. Hinter uns wird gehupt, manchmal blendet grelles Licht auf.
Witt sieht zu mir herüber. Haben Sie von der Weltraumsonde gehört?
Ja.
Können Sie sich vorstellen, daß wir beide jetzt auf einem Kometen sitzen?
Warum nicht.
Er nickt. Was würden Sie dort oben sagen: Plant Ihre Tessa tatsächlich den Supergau im Netz?
Dort oben würde ich Ihnen sagen, daß ich es für möglich halte. Und ich würde Ihnen auch sagen, daß Tessa einen Bruder hat. Und daß dieser Bruder von anderen Dimensionen gesprochen hat. Wir sind hier, hat er gesagt. Wir sind im Netz. Wir wissen, wie man Energien von der einen in die andere Dimension bringen kann. Aber hier unten würde ich Ihnen das nicht sagen. Weil ich bei Ihnen als Polizist immer damit rechnen müßte, daß Sie Dinge nicht für sich behalten können.
Er nickt wieder.
Ich sage: Wissen Sie, wo ich Tessa finden kann?
Er lacht. Sie sind gut. Und dann: Ihre Freunde machen Ihnen das Leben schwer, was?
Ja. Aber darum geht es nicht. Ich bin nicht schuld daran, daß Kristina weggelaufen ist. Ich möchte einfach nur sicher sein, daß es ihr gut geht.
Kann ich verstehen.
Und Sie haben keine Spur von Tessa?
Nein.

Wir fahren ostwärts durch die Weichbilder der Stadt. Die Fahrbahn ist mehrspurig, in der Mitte kommt uns eine Straßenbahn entgegen. Witt fängt die Grünphasen ein, vor uns spult sich der Asphalt auf.

Hinter der Endhaltestelle steuern wir gegen die hereinbrechende Nacht. Die Landstraße ist schmal und liegt wie eingeschnitten zwischen hohen Bäumen. Am Fahrbahnrand leuchten regelmäßig Reflektoren auf, manchmal stoßen Lichtkegel aus der Ferne.
Ich sage: Ist es ein großer Umweg für Sie?
Ach was.
Wir überqueren den Fluß, dann biegen wir ab. Der Weg ist gepflastert, es gibt ausgefahrene Vertiefungen. Die Scheinwerfer streifen über einen Acker, sie erfassen eine Erlenreihe. Hinter der nächsten Kurve steht ein Reh. Es schaut in unsere Richtung, die Augen leuchten. Als Witt abblendet, läuft es davon.
Er sagt: Hier ist es beinah so einsam wie auf einem Kometen.
Ich lache. Wollen Sie noch etwas fragen?
Er lacht mit mir. Das würde ich machen, wenn wir tatsächlich dort oben säßen. Hier unten bin ich zu sehr Polizist.
Als plötzlich ein paar Brocken unter das Bodenblech springen, muß Witt abbremsen. Vor uns sehen wir die lehmigen Spuren eines Treckers. Witt steuert bedächtig über die Brocken hinweg, dann schaltet er einen Gang höher.
Da vorne rechts, sage ich.
Bei dem Schild?
Ja.
Obwohl außer uns niemand hier ist, setzt er den Blinker.

Die Lichtkegel streifen über knorrige Weiden. Bei einer ist die Krone herausgebrochen, und ihre Äste langen bis an den Weg.

Der Schotter knirscht unter den Reifen. Witt wendet das Auto und schaltet Licht und Motor aus. Die Luft ist kühl, aus den Flußwiesen steigt Feuchtigkeit. Jacko springt und kläfft. Als ich ihm die Pforte öffne, läuft er los. Ringsherum ist Dunkelheit. Dann flammt Witts Feuerzeug auf.
Schönen Dank, sage ich.
Gerne.
Ich kann Ihnen Wasser anbieten. Etwas zu essen.
Meine Frau erwartet mich. Dann streckt er einen Arm aus, und die Glut markiert einen großen Bogen. Ich habe über das Fracking gelesen. Schlimm, sagt er.
Ja.
Wir wohnen auf halber Strecke. Aber wenn sie hier frakken, wird auch bei uns nichts mehr so sein, wie es ist. Meine Frau und ich haben dagegen unterschrieben, aber wir glauben nicht, daß es etwas nutzt. Und sobald die Freihandelszone mit den USA rechtskräftig und verbindlich ist, wird auch der Rest noch aus den Fugen geraten.
Ich nicke in die schwarze Nacht hinein. Dann sage ich: Auch im Dorf haben sie sich gegen das Fracking formiert. Sie wollen Widerstand leisten.
Und Sie?
Meine Freunde werfen mir vor, daß ich nach Annas Tod gleichgültig geworden bin. Auch der Dorfpastor hat es mir schon unterstellt. Ich zucke mit den Schultern. Sobald ich weiß, daß es Kristina gut geht, werde ich zu so einer Bürgerversammlung gehen. Vielleicht kann man gemeinsam ja doch etwas bewegen.

Witt lacht einmal. Vielleicht kann aber auch Ihre Tessa mit ihrem Supervirus den Fracking-Irrsinn ganz einfach auflösen. Einsen und Nullen, die im Netz verschwinden, wie in einem Schwarzen Loch. Dann reicht er mir die Hand. Wir sehen uns.
Auf die Tage.
Vor dem Auto tritt er die Zigarette aus und legt sie in den Aschenbecher. Als der Motor startet, kommt Jacko angelaufen. Er kläfft, Witt fährt das Seitenfenster herunter und streichelt den dicken Kopf.

Winter

1

Ich weiß nicht, ob die Jahreszeiten früher ausgeprägter waren; ob das Wetter in stets verläßlichen Zyklen wechselte und jeweils die erwarteten Eigenschaften hervorbrachte. Oder ob sich in meiner Erinnerung ein strenger Winter zu vielen Wintern verdichtet, ein schöner Sommer zu vielen Sommern.

In diesem Jahr hat es keinen Herbststurm gegeben. Ich habe nicht gesehen, daß die Pappel ergriffen wurde; daß ihre Krone geschwankt hat und Äste herausgebrochen sind. Ich habe nicht die Schwingungen aus ihrem Stamm gespürt und nicht das helle Knirschen gehört. Es gab kein Heulen um das Haus, kein Dröhnen aus den Flußwiesen, nichts. Diese ganze Kraft, die immer wieder anschwillt, noch den Horizont erfaßt und die Welt bis auf das äußerste anspannt: Sie war in diesem Jahr nicht da.

Aber ist es tatsächlich so? Vielleicht habe ich die Stürme auch einfach nicht bemerkt.

Ein Zaunkönig weckt mich. Seine Stimme scheint hart und laut, hinter den Fenstern ist noch alles schwarz. Ich ziehe die Decke höher. Nur mein Atem stößt in die Dunkelheit. Ich liege, bis es dämmert. Dann sehe ich das Eis in dem violetten Licht; die Kristalle, die zu Blumen auf den Scheiben gewachsen sind.

Wie Stacheln stehen die Eisteilchen von der Pappel. Die Flußwiesen glitzern in der Morgensonne; überall ist die Feuchtigkeit der Nacht erstarrt, alle Formen haben sich verändert.

Der Kaffeebecher dampft und brennt einen Kreis in den Tisch. Auch Jackos Urin brennt sich in die Erde. Es ist der erste Frost in diesem Winter.

Ich trage Mütze und Schal. Jacko bellt bereits und springt. Als ich die Pforte öffne, läuft er los; jachtert durch die Kolonie, stößt durch Hecken, schnüffelt. Er weiß, daß die Kolonisten nun kaum noch kommen. Trotzdem haben sie ihre Gärten und Häuser geschmückt; sie pflegen diese Zeit mit Nippes und Lichterketten. Sie strecken die heiligen Mittwinternächte zu Wochen und Monaten. Jakko ist es egal; er markiert in den Gärten auch Engel oder Krippen.

Die Welt glänzt bis in den Horizont hinein, verschiebt sich dort von Weiß zu Blau, und die Kälte spannt einen riesigen Bogen. Die Sonne scheint, und hinter den erstarrten Erlenreihen scheint sie zurück aus dem Fluß. Das Schilf ist erstarrt, aus allem heraus sind die Kristalle gewachsen und formen nun die Welt. Was über Nacht nicht weiß geworden ist, sticht heraus und ist kilometerweit zu sehen.

Unterwegs setze ich die Sonnenbrille auf. Jacko läuft voraus; er nimmt Spuren auf, läßt sie wieder liegen und sucht nach neuen. Es ist so still, daß ich seine Tritte auf dem verkrusteten Boden höre. Und wenn er im Schilf verschwindet, höre ich das Rascheln; sehe die schwankenden Stengel und die flirrenden Teilchen.

Bei der Stromschnelle rasten wir. Reif überzieht die steilen Ufer, und wo die Steine das Flußbett verengen, wachsen aus der Gischt frostige Formen. Es rauscht, die langen Strahlen der Sonne werden zerlegt. Ich esse einen Apfel, Jacko bekommt eine Bockwurst. Danach geht er aufwärts; säuft und springt schließlich hinein. Er zieht eine dunkle Spur aus dem Wasser.

Kurz vor dem Geestrücken erscheint ein Grünspecht. Er stößt sich mit kräftigen Flügelschlägen voran und fliegt auf einer Welle den Kiefern entgegen. Sein Ruf hallt aus dem Wald wie Lachen zurück.

Schon vor dem Dorf ist die Landstraße zu hören. Die Wege sind nicht mehr unberührt; Reifen haben das Weiß zerschnitten, bald kommt uns ein Postauto entgegen, und dann sehe ich den Winterdienst und die schwarzen Straßen.
Im Dorf sind die Banner gezogen, überall hängen Plakate.

In der Stube ist es warm. Der Frisör sitzt im Wartebereich; er grüßt und legt ein Magazin zur Seite.
Als wir uns im Spiegel anschauen, sage ich: Nur den Nacken ausrasieren.
Er legt mir das Tuch um und schlägt Seife auf.
Ich sage: Gibt es Neuigkeiten?
Die Gerüchte werden nicht besser. Angeblich hat sich der Landrat nun für das Fracking ausgesprochen.
Ja. So etwas in der Art habe ich auch schon gehört. Daß wir auf einem riesigen Gasvorkommen sitzen und daß wir die Stille hier vergessen können.
Es wird nicht besser in der Welt.
Nein.

Dann schäumt er mir den Nacken ein und klappt das Messer auseinander. Und bei Ihnen?
In den letzten Tagen war es ruhig. Aber ich muß noch einmal in die Stadt.
Der Frisör streift das Messer ab. Mir tut die Stadt auch nicht gut. Ich bin jedesmal froh, wenn ich wieder zurück bin. Aber ob das so bleibt, weiß hier niemand.
Ich nicke in den Spiegel. Und die Bürgerversammlung?
Jede Woche ist der Krug gerammelt voll. Er wischt mir die Schaumreste weg, dann grinst er einmal und zeigt auf mein Haar. Noch nicht ganz Rudi Dutschke, aber es wird langsam.

Reisebusse sind im Dorf, die Scheiben im Krug sind beschlagen. Ich esse ein Fischbrötchen auf dem Wochenmarkt, kaufe etwas ein, und dann öffnet sich die Welt wieder bis in den Horizont. Die Kälte spannt einen Bogen, der Himmel ist klar, überall glitzern die Kristalle.

Auf halber Strecke mache ich etwas in der Ferne aus. Es ist dunkel, ein ziehender Fleck. Vielleicht ist es ein Reh, vielleicht schnürt dort auch der Wolf.
Der Fleck bewegt sich auf uns zu. Er wird größer, steigt aus der Umgebung hervor, und nach einer Zeit erkenne ich unscharf die Gestalt eines Mannes. Auch Jacko hat etwas bemerkt; er wittert und prüft die Luft.
Wie ein Wanderer zieht der Mann über das Land. Klein und verloren beinah zwischen Himmel und Horizont. Doch mit jedem Schritt verringert sich der Abstand zwischen uns; mit jedem Schritt werden seine Umrisse fester, schneiden sich schärfer aus dem Raum heraus, und die Weite ringsherum zerflirrt.

Jacko wird unruhig; manchmal knurrt er leise, und ich nehme ihn an die Leine. Wir sind nicht mehr allein in den Flußwiesen.
Der Mann hat einen Arm erhoben wie zum Gruß und hält mit unvermindertem Schritt auf uns zu. Jacko bellt, dann bleibt der Mann plötzlich stehen. Es ist der Einäugige, und er hält ein Glasauge in die Luft, als würde er uns damit anvisieren. Er lacht; Jacko bellt, Jacko knurrt, und lachend wirft uns der Mann das Glasauge zu. Es landet auf dem harten Boden, es rollt wie eine Murmel und zieht eine Spur durch die Kristalle. Dann liegt es da, starrt gegen den Himmel. Und gleich darauf kommt noch ein Auge angerollt, dann noch eines, Jacko bellt, Jacko zieht, und das Lachen des Mannes hört nicht auf. Und überall starren die Augen mit einem unheimlichem Glanz.
Greifen Sie nur zu!, ruft der Mann. Greifen Sie nur zu! Ich habe noch Dutzende davon. Und er langt in seine Hosentasche und wirft mir noch eine Handvoll vor die Füße.
Was wollen Sie?
Vielleicht das Land vermessen?
Ohne Instrumente?
Wir sehen einander an. Eines seiner Augen bewegt sich, das andere glotzt wie die Glaskugeln vor meinen Füßen. Die Zeiten haben sich geändert, sagt er. Aber niemand will das sehen. Die Welt wird neu vermessen, und niemand will das sehen. Er lacht einmal. Die Erdfigur ist bestimmt, Land und Wasser sind erfaßt und jedes Grundstück in einer Datenbank abgespeichert. Kartenwerke werden durch Navigationsgeräte ersetzt, auch Bodenschätze werden mit Drohnen oder Satelliten aufgespürt und die Lagerstätten spektroskopisch erkundet. Doch das ist nicht alles, sagt er. Das Sonnensystem ist erfaßt, die

Entfernungen und Umlaufbahnen sind berechnet und die Zustände von Planeten und Sternen beschrieben. Die Vermessung der Welt, sagt er, stößt vor in die vierte Dimension. Aber niemand will das sehen.
Und dann holt er das eine Auge aus der Höhle und hält es in die Höhe. Sie werden vermessen, sagt er. Ihr Innenleben wird vermessen, und nichts bleibt mehr verborgen. Was glauben Sie denn! Daß der Informationsaustausch zwischen Mensch und Maschine noch von Geräten abhängig ist? Daß zwischen Gehirn und Satellit keine Datenübertragung stattfinden kann? Daß ich nicht weiß, was Sie essen? Was Sie gerade denken? Und dann lacht er wieder und lacht, und Jacko bellt dazu.
Ich schaue den Mann lange an.
Dann sage ich: Ich habe eine Thermoskanne im Rucksack. Wollen Sie einen Kaffee?
Doch er lacht nur. Steckt das Auge in die Höhle zurück, sammelt die Glaskugeln auf und zieht weiter.

2

Morgens hocke ich vor dem Ofen und starre in die Asche. Stochere nach einem letzten Glutnest, und sobald aus den Spänen die jungen Flammen hervorspringen, lege ich nach. Mit dem Knistern und Fauchen beginnt der Tag, bald durchzuckt das Feuerlicht die Küche.

Der Himmel über den Flußwiesen ist eintönig; ein Grau, das Raum und Zeit erfaßt. Das Thermometer steht fest unter Null. Der Wind weht scharf aus Nordost. Die Erlen schwanken, die Schilfgräser schwanken, und Kristalle ziehen in Wellen über das Land hinweg. Die Kälte dringt in alles hinein.

Die Tage dunkeln schnell. Mond und Sterne bleiben verborgen, die Nacht wächst wie eine Eisblume gegen den Himmel. Und wenn der Wind herabfällt, heult es aus der Pappel.

Dann schlagen Wetter und Wind um. Feuchtigkeit unterzieht die trockene Luft, und mittags steigen im Nordwesten schwere Wolken aus dem Horizont. Wie Ambosse schieben sie sich voran und drücken gegen den ganzen Raum. Noch bevor die Dämmerung einsetzt, kommen die ersten Flocken herangeflogen.

Es schneit ohne Unterlaß. Sogar in der Nacht ist es hell, mit dem Tageslicht treiben kräftige Böen Schneisen und Verwehungen, und zwischen den Flocken zerstreuen alle Konturen. Freigelegte Wege sind bald wieder verschwunden, die Kolonie liegt da wie untergegangen.
In den Flußwiesen gibt es keine Himmelsrichtung und keine verläßlichen Punkte mehr. Das Flirren löst alles Vertraute auf. Der Fluß liegt eingeschnitten zwischen neuen Ufern, Dünen mit steil abfallenden Seiten sind aufgeweht, und der Wind zieht unablässig weiße Fahnen über ihre Kämme.

Nach zwei Tagen ist das Schneetreiben vorbei. Das Land ist jetzt rein, der Himmel klar und die Stille noch größer geworden.
Ich streue Asche in die freigeschaufelten Furchen, ich

trage Holzvorräte hinein, und regelmäßig entdecke ich neue Fährten. Ein Fuchs und ein Dachs durchstreifen die Kolonie, auch ein Reh ist gekommen.
Nachmittags glüht der Fluß, und vor der Dämmerung überzieht ein violetter Schein das ganze Land. Licht und Dunkel werden eins, und mit den funkelnden Kristallen erscheinen die Sterne, als wären sie niemals verschwunden.

Jacko ist unruhig, er kläfft und winselt. Aus der Ferne schreien Krähen.
Nach dem Frühstück nehme ich ihn an die Leine. Er nimmt sofort Witterung auf und zieht mich in die Flußwiesen hinein. Die Schreie der Krähen werden lauter, der Schnee ist tief und pulverig. Jacko springt und hechelt; dann stößt er auf die Wolfsfährte. Das Tier hat eine Schneise gezogen, Hinter- und Vorderpfoten liegen aber auf einer Linie. Die Spuren führen in das Schilf hinein und wieder hinaus bis zu den Erlen. Wir ziehen aufwärts, hin zu einer Biegung. Auch die Krähen sind dort, und Jacko ist so aufgeregt, daß ich ihn kaum halten kann.
In der Biegung ist das Ufer baumlos und fällt sanft. Die Krähen sitzen auf einem Haufen. Der Schnee ringsherum ist rot und aufgewühlt. Als wir näher kommen, geben sie einen Kadaver frei. Der Körper des Rehs ist offen, in Stücke gerissen, und der Kopf ist verschwunden. Die Krähen schreien, auch Jacko gibt keine Ruhe.

Zum Mittag schwingt noch immer Unruhe über dem Land. Zwischen den Krähen rufen Habichte; Jacko winselt und kratzt ständig an der Tür.
Erst mit der Dämmerung verändert sich der Zustand.

Und später ist es dann wieder so still, daß Raum und Schweigen spürbar werden. Doch ich ahne noch die Spuren des Tages und warte darauf, daß ein Heulen die klare Nacht zerreißt. Ich stehe immer wieder draußen, und noch im Bett erwarte ich die langgezogenen Laute.

Der Morgen steigt wie eine Glocke aus dem Land. Mit rotgoldenem Licht, das aus dem Schnee zurückstrahlt und alles erfaßt.
Ich schaue nach frischen Spuren im Garten. Ich verstreue Asche, ich hole Holz. Beim Abwasch schlägt Jacko plötzlich an; vielleicht ist der Wolf aufgetaucht.
Draußen steht ein Geräusch in der Luft. Es scheint wie ein langes Reißen; dumpf zuerst und fern, als würde die Stille am Horizont durchtrennt. Als wäre sie ein fester Körper, und so kommt das Reißen immer näher. Und dann höre ich ein Hupen, und Jacko kläfft und läuft davon.
Der Landrover steht vor der Kolonie. Die Radkästen sind voller Schnee, auf die Reifen sind Ketten gezogen.

In der Küche ist es warm. Unter den Schuhen des Tierarztes stehen kleine Pfützen. Er sagt: Ich bin auf dem Weg in die Stadt. Der Frisör meint, Sie wollten dieser Tage wieder hin.
Ich suche noch immer nach Kristina.
Sie haben also noch nichts von ihr gehört.
Nein.
Sorgen Sie sich?
Ich bin mir sicher, daß es ihr gut geht. Aber ich möchte sie sehen.
Kann ich verstehen. Und wo wollen Sie nach ihr suchen?
Im Watchtower.

Was ist das denn?
Eine Art Disko oder Club. Läuft wohl einmal im Monat, aber ich selber habe nur davon gehört. Angeblich ist Tessa manchmal da, und wenn ich Glück habe, bringt sie dieses Mal Kristina mit.
Der Tierarzt grinst. Bei der Gelegenheit könnten Sie ja ein bißchen abhotten.
Wenn ich Kristina dort treffe, bin ich zu allem bereit.
Da drücke ich mal die Daumen.
Nett von Ihnen, sage ich. Und dann: Der Wolf hat ein Reh gerissen.
Das sind doch gute Nachrichten. Er reibt sich die Hände. Am Ende bleibt der Bursche tatsächlich hier.
Es gibt aber auch genug schlechte Nachrichten.
Leider Gottes, würde unser Pastor sagen. Aber Sie haben recht, der Landrat hat sich nun ganz offen zu dem Frakking bekannt.
Ich habe es schon gehört. Und angeblich hat auch mein alter Freund Fredi die Pläne schon gesehen.
Der Tierarzt nickt. Dann sagt er: Aber deswegen geben wir uns noch lange nicht geschlagen.
Ich sage: Wann ist die nächste Versammlung?
Wir treffen uns jeden Freitag. 17 Uhr im Krug. Er grinst. Wollen Sie kommen?
Mal sehen.
Wir trinken noch einen Kaffee, danach packe ich ein paar Sachen zusammen. Die Heizung ist kaputt, sagt der Tierarzt. Er trägt seinen Lodenmantel und eine Russenmütze. Er wendet und zieht den Landrover in seine alte Spur. Die Kolonie wird kleiner, bald ist nur noch die Pappel zu sehen. Der Motor treibt wie ein Reißen durch das Land, und hinter uns schließt sich die Stille.

3

In der kleinen Stadtwohnung wird es nicht dunkel, und es wird niemals ganz still. Noch in der Nacht steht ständiges Rauschen im Hintergrund.
Ich wache vor der Dämmerung auf. Eine Sirene ist zu hören, Autos ziehen über den matschigen Asphalt.
Draußen schlägt mir die Kälte in das Gesicht. Der Himmel ist wolkenlos, aber unter der Leuchtglocke der Stadt sind kaum Sterne zu sehen. Fenster und Vorgärten sind weihnachtlich geschmückt. Der Schnee in den Straßen ist hart und schmutzig. Jacko pinkelt; an der nächsten Ecke ist ein Kiosk.
Früher war hier ein Schreibwarengeschäft. Anna und ich haben oft dort eingekauft. Drinnen ist es warm, ich erkenne einen Teil der alten Einrichtung wieder. Die junge Frau hinter dem Tresen hört Radiomusik und sortiert Ware ein. Sie sieht ausgeschlafen aus. Ich bestelle einen Kaffee.
Draußen steht ein hoher Tisch. Der Kaffee dampft, Autos ziehen auf die Hauptstraßen zu, und eine Kehrmaschine bleibt mit gelbem Blinklicht vor dem Kiosk stehen. Das klare Dämmerlicht verschmiert in der Stadt.
Jacko entdeckt den anderen Hund zuerst. Es ist ein Mops, und er folgt einer Frau. Die Frau hat eine Zigarette zwischen den Lippen und schaut auf ein Smartphone. In der anderen Hand hält sie einen Kaffee. Sie stellt die Tasse ab, holt eine Pille aus ihrem Mantel und wirft sie in den Kaffee.
Die Hunde beschnüffeln einander.
Die Frau raucht, trinkt und schaut auf ihr Smartphone. André, sagt sie. Was sind das für Spielchen? Sie starrt auf

das Display und verschickt schließlich eine Nachricht. Dann pfeift sie nach dem Mops.
Jacko und ich schauen den beiden hinterher. Dann pfeife ich, wie die Frau gepfiffen hat, und sage: Komm, gehen wir in die Werkstatt.
Mit dem ersten Tageslicht glitzert der Schnee auf den Hausdächern. Der Himmel über uns erscheint klein.

Nach dem Sonnenaufgang stehe ich vor der Schrift: Maßschuhe und Reparatur von Quant. Die Strahlen fallen in die Werkstatt; die Schatten der Buchstaben sind lang um diese Jahreszeit und wandern schnell.
Nebenan hat Ergün frische Blumen in das Fenster gestellt. Mit der Sonne werden ihre Farben auseinandergetrieben und füllen das ganze Souterrain aus. Als leuchteten noch immer Annas Sträuße aus dem Geschäft.

Die Gerüche von Leder und Gerbstoffen steigen auf wie eine Blase. Tarkan hat eine Holzkiste auf dem Arbeitstisch stehen. Walter, sagt er und zeigt mir die Häute. Es sind Oberleder von Rindern und auch junge Futterleder. Und dann zieht er das Pferdeleder hervor. Es sind außerordentlich schöne Stücke, aus den Kruppen von Kaltblütern geschnitten. Sie sind handgefärbt und zu feinem Glanz geschliffen. Tarkan sieht mich an. Ich nicke mehrmals, und wir lassen das Leder durch die Finger gleiten. Es ist dicht und fest, es ist weich und anschmiegsam, und auf der fleischigen Seite sehen wir die wunderbare Faserstruktur. Ich bin gerne Schuhmacher gewesen. Ich war glücklich in dieser Werkstatt, und jetzt bin ich glücklich, daß ich die Zeit mit Anna haben durfte.

Abends bin ich zum Essen eingeladen. Tarkan und Ergün holen ein Lamm aus dem Ofen und schneiden es zu. Die Frauen decken den Tisch, die Jungs zeigen mir auf ihren Smartphones, daß in den nächsten Tagen noch mehr Schnee kommen wird. Dann reichen sie mir eines der Geräte. Neues vom Wolf, sagen sie. Ist ganz frisch im Netz. Wir sehen einen verschneiten Kiefernwald, dann eine Lichtung. Anscheinend wurde der Film von einem Hochsitz herunter gedreht, und auf der Lichtung taucht ein Wolf auf. Er schnürt auf den Hochsitz zu, dann bleibt er stehen. Und plötzlich macht er kehrt und läuft in großen Sprüngen davon.
Er hat ein Reh gerissen, sage ich. Jacko hat den Kadaver aufgespürt.
Alter, sagen sie. Das ist ja Wildnis pur.
Ich schaue die Jungs an. Und dann sage ich: Es ist nur eine theoretische Frage. Aber könnte man sich in die Rechner eines Fracking-Konzerns hacken?
Wir haben es dir gesagt. Wege gibt es überall.
Ich meine, könnte man so einen Konzern auch lahmlegen? Ihre Rechner mit einem Supervirus infizieren?
Ganz so einfach ist es aber nicht, sagen sie.
Ich nicke.
Die Jungs grinsen. Walter, was hast du vor?
Ich kann doch nicht einmal mit einem Smartphone umgehen. Aber ich werde auf die Bürgerversammlung gehen.
Wollt ihr euch in den Konzern hacken? Braucht ihr Hilfe?
Ich schüttele den Kopf.

Beim Essen richtet Ergün mir Grüße der Vettern aus. Sie haben schon viele Teile aus dem Haus verbaut, sagt er.

Und wenn du im nächsten Jahr einen Rasen willst oder einen Aussichtsturm, dann kommen sie.
Die Jungs sagen: Yeah. Und danach feiern wir wieder.
Die Frauen fragen mich nach Kristina.
Ich sage ihnen, wie es ist, und alle am Tisch schauen mich an.
Aber sie ist doch erwachsen, sagen sie schließlich.
Ich nicke. Die Zeit auf dem Schoner hat ihr gutgetan.
Und wohnt sie jetzt bei dieser Tessa?
Angeblich. Ich weiß es nicht, aber vielleicht kann ich sie treffen. In so einem Club. Watchtower.
Watchtower? Abgefahren, sagen die Jungs.
Ihr kennt den Laden?
Sie grinsen. Dann steht einer von ihnen auf und kommt mit einer Art Taucherbrille zurück. Ein Kumpel von uns war schon einmal da. Hier.
Die Taucherbrille ist ein Datenhelm, und als ich ihn aufsetze, verschwindet augenblicklich alles andere. Ich werde hineingezogen in eine Welt, die mit der Wirklichkeit um mich herum nichts mehr zu tun hat. Blaue und rote Lichter zucken, Bassmusik wummert, überall tanzen Menschen, und aus dem Boden steigen Säulen auf mit Bildern.
Ich gebe den Helm zurück. Das ist nichts für mich, sage ich.
Die Jungs lachen. Man muß nicht mehr überall selber hingehen. Dein Kumpel geht auf eine Party, und du fliegst in den Süden. Und später bist du auf der Party, und dein Kumpel hängt ab am Strand. Alter. Da tanzt du locker auf zwei Hochzeiten.
Wir lachen.
Dann sagen die Jungs: Wenn du in der Straßenbahn sitzt,

Walter, und keinen Bock hast auf die anderen Gesichter. Da kannst du dich ganz entspannt ausklinken. Hier, und sie reichen mir wieder den Helm.
Diesmal werde ich in eine sonnige Landschaft mit sanften Hügeln hineingezogen. Meine Augen können den Raum und die ganze Tiefe dort erfassen. Ich spaziere durch blühenden Lavendel und vorbei an Zypressen. Ein Aquädukt spannt sich über ein grünes Tal, das Wasser rauscht, und Vögel singen. Dann steigt plötzlich Hufgetrappel auf, Klirren, und hinter einer Kuppe erscheinen behelmte Reiter. Sie zeigen auf mich und kommen auf mich zu. Dann hebt der erste Reiter einen Arm, und der Trupp bleibt stehen. Die Pferde schnauben, die Vögel singen weiter. Der erste Reiter nimmt seinen Helm ab. Zuerst fällt langes Haar heraus, dann lächelt mich eine schöne Frau an.
Ich ziehe mir die Brille wieder herunter.
Die Jungs schauen mich an. Ist das abgefahren, oder was?
Ich weiß es nicht.
Willst du woanders hin? In das Mittelalter? In die Zukunft?
Diese Welten sind nichts für mich. Ich will einfach in Ruhe unter meiner Pappel sitzen.
Wir lachen, und dann bringen die Frauen den Nachtisch.

4

Aus dem Radio erklingt Weihnachtsmusik, die junge Frau bedient Kunden. Während sie meinen Kaffee zubereitet, kommen weitere Kunden. Womöglich läuft der Kiosk besser als damals das Schreibwarengeschäft.

Draußen hält die Kehrmaschine, das gelbe Blinklicht stößt von den Häusern zurück. Überall sind bereits Fenster erleuchtet, vor den Ampeln warten Autoschlangen, die ganze Betriebsamkeit schwingt sich auf. Eine Energie, die sich wie ein Pilz über die Stadt spannt; die wabernd die ganze Erde umspannt und ständig auf alles einwirkt.
Der Kaffee dampft.
Über dem Stehtisch bricht das Tageslicht auf. Schleier unterziehen den klaren Himmel, nach Osten hin färben sie sich rot. Die Jungs haben mir einen Satellitenfilm gezeigt und neuen Schnee vorausgesagt. Womöglich behalten sie damit recht.
Die Frau mit dem Mops taucht wieder auf und tritt zu mir an den Tisch. Sie stellt ihren Kaffee ab, steuert auf dem Display und zündet sich dabei eine Zigarette an. Dann wirft sie eine Pille in den Kaffee. Jacko und der Mops begrüßen einander.
Sie mögen sich, sage ich.
Wollen Sie mich anmachen? Die Frau schaut nicht einmal auf. Sie raucht, trinkt, und dann lacht sie plötzlich. Du verdammtes Arschloch! ruft sie und zieht eine Grimasse gegen das Display. Nimmt noch einen Zug und trinkt, ohne abzusetzen, die Tasse leer. Dann schaut sie wieder auf das Display und schüttelt den Kopf. Du bist nicht André, sagt sie. Und ich werde deine dreckigen Spielchen aufdecken. Sie steckt ihre Zigaretten ein und pfeift nach dem Mops.

Ein Stück hinter den Schreibwaren war früher das Fischgeschäft. In der Auslage gab es Steinbutt, Stinte oder Granat zu sehen, jeden Tag lagen andere Tiere in dem zerstoßenen Eis. Auch Schlachter und Gemüseladen gehörten in dieses Viertel. Annas Blumen und meine Werkstatt. Heute gibt es nur noch die Bäckerei, doch auch dort sehe ich keine bekannten Gesichter.

In der Stadt gehen die Menschen massiv gegen den Schnee vor. Die meisten Wege sind schwer von Salz und Matsch, in den kleinen Straßen sind schmutzige Rinnen. Auch die Promenade am Fluß ist geräumt; nur Dächer und Bäume vermitteln Eindrücke einer winterlichen Stadt. Und in den Passagen sind es dann die festlichen Lichter, die Holzbuden oder aufsteigende Gerüche. Anna mochte die Vorweihnachtszeit, und wir sind jedes Jahr durch die geschmückten Straßen geschlendert. Haben einen Glühwein getrunken und Maronen gegessen, und wenn wir abends in unserer Stube saßen, brannte Kerzenlicht, und es roch nach Tannennadeln. Auch ich mochte diese Zeit. Doch ohne Anna hat sie für mich allen Reiz verloren.

Die Robinie steht in tiefem Schnee. In den Furchen des Stammes glitzern Kristalle, die Krone ist weiß, der ganze Park ist weiß. Jacko springt durch die Beete; sein Atem dampft, der Schnee versprüht. Ich setze mich auf die Lehne der Bank.
Anna wußte, daß die Robinie zur Familie der Schmetterlingsblütler gehört und auch Silberregen oder Falsche Akazie genannt wird. Ihr wissenschaftlicher Name geht auf einen Franzosen zurück, der Robin hieß. Der Baum wurde vor einigen hundert Jahren aus Nordamerika nach Europa eingeführt, und in einem ihrer Bücher mit den alten Kupferstichen und Federzeichnungen zeigte Anna mir Blätter, Blüte und Frucht einer ursprünglichen Ro-

binie. Wir verglichen die Originale dieses Baums mit den alten Bildern und stellten keine Unterschiede fest. Diese Robinie scheint in einer Linie mit ihren nordamerikanischen Ahnen zu stehen, und Anna konnte sich daran erfreuen. Sie mochte das Ursprüngliche. Sie konnte stundenlang in ihren Büchern blättern und die bunten Sträuße längst vergangener Jahrhunderte betrachten. Blaue Disteln oder Schwertlilien, Rittersporn, Goldlack oder Knabenkraut, und für ihr Geschäft kaufte Anna ausschließlich bei Züchtern, die ursprüngliche Arten und Varietäten zogen. Anna war glücklich mit ihren Blumen. Und sie war glücklich mit mir. Ich kann nirgendwo Anzeichen dafür entdecken, daß es anders war. Oder daß Anna Depressionen hatte.

5

Am nächsten Vormittag gehen wir wieder in das alte Postamt. Im Fahrstuhl ist es eng; einige Leute wollen zum Yoga, andere steigen einen Stock höher bei der Fremdsprachenschule aus. Jacko und ich fahren weiter.
Die Dachterrasse ist weiß, nur zu dem einen Loft führen Fußspuren. Anscheinend sind Tessa und Rico nicht da. Ich klingele nebenan, und nach einer Zeit erscheint der Mann mit den tätowierten Armen. Was gibt es, sagt er.
Sind Ihre Nachbarn aufgetaucht?
Der Mann sieht mich an. Sie waren schon einmal hier.
Ich habe drüben einen Zettel durch die Tür geschoben, aber die beiden haben sich nicht gemeldet.
Ja, und?

Waren sie in der Zwischenzeit hier?
Der Mann sagt nichts dazu.
Ob sie heute in den Club kommen?
Woher soll ich das wissen.
Gehen Sie in den Club?
Er verschränkt die Arme vor der Brust. Sie sind verdammt neugierig, Meister.
Eigentlich nicht. Aber ich muß die beiden sprechen. Würden Sie ihnen das sagen? Ich bin Walter, die beiden wissen dann schon Bescheid. Und heute Abend komme ich in den Club.

Am Nachmittag lege ich mich auf das Sofa. Die Jungs haben mir gesagt, daß so eine Clubnacht in der Stadt spät beginnt. Daß die meisten Leute sowieso erst nach Mitternacht kommen.
Als ich wieder aufstehe, scheint es am Himmel noch immer hell zu sein. Doch es sind Schneewolken, und sobald wir draußen sind, fallen uns dicke Flocken entgegen. Wege und Straßen sind weiß, und während Jacko pinkelt, erscheint die Stille um uns herum beinah so groß wie unter der Pappel. Und als wir unsere Runde in dem Viertel gehen, begegnet uns niemand.
Zurück in der Wohnung, legt Jacko sich auf sein Lager. Ich ziehe mir frische Kleider an und betrachte mich im Spiegel. Das Hemd ist retro, die Hose lässig. Jacko seufzt und sieht mir nach.

Es ist windstill. Der Schnee fällt ohne Unterlaß und löst alle Festigkeit auf. Die Stadt flirrt in endlosen Teilchen, nirgendwo gibt es noch scharfe Konturen. Die Autos erscheinen weit weg, ihre Geräusche werden von den Flokken geschluckt. Auch Lichter und Weihnachtsschmuck werden geschluckt; ich komme an einem Tangostudio vorbei, an einem Geschäft für englische Antiquitäten. Nichts erscheint mehr ganz; die blaue Neonreklame einer Bar überlagert in der Luft, und dann, zwei Straßen weiter, flirrt das alte Postamt wie in einem Teilchenstrom.

In der Fahrstuhlkabine ist es warm, und es riecht nach Schweiß. Ich fahre bis auf die Dachterrasse. Beide Lofts sind dunkel.

Ein Stockwerk tiefer öffnen sich die Türen auf einen großen Flur, der mit Teppich ausgelegt ist. Über die Wände ziehen Lichtblasen hinweg. Menschen plaudern und lachen. Sie sind tätowiert, sie tragen Ringe und Kügelchen in der Haut. Einige haben riesige Ohrläppchen.

Der Eingang zum Watchtower ist ein Tunnel, in dem rote und blaue Lichter wie ein Strichcode stehen. Vor dem Tunnel werde ich von einem Mann aufgehalten. Er ist groß und sagt mir, daß ich keinen Zutritt habe.

Keinen Zutritt? Ich bin volljährig. Oder ist das hier privat?

Er antwortet mir nicht und nickt bloß zum Ausgang.

Ich schaue ihn hilflos an. Dann sage ich: Ich suche Tessa und Rico. Kennen Sie die beiden? Haben Sie sie gesehen?

Der Mann legt jetzt eine Hand auf meine Schulter. Wir beide wollen doch keinen Streß. Dann lächelt er und winkt ein paar Leute durch. Wahrscheinlich kommen hier nur bekannte Gesichter hinein und Menschen, die jünger sind als ich und auch anders aussehen.

Ich schaue den Mann wieder an. Oben auf dem Dach, sage ich, gibt es zwei Lofts. Eines gehört Tessa und Rico, in dem anderen wohnt ein Mann. Er ist beinah so groß wie Sie, hat tätowierte Arme und einen Ring in der Nase.

Ronny.
Ich weiß nicht, wie er heißt. Aber er hat mich hierhergeschickt.
Der Mann nimmt die Hand von meiner Schulter und holt ein Handy vor. Er winkt weitere Leute durch, nickt einmal kurz, dann spricht er in das Handy. Pavel hier, kommst du mal.
Der Mann, der Pavel heißt, schiebt mich an die Seite und begrüßt ein Pärchen. Die Frau trägt rote Netzstrümpfe, ihr Begleiter nur eine Lederweste auf dem nackten Oberkörper. Dann taucht der Mann aus dem Loft auf. Er erkennt mich sofort. Meister, sagt er, Sie machen doch wohl keine Schwierigkeiten?
Ich suche Tessa und Rico.
Das sagten Sie ja bereits.
Haben Sie die beiden gesehen?
Nein.
Und jetzt? sage ich.
Keine Ahnung, Meister. Ronny grinst. Dann sagt er zu Pavel: Laß ihn durch. Und zu mir: Ich soll Ihnen etwas ausrichten.
Wie?
Das Mädchen hat mich angerufen. Weiß der Teufel, wo die beiden gerade stecken. Aber vielleicht kommen sie heute noch hierher. Wenn nicht, dann sollen Sie morgen um zwölf zum alten Museum kommen. Vor den Skulpturen, hat sie gesagt.
Mann, sage ich, Ronny. Das ist verdammt nett von Ihnen.
Hoppla, Meister, nicht so überschwenglich. Aber dann grinst er und nickt mich hinein in den Tunnel.

Ein Mann sitzt an der Kasse, eine Frau wartet am Ende des Tunnels vor einem Drehkreuz. Sie hat einen Stempel in der Hand und drückt ihn mir schließlich auf den Arm. In dem blauroten Licht erkenne ich, daß es ein QR-Code ist. Das Drehkreuz öffnet sich, sobald ich den Code unter ein Lesegerät halte.
Dann stehe ich auf einer Galerie. Von oben führen Stufen hinab, wie in einem Amphitheater. Der Raum darunter ist quadratisch, aus seiner Mitte erhebt sich eine runde Theke. Überall steigen Lichtblasen auf, rotieren und verändern ständig ihre Form und ihre Farbe. Die Luft ist voller Stimmen und Ausdünstungen. Aus dem Hintergrund ist Musik zu hören.
Um die Theke herum ist es voll; in dem blasigen Licht werden die Körper verfremdet, und beinah jeder scheint irgendwelche Muster oder einen Schmuck in der Haut zu tragen. Ich bestelle Wasser. Dann setze ich mich auf die Stufen.

Menschen steigen die Stufen hinauf und wieder herab, sie setzen sich und stehen wieder auf. Alles verschiebt sich ständig; die Stimmen, die Lichtblasen, überall ist es eng und laut und dicht. Displays leuchten, ich schwitze.
Von Kristina oder Tessa ist nichts zu sehen. Die Musik kommt aus einem Bereich, den ich nicht einsehen kann. Vielleicht tanzen die beiden auch.
Alles klar?
Ein junger Mann setzt sich neben mich. Sein Haar ist an den Seiten rasiert, nur auf dem Scheitel steht noch ein Streifen.
Ich nicke.
Und sonst?

Wie?
Der Mann holt ein Röhrchen mit Pipette hervor.
Ich schüttele den Kopf.
Komm, Alter. Gönn dir mal was.
Ich schaue den Mann an. Was ist das?
Damit schaffst du dich drauf, Mann. Und die Frauen macht es extrascharf.
Ich habe mit Drogen nichts am Hut.
Was bist du denn für einer. Vati, der hier sein Töchterchen bewacht? Und der Mann lacht. Dann sagt er: Warum bist du hier? Du willst doch etwas spüren. Entfesselung! Entladung!
Nein.
Nein? Der Mann sieht mich an. Und was machst du mit deinem ganzen Frust, Alter? Frißt du ihn in dich hinein, oder ballerst du Leute ab? Dann grinst er. Du bist ein Pufftyp, stimmts.
Ich habe keinen Frust.
Und der Mann lacht wieder und schlägt mir auf die Schulter. Du bist ja eine Nummer, Vati. Dann verschwindet er.

Hinter der Theke stehen Lichtgitter in der Luft. Als ich hindurchgehe, verbiegen sie sich auf meinem Körper.
Die Musik wird lauter. Menschen kommen mir entgegen, drängen von hinten. Die Beleuchtung verändert Gesichter, Gestalten und alles Vertraute. Ich werde eingesaugt; die Musik umschließt mich wie ein Rausch. Aus dem Boden steigen Glimmer auf und zuckende Schweife. Auf einer Empore, die wie ein Turm steht, ahne ich die Discjokkeys. Über ihnen stehen leuchtende Gasblasen, rotieren rote Ellipsen und blaue Spiralarme. Die Welt ringsherum

umschließt mich, und auf der Tanzfläche zuckt und wabert eine einzige Masse.

Die Musik treibt alles an, das Licht zerschneidet alle Bilder und jede Bewegung. Die Menschen haben Stacheln in der Haut, sie haben Löcher in den Ohren. Sie haben Leopardenmuster auf dem nackten Schädel, sie tragen Camouflage, sie tragen nichts. Sie leben für die Nacht, sie zucken und sie schreien. Sie filmen mit ihren Smartphones, sie inhalieren aus Pumpfläschchen. Niemand sieht aus wie Kristina. Niemand wie Tessa oder Rico.

Achselhöhlen, Schweiß. Eine Zunge mit einer Silberkugel. Ich werde mitgerissen. Fremde Körper rauschen vorüber; Geschlechtsorgane, bleckende Zähne, nichts bleibt mehr verborgen. Und alles ist sprunghaft und unzuverlässig. Ein Lidschlag genügt, dann rauschen neue Bilder vorüber; ekstatisch, erstarrt oder verzerrt, bis zum nächsten Lidschlag. Ich spüre das Zucken und Wabern der Masse, die Musik explodiert. Dann schließe ich die Augen.

Ich bin außer Atem. Ich bin naßgeschwitzt. Ich bewege mich mühelos aus der Masse heraus, Musik und Tanz haben sich eingebrannt. An der Theke trinke ich; es ist ein wunderbares Gefühl, und ich bestelle gleich noch eine Flasche. Das blasige Licht steigt auf, um mich herum die gemusterten Köpfe, die versilberten Zungen.
Meister. Der Mann, der Ronny heißt, grinst mich an.
Hey, sage ich.
Alles im Lot?

Ich bin entfesselt. Entladen.
Na klar, sagt er. Und dann: Hast du sie gefunden?
Nein.
Dann eben morgen, was.
Ich nicke und reiche ihm meine Hand. Walter, sage ich.
Ronny.
Willst du etwas trinken, Ronny?
Warum nicht.

6

Jacko weckt mich, ich spüre die kurze Nacht. Graues Licht fällt in die Wohnung, der Himmel erscheint wie geschliffen. Es hat aufgehört zu schneien; Straßen und Häuser sind kleiner geworden. Die ganze Stadt liegt gedrängt unter dem Schnee.
Nach dem Frühstück gehen wir eine Runde. Es ist Sonntagmorgen, auf den Straßen ist kaum Verkehr. In der Ferne schlagen Glocken, und in der weißen Luft kann ich beinah sehen, wie die Töne sich durch die Luft schwingen.

Wir warten bei den Hetären. Der Schnee umhüllt alles Musenhafte und hat die Brüste der Skulpturen vergrößert. Ein paar Krähen rufen, um einen Papierkorb herum sind ihre Spuren zu sehen.
Kristina und Tessa kommen aus der Richtung des Bahnhofs. Sie haben Gepäck dabei, sie rufen, und Jacko läuft ihnen entgegen.
Ich umarme die beiden.

Kristinas Augen glänzen. Sie trägt eine Pudelmütze, ihre Wangen sind rot.
Geht es dir gut?, sage ich.
Besser denn je.
Ich habe nach dir gesucht.
Sie lächelt. Wir waren am Meer. Und gleich fahren wir wieder dorthin zurück.
Tessa kichert. Dann stupst sie Kristina an. Hier hat Walter seine Traumfrau erwartet, die Frau mit den ägyptishcen Füßen. Doch dann kam ich.
Ja, sage ich. Und ohne Traumfrau und Schnapsidee stünden wir drei nicht hier. Ich sehe die beiden an. Was macht ihr am Meer?
Tessa sagt: Wir haben dort ein Haus. Mitten in den Dünen.
Und was macht ihr in dem Haus?
Walter will immer solche Sachen wissen. Dabei dachte ich zu Anfang, der ist einfach nur scharf auf meine Füße.
Du hast schöne Füße, Tessa. Und ich habe dir ein Paar Schuhe für deine schönen Füße versprochen.
Sie lacht. Die Schuhe machst du mir im nächsten Jahr.
Dann sieht sie auf ihre Uhr. Wollen wir noch einen Kaffee trinken?
Ich schnappe mir eine der Taschen, und wir gehen Richtung Bahnhof.
Wo ist Rico?
Kannst du ihn irgendwo sehen? Aber dann sagt sie: Er ist in dem Haus am Meer, Walter.
Auf dem Vorplatz steht ein großer Tannenbaum, um die Weihnachtsbuden herum ziehen Menschen. Wir finden einen Stehtisch, und ich besorge uns Kaffee.
Kristina steckt ein Päckchen mit Tabak ein und zündet

sich eine Zigarette an. Zu mir sagt sie: Ich rauche schon viel weniger. Und von den Tabletten bin ich ganz runter.
Das freut mich.
Sie lächelt. Dann schaut sie zu Boden. Meine Eltern haben dir meinetwegen Streß gemacht. Sorry.
Quatsch. Du kannst ja nichts dafür.
Bist du mir nicht böse?
Ich lache. Was denkst du von mir.
Sie sieht mich an. Und jetzt? Werdet ihr euch im nächsten Jahr wieder zu Annas Geburtstag treffen?
Ich glaube nicht. Aber vielleicht kommt ihr mich mal wieder besuchen?
Die beiden nicken und lächeln.

Lautsprecher und Stimmen hallen, und auf dem Bahnsteig lesen wir, daß der Zug in neun Minuten einläuft.
Ich sage: Die Polizei glaubt, daß ihr an einem Supervirus bastelt. Daß ihr das gesamte Netz lahmlegen wollt.
Tessa kichert.
Ich sage: Mir soll so ein Supervirus nur recht sein. Und wenn ihr obendrein Fredis Konzern damit lahmlegen könnt, umso besser.
Die Frauen sehen einander an und lachen.
Ich sage: Es wäre nur blöd, wenn die Polizei euch erwischt.
Tessa sagt: Die Polizei kann sowieso nichts machen. Sie können den Irrsinn nicht aufhalten und auch nicht den Psychozid. Und am Ende werden Polizisten genauso von Angst und Irrsinn erfaßt wie alle anderen. Sie hängen vor der Glotze, sie surfen, hocken in ihren fetten Autos, zahlen mit Karte, das ganze Programm. Sie werden ergriffen und einverleibt in die virtuelle Welt, sie werden aufgelöst

und wieder zusammengesetzt, sie werden vorhersehbar gemacht und sind bloß noch ein Stück Verfügungsmasse in einem System, das selber nicht mehr zu fassen ist. Dann kichert sie wieder. Die Polizei kann uns gar nichts.
Ich zucke mit den Schultern. Ihr solltet die Polizei nicht unterschätzen.
Tessa sieht mich eine Zeitlang an. Schalt in nächster Zeit einfach mal das Radio ein. Oder besorg dir eine Zeitung.
Und was werde ich dann erfahren?
Vielleicht das Übliche. Vielleicht aber auch etwas über Schwarze Löcher.
Schwarze Löcher?
Objekte, die ein so starkes Kraftfeld erschaffen, daß sie ringsherum alles einfangen und nichts wieder herauslassen. Dann kichert sie wieder. Ein Virus, der eine virtuelle Anziehung erschafft und alle Informationen an sich zieht, bis diese einen Horizont überschreiten, aus dem es keine Umkehr mehr gibt.
Ich schaue Tessa an.
Danach ist nichts mehr da. Keine Prozesse, kein Zustand, nur noch dieses Nichts.
Warum erzählst du mir das?
Sie stupst mich mit einem Finger. Weil es sowieso keinen Unterschied macht. Und außerdem mag ich dich.
Ich schaue die beiden Frauen an. Dann lache ich. Eine Art Supergau zur Weltrettung.

Eine Lautsprecherstimme kündigt die Einfahrt des Zuges an. Kristinas Augen glänzen. Sie drückt mich. Du hast mir geholfen, sagt sie.
Du hast dir selber geholfen, sage ich. Und dann: Kennst du dich auch so gut aus mit Computerviren?

Shit. Ich doch nicht.
Und was machst du jetzt?
Ich brauche Zeit für mich. Ich sitze am Meer und lausche den Wellen. Und die beiden lassen mich bei sich wohnen. In ihrem Haus ist genug Platz. Dann sieht sie Jacko und mich an. Kommt ihr uns besuchen?
Ja, klar. Der Hund wedelt mit dem Schwanz.
Kristina lächelt und schreibt mir eine Nummer auf.
Tessa sagt: Zu Weihnachten verschicken wir ein paar Schwarze Löcher.
Vergeßt den Fracking-Konzern nicht.
Und du bleib glücklich, sagt sie.
Wir umarmen einander.
Grüß Rico, sage ich. Und dann: Unlängst habe ich eure Eltern kennengelernt.
Tessa zuckt einmal mit den Schultern. Denen schicken wir auch ein Schwarzes Loch.
Dann steigen laute Geräusche auf, und der Zug rollt ein.

7

Noch vor der Dämmerung höre ich die Vögel. Im ersten Morgenlicht erscheinen die Eisblumen an der Wand, schattige Fraktale, und später fließen die Äste der Pappel dahin. Mein Atem stößt weiß in die Luft; ich kann spüren, wie die Nachtwelt sich zurückzieht.

Unter dem blauen Himmel steht noch der Wintermond, im Ofen springen die ersten Flammen. Der Kaffee dampft, die Pappel ist starr und weiß.

Jacko pinkelt. Ein Sperber gleitet über die Kolonie hinweg; die kleinen Vögel schlagen Alarm und flüchten in die Hecken. Kein Mensch ist hier. Keine Autos. Nippes und Lichterketten der Kolonisten sind eingeschneit, die Tiere haben alles übernommen, beinah wie in Tschernobyl. Sie graben, sie scharren, Wildschweine durchwühlen ganze Beete. Und auch der Wolf war schon in der Kolonie.

Ich halte die Gänge um das Haus herum frei. Ich habe Essen auf dem Herd, ich trage Feuerholz hinein. Wenn Jacko herumtollt, zerstäuben die Kristalle. Land und Stille um uns herum sind wieder ein weiter Raum. Nur gelegentlich stößt der Schrei eines Bussards aus der Höhe, und dann sehe ich die aufgebogenen Schwingen, den gespreizten Schwanz, und es ist ein Gefühl, als würde ich selber meine Kreise dort ziehen.
Abends sitzen Jacko und ich in knisternder Wärme. Die Flammen spiegeln sich in unseren Augen, und wenn wir später noch einmal draußen sind, leuchtet das Band der Milchstraße.

Jeden Morgen ist der Himmel wolkenlos, das Kältehoch scheint festgefroren. Auch am Freitag ist es trocken und kalt, und nach dem Mittagessen machen wir uns auf den Weg. Die Bürgerversammlung beginnt um 17 Uhr.
Das Schilf schimmert seidig, die Erlen sind weiße Kegel. Ein Graureiher steigt auf, Kristalle rieseln, und der kalte Fluß windet sich bis in den Horizont. Aus einer Weide heraus beobachten uns Krähen. Als ich sie anschaue, fliegen sie davon.
Kurz vor der kleinen Brücke entdecke ich frische Reifen-

spuren. Ein Mann und ein Hund sind aus dem Auto gestiegen. Sie sind in die Wiesen hineingegangen und in ihren eigenen Spuren wieder zurückgekehrt. Dann ist der Mann auf die Brücke gegangen und hat den Fluß hinaufgeschaut. Vielleicht war es der Tierarzt, und eine Zeitlang stehe ich, wo er gestanden hat. Sehe die in immer neuen Bruchstücken erstarrten Flußufer; die eingefrorenen Erlensamen und Äste darin, die Spiegelbilder der Sonne. Sehe die weißen Ebenen, spüre diese Bilder. Die Jahreszeiten und die Erscheinungen hier, diese Stille, die mich einfach sein läßt. Was für ein großartiges Gefühl es ist, wieder aus der Stadt herauszusein. Aus ihrem Getriebe und Lärm, aus ihrem Kraftfeld, das alles anzieht.
Als wir auf den Geestrücken zuhalten, stehen plötzlich Rehe am Wegesrand. Ihre Augen sind groß, die Ohren aufgerichtet. Sie sind sprungbereit, doch sie flüchten nicht. Sie schauen uns an, sie lecken sich über die Nüstern. Nur im Winter komme ich ihnen so nahe.
Die Wipfel der Kiefern sind weiß, in ihrem Schatten kommt uns ein Pferd entgegen; es schnaubt und stößt Dampf aus. Die Reiterin grüßt. Vor den Künstlerhäusern stehen Geländelimousinen; die Wege sind freigepflügt. Dann schlängelt vor uns der eisige Fluß, und bald ist der Kirchturm zu sehen.

Das Dorf erscheint wie in einer Blase; tief verschneit und bäuerlich. Doch Banner und Plakate markieren noch immer eine andere Wirklichkeit.
Vor dem Krug haben sich bereits Menschen versammelt. Sie stehen um einen Übertragungswagen herum, einige filmen mit ihren Handys. Männer mit dem Emblem eines Fernsehsenders auf den Overalls tragen Equipment

in den Krug hinein. Die Fensterscheiben sind von innen beschlagen.
In der Gaststube ist es laut und unruhig.
Der Wirt hat die Ärmel hochgeschoben, das Gesicht ist rot. Überall stehen Menschen, die Männer in Overalls laufen herum. Nach hinten sind die Türen zum Saal aufgezogen. Tische und Stühle werden dort zurechtgerückt, die kleine Bühne ist ausgeleuchtet. Aus einem Lautsprecher steigt ein schriller Ton auf.
Das ist ja eine Überraschung! Der Tierarzt krault zuerst Jackos Kopf, dann legt er mir seine große Hand auf die Schulter und grinst. Da kommen Sie nun endlich, um einmal bei uns mitzumachen, und dann so etwas. Er zeigt auf die Bühne und die Fernsehleute. Heute ist richtig Budenzauber, der Landrat wird kommen, auch ein Mann vom Energie-Konzern. Und unser Pastor wird mit den beiden auf der Bühne fechten. Moderiert wird die Diskussion von dieser Frau da hinten. Sie ist Fernsehjournalistin. Und sie sieht gut aus. Er lacht. Das wird unseren Pastor natürlich extra befeuern. Dann nickt er in eine andere Richtung. Der einäugige Bursche ist auch da. Sehen Sie? Er schwenkt sein Glasauge herum, als würde er uns alle filmen.
Andere filmen mit ihren Handys, sage ich.
Der Tierarzt macht eine hilflose Geste, dann lacht er wieder. Und Sie? Alles in Ordnung?
Ich nicke. Dann sage ich: Ja. Ich kann endlich wieder unter meiner Pappel sitzen.
Haben Sie diese Kristina aufgestöbert?
Ja, und es geht ihr gut. Ich glaube auch, daß sie auf einem guten Weg ist.
Das freut mich zu hören.

Dann nickt er hin zu einem Tisch. Kommen Sie. Ich stelle Ihnen meine Frau vor.
Die blauen Augen seiner Frau leuchten, ihre Hand ist warm und kräftig. Sie lacht. Sie sind also der Einsiedler, von dem mein Mann so gerne spricht.
Ich lache mit ihr. Von wegen, Einsiedler. In diesem Jahr war ich mehr in der Stadt unterwegs als sonstwo. Gerade erst bin ich wieder zurückgekommen. Ich habe eine Nacht in einem Club durchgemacht, ich habe mir einen Datenhelm aufgesetzt und eine Zeitreise unternommen. Und nun bin ich hier, mitten in diesem Fernsehrummel. Ich finde ja kaum noch Zeit zur Einsiedelei.
Auch der Tierarzt lacht mit uns und klopft mir auf die Schulter.
Seine Frau zieht einen Stuhl vom Tisch. Setzen Sie sich doch.
Gerne.
Der Tierarzt sagt: Trinken Sie auch etwas?
Ein Wässerchen, wie üblich.
Seine Frau sieht mich neugierig an. Aber so abgekapselt zu leben?
Ich komme zurecht.
Sie lächelt. Entschuldigen Sie, daß ich so offen frage: Aber fehlt Ihnen denn nicht manchmal ein wenig Gesellschaft?
Ich zucke mit den Schultern.
Miteinander reden, sagt sie, lachen und auch streiten. Sich einem anderen öffnen, für ihn da zu sein.
Ich schaue die Frau an. Sie paßt zu dem Tierarzt, und ich kann mir vorstellen, daß die beiden glücklich miteinander sind. Schließlich nicke ich. Doch, manchmal vermisse ich das.

Der Tierarzt kommt mit zwei Humpen und einem Glas voll Wasser zurück. Zu mir sagt er: Der Pastor hat eine Brandrede vorbereitet. Gestern war Generalprobe.
Ich nicke, ich lache.
Um uns herum wird es immer voller. Der Frisör kommt an unserem Tisch vorbei und klopft auf die Platte. Einer der Fernsehleute steht auf der Bühne und testet die Lautsprecheranlage: zwo-drei, zwo-drei. Und der Einäugige steht da und tastet mit dem Glasauge den Saal ab.
Der Tierarzt sagt: Wir haben die ganze Region auf unserer Seite. Die Zeitungen sind voll mit Berichten aus den USA, wo die Folgeschäden des Frackings bereits etliche Landstriche vergiftet haben. Aber der Landrat interessiert sich nicht für irgendwelche Folgeschäden. In seiner Sicht auf die Welt existieren diese Folgeschäden erst gar nicht, und er drischt seine Phrasen, als käme er von einem anderen Planeten.
Ich sage nichts und nicke nur. Seit Annas Tod lebe ich abgekapselt. Doch in diesem Jahr habe ich tatsächlich wieder erfahren, was es bedeuten kann, für andere da zu sein. Und andere an meinem Leben und meiner Welt teilhaben zu lassen.
Was macht Ihr Freund noch einmal in diesem Konzern?
Wie bitte?
Der Tierarzt sieht mich an. Fredi, so heißt er doch?
Ach so. Öffentlichkeitsarbeit. Aufklärung. So etwas.
Und der Tierarzt lacht. Ein Verbrecher, wie er im Buche steht, was. Und dann: Fredi. Und wie weiter?
Finkler.
Der Tierarzt nickt. Ihr Freund sitzt tatsächlich mit auf dem Podium. Dann boxt er mich. Na, hoffentlich geraten Sie nicht noch in einen Gewissenskonflikt.

Seit Kristina bei ihren Eltern ausgezogen ist, haben meine Freunde sich gegen mich verbündet.
Wie gut für uns.
Das glaube ich mittlerweile auch. Und dann boxe ich ihn zurück.

Die Bühne ist ausgeleuchtet, die Lichter im Saal heruntergefahren. Nur noch Gemurmel kommt von den Tischen. Der Landrat betritt die Bühne, hinter ihm kommt Fredi. Buhrufe und Pfiffe ertönen. Dann springt der Pastor die wenigen Stufen hoch, und sofort schwingt die Stimmung um.
Die Fernsehmoderatorin erscheint als letzte, die meisten im Saal klatschen noch. Sie begrüßt die Zuhörer, sie schaut in die Kamera. Sie beschreibt die Situation, das Für und Wider, sie stellt die drei Männer auf der Bühne vor, umreißt kurz ihre Positionen, und nach den einführenden Worten setzt sie sich schließlich zu ihnen in den Halbkreis. Die Frau wirkt natürlich, ohne Gehabe, und sie sieht tatsächlich gut aus.
Ihre erste Frage stellt sie dem Landrat; der unscheinbare Mann umgeht eine klare Antwort und hält sich in einem vagen Bereich. Auf die nächste Frage reagiert er mit verschachtelten Sätzen, verschleiert wiederum jede eindeutige Aussage und übergeht schließlich den Gegenstand der Frage, um ein ganz anderes Thema in den Vordergrund zu stellen. Der Landrat redet wie im Rausch. Als wäre er nicht mehr bei Sinnen; als wäre er gedopt, hätte Pillen geschmissen und könnte das, was für die Menschen im Saal Wirklichkeit ist, gar nicht mehr erfassen.
Das Publikum wird unruhig. Zwischenrufe und Pfiffe werden laut. Der Tierarzt und ich sehen einander ratlos

an. Es wird nicht einfacher in der Welt, wenn Männer wie der Landrat weitreichende Entscheidungen treffen können.

Die Moderatorin wendet sich an Fredi.
Er ist jugendlich gekleidet und hat sein Haar wieder hinten zusammengebunden. Seine Ausstrahlung ist freundlich, er spricht besonnen und gibt sich von Anfang an wie ein Fachmann, der in den Wechselbeziehungen von Natur und Technik bewandert ist. Und er geht auch gleich in die Offensive, legt offen dar, warum der Ruf der Energiekonzerne so schlecht ist. Er entwirft Bilder von toten Landstrichen oder erläutert Ursache und Wirkung eines vergifteten Gewässers; er erzählt von mutierten Säuglingen oder riesigen Geschwulsten und zeigt gleich darauf auf, was sein Unternehmen daraus gelernt hat. Er spricht von Verantwortung und Zukunft und bindet sein Unternehmen ganz selbstverständlich darin ein. Er nennt die Zukunft eine Zeit, in der sich das Leben verfeinern und in der der Mensch die Umwelt verantwortungsvoll auf seine Bedürfnisse hin anpassen wird. Und bald bindet er jeden im Saal in seine Worte mit ein, macht die Entdeckungen und Erfindungen in der Menschheitsgeschichte zu einem kollektiven Erlebnis und zum Motor für die Freiheit aller. Er spricht über die Freiheit, die wir uns durch Autos und Smartphones erschaffen haben, er spricht von Ansprüchen und Lebensqualität, die ohne neue Ressourcen schon bald keine Grundlage mehr haben. Er zieht einen Bogen von der Region über die ganze Republik, er erschafft ein Wir-Gefühl und ein großartiges Netz um den ganzen Globus herum, und bald klingen seine Worte, als würden alle im Saal mit der Republik, der

Weltgemeinschaft und mit seinem Konzern an der Seite die Zukunft gestalten. Als wären wir frei; als würden wir gemeinsam unsere Vernunft und unsere Moral verfeinern und in tiefer Verantwortung für die nachwachsenden Generationen handeln.

Gemurmel steigt auf, einige im Saal klatschen, andere machen skeptische Bemerkungen. An einem Tisch vor der Bühne kann ich Nicole erkennen.
Die Moderatorin faßt Fredis Worte kurz zusammen, fokussiert sich auf den Begriff der Freiheit und formuliert ihre erste Frage an den Pastor.
Er lächelt und fährt sich mit einer Hand durch das Haar. Auf seinen Bartstoppeln glitzert Scheinwerferlicht. Dann sagt er: Ich bin Pastor und Protestant. Und ich bin Rebell, wie unser Herr Jesus, und zwar in dem Sinne, daß ich mich gegen bestehende Verhältnisse empöre. Und ich sage Ihnen, Freiheit bedeutet natürlich auch immer, frei zu sein von etwas. Aber sind wir frei, wenn wir uns zu Sklaven unserer Schöpfungen machen? Wenn wir noch bereit sind, für unsere Schöpfungen die Zukunft zu opfern?
Nein!, und dann stößt er mit einer Faust in den Saal. Ich sage euch, es ist ein Irrglaube, daß der Mensch auf Dauer seine eigenen Schöpfungen kontrollieren kann. Ein Irrglaube, daß er sich in Zukunft Freiheit und Glück durch sie verschaffen kann. Vielmehr entfremden sie ihn von sich selbst, und die natürlichen Wechselbeziehungen zwischen Mensch und Welt lösen sich auf. Schauen wir uns um, schauen wir in uns hinein: Alles ist vergiftet, überall Katastrophen. Alles ist außer Kontrolle, unsere Heimat, unser Planet. Alles vergiftet im Rausch der mensch-

lichen Schöpfungen. Unser Geist, unser Herz. Vernunft und Moral sind technisch, sind digital geworden, unsere Seelen taumeln losgelöst von der Welt und ohne Geborgenheit. Ist das Freiheit? Ist das eine Basis für die Zukunft? Und wieder stößt seine Faust in den Saal. Nein!, und ich sage euch, wir betreiben Massenvernichtung auf allen Ebenen, und jeder von uns trägt eine Schuld an dieser grausamen Entwicklung.
Und ich sage euch auch: Jeder von uns kann wieder zurückfinden! Jeder kann wieder zu der Welt finden, aus der wir kommen, der Welt, die uns am Leben erhält und in die wir gehen werden. Jeder! Und jeder, sage ich euch, kann auch die Gnade unseres Herrn Jesus empfangen. Empört euch! sage ich. Seid Rebellen! sage ich, werdet frei und entlarvt die Schimären der Freiheit! Empört euch gegen diese unglaubliche Vernichtung von allem! Gegen diese unglaublichen Lügen, gegen Niedertracht, Gier und Besessenheit! Gegen diese unglaubliche Macht, die eine alles verschleiernde Welt voll mit katastrophalen Schöpfungen installiert. Jeder von euch kann Widerstand leisten, jeder, jeder, jeder, sagt der Pastor und öffnet seine Arme gegen den Saal.
Leistet Widerstand gegen eine Entwicklung, die nichts Menschliches mehr hat und keinen Platz mehr läßt für die Welt, in die Gott den Menschen mit seinen wunderbaren Fähigkeiten des Herzens eingebunden hat; eingebunden hat mit Staunen und Ehrfurcht vor der Schönheit um uns herum. Im Großen wie im Kleinen.
Dann wischt er sich eine schweißige Strähne aus dem Gesicht und geht an das Eingemachte. An unser Land und unsere Umwelt als Lebensgrundlage, und er reiht ganz nüchtern aneinander, was im Zusammenhang mit Frak-

king längst Tatsache und nachweisbar ist. Brutale Fakten, die der Landrat Lüge und Hetze nennt, die Fredi kopfschüttelnd weglächelt und die die Moderatorin schließlich neutral zusammenfaßt, um so die Diskussion einzuleiten.

Die Ansichten und Meinungen schwingen von der Bühne in den Saal, Gefühle und Erregungen schwellen an und wieder ab, Klatschen, Buhrufe, und zuletzt zerplatzt noch eine Tomate im Nacken des Landrats.

8

Der Tierarzt grinst. Gott hin oder her. Aber unser Pastor hat sich wacker geschlagen, was.
Ja.
Und wie fanden Sie den Landrat?
Ich glaube, er hat sich keine Freunde gemacht.
Glaube ich auch. Aber dieser Finkler, und der Tierarzt schüttelt seinen großen Kopf. Ein Volksverführer, wie er im Buche steht.
Ich zucke mit den Schultern.
Um uns herum stehen die Menschen auf, reden.
Der Tierarzt legt eine Hand auf meine Schulter. Marschieren Sie gleich wieder? Oder trinken Sie draußen noch einen Glühwein mit uns?
Eigentlich wollte ich los.
Ach, kommen Sie. Für einen Glühwein könnte das Wetter nicht besser sein. Und morgen können Sie doch wieder tun und lassen, was Sie wollen. Frei sein unter Ihrer Pappel.

Ich nicke.
Na, das ist doch einmal ein Wort. Und dann: Ich kann Sie später auch nach Hause fahren.
Nicht nötig.
Er boxt mich einmal.

Der Sternenhimmel über dem Dorf ist prächtig. Der Wirt hat eine Feuerschale aufgestellt, unter einem Kupferkessel züngeln die Flammen. Er schöpft den Glühwein mit einer Kelle, ringsherum steigen Stimmen auf. Ein Mann im Overall rempelt mich an und entschuldigt sich sofort. Dann sehe ich Nicole wieder.
Sie steht an die Hauswand gelehnt und raucht. Als ich sie begrüße, schaut sie mich überrascht an. Du? Und dann sagt sie: Weißt du eigentlich, was du angerichtet hast? Kristina mit dieser Person zu verkuppeln. Sie wirft die Zigarette in den Schnee und stößt sich von der Mauer ab. Laß uns einfach in Ruhe.
Ich sehe ihr nach. Sehe die Jahre, unsere Feiern, unsere Reisen.
Da sind Sie ja! Der Tierarzt trägt seine Russenmütze und grinst. Dann greift er in seinen Mantel und holt eine Handvoll Hundekuchen hervor. Jacko wedelt mit dem Schwanz. Zu mir sagt der Tierarzt: Das war wohl die Frau von diesem Finkler, was?
Nicole, ja. Und Kristina ist die Tochter.
Aha. Dann lacht er. Und Ihre Freunde haben sich natürlich auch deshalb gegen Sie verbündet, weil Sie die Tochter auf unsere Seite gebracht haben.
Nicht ganz. Aber so ungefähr.
Na, die Hauptsache ist, dem Mädchen geht es gut.
Das stimmt.

Er legt eine Hand auf meine Schulter. Schauen Sie. Auch der Einäugige schleicht noch herum.
Er ist ein freier Mensch.
Ha! Glauben Sie das?
Ich weiß es nicht. Und dann sage ich: Letztens kam er uns in den Flußwiesen entgegen. Jacko mag ihn nicht, er hat geknurrt und gebellt. Und der Einäugige hat uns lauter Glasaugen vor die Füße geworfen. Er hat vom Vordringen in die vierte Dimension gesprochen und sich kaputtgelacht.
Der Tierarzt zieht eine Grimasse. Leben und leben lassen, was. Aber jetzt kommen Sie. Der Glühwein dampft schon.
Ringsherum glitzern die Schneekristalle, aus dem Kirchturm schlägt die Glocke zwei Mal an. Der Tierarzt grüßt ein paar Leute und führt mich an einen hohen Tisch. Seine Frau steht bereits dort, auch der Pastor und die Moderatorin. Als der Pastor mich sieht, sagt er: Das wird ja noch etwas mit Ihrer Rudi-Dutschke-Frisur. Schön, daß Sie hier sind.
Ich nicke in die Runde. Dann schaue ich den Pastor an. Ihre Brandrede hat mir gefallen.
Auch auf der Kanzel gebe ich alles. Er lacht. Aber es kommt ja niemand mehr. Dann schaut er wieder die Moderatorin an. Die Atheisten sind überall. Und zu uns sagt er: Finkler, dieser Oberatheist, macht mir Sorgen. Ich hatte fast den Eindruck, als sei es ihm gelungen, einige im Saal auf seine Seite zu ziehen. Von wegen Freiheit und Lebensqualität und Zukunft! Dieser Demagoge. Und diese Schafe. Dann streicht er sich eine Strähne aus dem Gesicht und wendet sich an die Moderatorin. Ich hoffe, Sie verwenden das nicht gegen mich.

Die Frau zuckt mit den Schultern. Warum sollte ich das tun? Ich bin von der Bühne, mein Job ist getan.
Dann ist ja gut. Und der Pastor streckt eine Faust in die Luft. Der Kampf geht weiter.
Der Tierarzt erhebt darauf sein Glas.
Die Luft ist kalt und klar, die Flammen unter der Feuerschale werfen zuckendes Licht. Am Himmel sehe ich die Sterne leuchten.
Die Frau des Tierarztes sagt zu mir: Und bei Ihnen war der Wolf auch schon?
Ja. Er ist bis in die Kolonie gekommen.
Der Pastor sagt: Wir machen den Wolf zu unserem Hirten! Prost, und dann klirren die Gläser erneut.
Ein Mann im Overall tritt an die Moderatorin heran. Sie hört ihm zu und nickt. Der Frisör kommt an unseren Tisch, grüßt, klopft auf die Platte und geht wieder. Reden und Lachen steigen auf, die Glocke aus dem Kirchturm schlägt drei Mal, dann hebt der Pastor einen Arm. Hey, Katharina, und kurz darauf begrüßt er eine Frau. Ich sehe nur ihre Wollmütze.
Vielleicht haben Sie Lust, uns einmal zu besuchen?
Was?
Die Frau des Tierarztes lächelt mich an. Mein Mann kocht ganz ausgezeichnet.
Ich nicke.
Und sie sagt: Keine Angst. Ich habe nicht vor, Sie aus Ihrer Einsiedelei herauszulocken.
Nein, ich komme Sie gerne besuchen. Wirklich.
Wir würden uns freuen.
Ich sehe in ihre Augen und erzähle schließlich von Kristina. Daß ich in diesem Jahr erfahren habe, was es bedeutet, für sie da zu sein. Was es bedeutet, sie an meinem

Leben und meiner Welt teilhaben zu lassen. Kristina, sage ich, hatte Vertrauen zu Anna, meiner verstorbenen Frau, und vielleicht kann sie inzwischen auch mir vertrauen.

Die Frau lächelt.

Um uns herum Reden und Lachen. Der Wirt bringt ein Tablett mit frischem Glühwein, der Pastor und die Frau mit der Wollmütze rauchen.

Aus dem Kirchturm schlägt eine volle Stunde.

Jacko steht auf und räkelt sich. Was, Alterchen. Wollen wir gleich los?, und er wedelt mit dem Schwanz.

Aber Sie wollen nicht jetzt noch die ganze Strecke zu Fuß gehen? Mein Mann kann Sie doch fahren.

Lassen Sie Ihren Mann lieber noch einen Glühwein trinken. Ich bin gerne unterwegs. Es ist eine schöne Nacht, und in den Flußwiesen wird die Schneedecke wie ein zweiter Himmel liegen. Überall wird es glitzern, Jacko wird wie ein Wolf vorausschnüren, und irgendwann wird dann die Pappel aus dem weißen Horizont aufsteigen. Was glauben Sie, sage ich, was für ein Gefühl dieser Anblick in mir auslöst.

Und wenn Ihnen unterwegs jemand begegnet?

Ich lache. Wenn ich so denke, muß ich ja jede Nacht Angst haben. Also. Und ich reiche ihr die Hand. Ich komme wieder zur nächsten Versammlung.

Aber sie schüttelt den Kopf. Katharina fährt doch noch zurück in die Stadt. Die wird Sie sicher mitnehmen. Und dann tritt sie schon zu der Frau mit der Wollmütze.

Ich erkenne sie sofort. Und sofort ist auch ihr Duft wieder in meiner Nase, und ich sehe ihren ägyptischen Fuß. Wir haben das Große im Kleinen gesehen, ich habe das halbe Jahr über nach ihr gesucht, und jetzt weiß ich

nicht, was mich mehr überwältigt: meine Überraschung, Freude oder Hilflosigkeit.
Ringsherum das winterliche Dorf zuckt im Feuerschein, die Sterne leuchten, der Himmel dreht sich, und ich sehe mich selber aus der Höhe hier unten stehen.